KB262490

가면의 기사

김형신 퓨전 판타지 소설
FUSION FANTASTIC STORY

The Knight of Mask

가면의 기사 2

김형신 퓨전 판타지 소설

초판 1쇄 찍은 날 § 2007년 7월 28일
초판 1쇄 펴낸 날 § 2007년 8월 8일

지은이 § 김형신
펴낸이 § 서경석

편집장 § 문혜영
편집책임 § 최하나
편집 § 문정흠 · 김동화

펴낸곳 § 도서출판 청어람
등록번호 § 제1081-1-89호
등록일자 § 1999. 5. 31
어람번호 § 제1-0864호

주소 § 경기도 부천시 원미구 심곡1동 350-1 남성B/D 3F (우) 420-011
전화 § 032-656-4452   팩스 § 032-656-4453
http://www.chungeoram.com
E-mail § eoram99@chollian.net

ⓒ 김형신, 2007

ISBN 978-89-251-0828-5 04810
ISBN 978-89-251-0826-1 (세트)

2
FUSION FANTASTIC STORY
[인연의 사슬]
The Knight of Mask
가면의 기사
김형신
퓨전 판타지 소설

Contents

Part 1
분노

“오빠, 이것 봐.”

은하의 말에 진하는 라스트 월드 인터넷 기사를 바라봤다. 거짓말이기를 원했지만 그것은 단지 자신만의 소망이었다.

루크와 헤어진 후 진하는 완템들은 놔두고 잡템들만 처리한 뒤 로그아웃을 하였다.

곧 있으면 C급의 대회가 있을 예정이었기에 휴식을 취할 생각이었다.

그렇게 로그아웃을 한 뒤 두 시간가량 잠이 들었던 진하는 알림 소리에 깨어났고, 그때 은하가 자신을 불러 컴퓨터 앞에 앉은 것이었다.

라스트 월드 인터넷 기사!

　현재 라스트 월드에는 유저 기자들도 많았다. 그들은 정보를 얻으면 누가 먼저랄 것 없이 서둘러 게시판에 등록을 했다. 기자는 스피드. 그들의 철칙이었다.

　그런 기자들에게 키메라를 혼자서 쓰러뜨린 유저의 소식은 특종감이었고 다급히 스샷을 올린 이와 만나 대화를 한 뒤 기사를 작성해 올렸다.

　"조회, 코멘트 다 대박인데?"

　'키메라를 혼자서 포션 없이 쓰러뜨린 유저!' 란 제목의 기사는 올린 지 얼마 지나지 않았음에도 조회 수와 추천 수가 다른 게시물에 비해 높았다.

　기사에는 가장 먼저 스샷들이 즐비했다.

　마치 사진을 찍은 듯 한 장씩 올라온 스샷들과 밑의 설명은 진하를 황당하게 만들었다.

　포션 하나 없이, 그리고 여유롭게 키메라를 쓰러뜨렸다는 등의 설명이 마치 자신을 영웅처럼 묘사해 놓았다.

　"미친. 포션 없이는 죽었다 깨어나도 못 이겨. 그리고 뭐가 여유로워? 이긴 것도 믿기지 않을 만큼 힘들었는데."

　기사를 보던 진하가 결국 짜증스럽게 말하자 혀를 차며 고개를 젓는 은하.

　"오빠, 아직도 입소문을 몰라? 입에서 입으로 전해질 때마다 과장이 되는 거야. 보자… 오빠를 가면의 기사라고 생각하는 사람들이 많네?"

　은하의 말처럼 기자는 물론 코멘트 역시 자신을 가면의 기사라고 확신하는 이들이 많았다. 그들로선 입고 있는 갑옷으로 인해 레벨 100대라고 추측할 수밖에 없었고, 가면을 쓰고 있었다는 점으로 인해 그렇게 생각할 수밖에 없었다. 더군다나 구라와 과장이 아주 빵빵하게 된 기사가 아닌가!

그러다 보니 대부분 유저들이 가면의 기사로 의견을 일치하고 있었다.

라이센:분명 가면의 기사가 맞네요. 아니면 말이 안 됩니다.

love힐:아, 나도 레전드 되고 싶었는데!!

칸드라:하지만 아닐 수도 있지 않습니까? 기자님들 허풍이 하루 이틀도 아니고.

고전:합성이네.

filo:가면도 쓰고 있고, 가면의 기사에 올인.

다크라:불쌍하네. 공개하지 않으면 뭐 해, 이렇게 밝혀지는데?

스트로우:빨아주세요.

코멘트들을 바라보고 있자니 절로 답답해지는 진하.

자신이 가면을 벗고 다닐 땐 알아보는 이들이 별로 없겠지만, 문제는 가면을 착용했을 때다. 만약 유저 기사를 본 사람이라면 자신을 100% 가면의 기사라 생각할 것이고, 그로 인해 귀찮아질 수 있었다.

'그나마 다행인 점은 가면 때문에 얼굴이 가려진 것이다. 만약 은진이나 찬성이가 봤다면 의심할 수 있었겠지.'

물론 가면을 쓰고 있다 해도 알아볼 확률이 있다. 하지만 코 위로 다 가리는 형식이었고, 라스트 월드 자체가 대부분 얼굴과 체형을 자신이 원하는 스타일로 바꾸기 때문에 의심받을 확률이 적었다.

"비켜봐."

코멘트들을 읽던 진하는 은하에게 말한 뒤 자신의 아이디로 로그인해 코멘트를 남겼다.

추억:제가 보기엔 가면의 기사가 아닌 것 같습니다. 저분 개인적으로 아는데 앵벌이를 하는 레벨 200대의 유저입니다. 오해들 하지 마세요. 절대, 절대 가면의 기사가 아닙니다!

만족의 미소를 지으며 자신의 코멘트를 바라보는 진하.

단순한 그 모습에 은하가 실소를 흘렸고, 진하는 몸을 푼 뒤 게임에 접속했다.

이제 C급의 시합 시간이 다가왔기 때문이다.

그리고 진하가 게임에 접속했을 그 시간, 코멘트에 댓글이 달리기 시작했으니…….

구라:즐.

수트라:너무 부정하는 것을 보니 맞는 듯한데?

리드:아주 좋은 글이었습니다. 물론 읽지는 않았습니다.

스트로우:전 시합하러 갑니다. 빨아주세요.

"눈이 어지럽군."

게임에 접속한 눈류는 광장에 가득 모인 유저들을 보며 감탄했다.

태어나서 이렇게 많은 사람들은 처음 보았고, 끝도 보이지 않았다.

100만 명이 넘는 유저가 크기를 알 수 없는 거대한 광장에 모여 있으니 어쩌면 당연한 일.

현재 눈류가 있는 곳은 대륙 중앙에 위치한 이벤트 홀이었다.

대회가 진행되는 내내 각 왕국과 마을에는 이벤트 홀로 이동되는 수많은 마법진이 개설되어 있었다. 단, 그 마법진을 이용할 수 있는 것은 대회에 참가 신청을 한 유저뿐이었고, 그 외 경기를 관람하고 싶다면 32명을 결정짓기 위한 시합이 치러지는 순간부터 이용할 수 있었다.

"정보."

생명:13,820 마나:13,510

이름:눈류 레벨:105 성향:어둠 길드:무

칭호:없음 명성:625 악성:0 직업:가면의 기사

근력:1,203(+689) 체력:226(+438) 민첩:285(+438) 지식:15(+430)

재치:22(+433) 정신:510(+437) 예술:10(+433) 상

술:10(+435)

검폭:88(+430) 신속:140(+430) 투혼:199(+380) 가
호:85(+380)

심안:60(+350) 마나:66(+350) 가면:85(+350) 암
흑:6(+100)

저항:6(+100)

공격력:5,676(+5) 방어력:1,328(+10)
마공력:1,335(+5) 마방력:1,894(+10)
스텟 포인트:0 스킬 포인트:0 전투 숙련치:18.48%

키메라를 잡았기에 현재 눈류의 레벨은 105가 되었고, 전투 숙련치 역시 0.1% 올랐다. 그리고 장비는 모두 대회용으로 바꾼 상태였다.

아무리 50레벨 단위로 격차를 줄였다고 하지만, 장비의 차이 역시 무시할 수 없었기에 결국 시합을 하기 전에 능력치가 똑같은 이벤트용 장비를 각자에게 나눠주었다. 그래서 유저들은 각자가 지닌 장비와 문신 등등 모든 것을 해제해야 했다.

'디자인 꼬라지하고는.'

현재 눈류가 입고 있는 갑옷… 이라고 말하기도 뭐한 천 쪼가리들은 누더기 옷처럼 볼품없었고, 손에는 날카로운 검을 들고 있었다. 데미지는 약하지만 날이 잘 서 있어 레벨 차이가 나더라도 치명상을 노리면 상대를 한 번에 죽일 수 있을 정도였다.

독특한 점은 얼굴 전체를 가리는 종이 가면을 착용하고 있었는데, 마치 하얀 종이 팩을 한 것 같았다.

눈류가 가면을 착용한 이유는 기사로 인해 스킬이 찍혀 있었기 때문이다.

32강부터는 관중들 앞에서 대회를 하는데 스킬을 사용하지 않을 수는 없었고, 그럴 경우 알아보는 사람이 존재할 수 있다.

그렇기에 눈류는 장비들을 벗고 이벤트용 아이템을 고르면서 가면도 함께 선택했다.

대부분은 안 그렇지만 일부 유저는 각자의 이유로 신분 노출을 꺼렸기에 운영진들이 배려한 것이었다.

"이번엔 누가 이길 것 같냐?"

"당연히 내가 이기지!"

"그런데 C급에는 레전드 없냐?"

"나야 모르지. 아, 상대를 잘 만나야 하는데. 길원들도 응원 온다더라."

주변은 온통 잡담으로 시끄러웠다.

'젠장. 너무 많은 사람들이 떠드니 주문 같군.'

귀를 후비며 고개를 젓는 눈류.

한둘이 아닌 백만 명이 떠들어대고 있으니 머릿속이 지배당하는 것 같다.

―이제 곧 C급 시합이 시작됩니다.

그때 들리는 반가운 소리.

"우와와와와!!"

“아싸!!”

“드디어 시작이다!”

“우승은 나의 것!!”

그 끝을 알 수 없는 거대한 홀엔 함성이 난무했고, 제대로 일그러지는 눈류의 얼굴.

‘젠장, 심안이 좋은 스텟만은 아니었어.’

감각 기관의 능력이 발달된 눈류는 손가락을 이용해 귀를 막았고, 곧 카운트와 함께 대기를 하고 있던 모든 유저들의 신형이 빛에 휩쓸렸다. 드디어 C급의 시합이 시작된 것이다.

크게 부풀린 바둑판 같은 공간에 홀로 서 있는 눈류.

‘드디어 시작인가?’

지이잉!

눈류의 맞은편에 흰빛 무리와 함께 한 남자가 나타났다.

근육이 살아 숨 쉬는 듯 꿈틀거렸고, 온갖 거만한 인상을 쓰고 있는 30대 초반의 유저.

띵동!

이름:스트로우 직업:비공개 레벨:145

상대의 등장과 함께 정보를 알리는 사각형의 창이 나타나자, 눈류는 몸을 풀며 검을 힘주어 쥐었다.

“뭐야? 레벨 105? 이거 원, 운이 좋네? 하하! 빨아주마!”

눈류의 레벨을 보며 비웃던 스트로우는 외침과 함께 호랑이

처럼 달려들었고, 그와 동시에 눈류의 입가에 차가운 미소가
어렸다.

"올라오겠지?"
금빛의 긴 머리카락을 꽃잎처럼 휘날리는 아름다운 소녀가
걱정스러운 표정으로 말하자, 옆에 앉아 있는 붉은 머리의 소
녀가 웃으며 달랬다.
"라일라, 너는 걱정이 너무 많아서 탈이야. 맘 편히 기다리
자."
그 둘은 바로 최후의 32명을 기다리고 있는 라일라와 레몬
이었다.
대회장 한가운데에는 직사각형의 무대가 마련되어 있었고,
그 주위를 원의 형태로 감싸는 관중석이 존재했다. 크기는 수
십만 명이 관전할 수 있을 정도.
대회 참가자들이 시합을 치르는 순간부터 입장한 이들은
32명의 유저를 기다렸다.
"그런데 왜 이렇게 안 와?"
레몬이 옆으로 주르륵 비어 있는 자리들을 보며 고개를 갸
웃거렸다. 아직 다른 레전드 길원들이 참석하지 않은 상태.
"우리가 너무 빨리 온 거잖아."
그 모습에 라일라가 살짝 웃으며 말했다.
"아, 맞다. 그렇지. 아, 우리 기적 오빠 보고 싶다."
언제 어디서나 굴하지 않는 레몬의 염장 작렬!

　순간 라일라의 얼굴이 일그러졌지만 레몬은 발견하지 못했다.

“그런데 너, 진심이야?”

그때 레몬이 심각한 표정으로 묻자 고개를 숙이는 라일라.

“네가 첫눈에 반할 줄이야.”

레몬이 다시 의미심장한 말을 꺼냈다.

“그만 해. 그런 것 아니야. 그냥 호감이 있을 뿐이지.”

그러자 얼굴이 토끼 눈처럼 붉어지며 부정하는 라일라.

“하긴, 실물이 그 정도면 눈류 오빠가 멋지긴 하지. 뭐… 내 눈에는 기적 오빠가 최고이지만. 혼자 고민하지 말고 고백해. 나랑 기적 오빠가 팍팍 밀어줄게.”

레몬의 말에 쓸쓸한 표정으로 고개를 젓는 라일라.

“그런 것 아니야.”

라일라는 곧 화제를 다른 곳으로 돌리며 눈류를 떠올렸다.

처음 실물로 만나는 순간 바보처럼 두근거리던 가슴, 그리고 떨려서 눈도 제대로 못 마주치던 자신.

어쩌면 2년 전 세상을 떠난 자신의 오빠를 닮아서인지도 몰랐다.

외형이 아닌, 그렇게 그리워하던 오빠와 느낌이 비슷한 남자. 그것이 라일라가 기억하는 눈류의 모습이었다.

‘하지만 오빠는 아직 잊지 못하는 분이 있잖아.’

마음속으로 솔직한 이유를 전하는 라일라.

라일라가 그 사실을 알게 된 것은 얼마 전 샤인을 통해서였다.

며칠 전 라일라, 레몬, 샤인과 함께 파티 사냥을 하던 기적이
궁금한 표정으로 물었다.

"그런데 행님은 왜 갑자기 게임하기로 했노?"

다시 게임을 하는 것은 반가운 사실이지만, 그 이유가 평소
에 알고 싶었던 것.

그러자 샤인은 비밀 얘기가 아니기에 기적한테 이유를 설명
했고, 옆에 있던 라일라 역시 듣게 된 것이다.

라일라는 애써 웃으며 푸른 하늘을 바라봤다. 왠지 자신의
오빠와 눈류가 닮았다고 생각하며.

그 시각, 레벨 300이 넘는 사냥터인 폐허의 숲에서 한 쌍의
남녀가 사냥을 하고 있었다.

검은 머리카락을 허리까지 길게 기른 남자는 샤프한 인상이
었고, 여자는 은빛 머리카락을 어깨와 허리 중앙까지 기른 온
화한 미녀였다. 바로 진은과 라인이었다.

다크 쉐도우라는 직업에 맞게 진은은 온통 검은색의 갑옷으
로 치장을 한 상태로 빠르게 움직이며 몬스터를 사냥했다.

"데스 디그."

스킬 명을 외치며 거대한 공룡을 닮은 몬스터 밑으로 빠르
게 파고든 진은. 주먹으로 지면을 강타하자 땅이 파이며 위협
적인 충격파가 몬스터의 사지를 찢어버렸다.

투투툭.

진은은 몸 위로 피와 살점, 그리고 장기들이 떨어졌지만 전

혀 신경 쓰지 않고 자리에 앉으며 라인을 향해 말한다.

"조금 전에 라스트 월드 홈페이지 게시판에서 진하랑 비슷한 사람 봤다."

진은의 말에 살짝 얼굴이 굳는 라인.

"진하 얘기를 왜 하고 그래? 잊기로 했잖아."

라인이 애써 웃음을 유지하며 말하자 씁쓸한 표정으로 고개를 끄덕이는 진은.

"그래, 미안하다. 어차피 진하가 아니겠지. 자기 얼굴로 게임하는 사람은 없을 테니. 그리고 가면을 쓰고 있어서 확실한 것도 아니야. 몇 달 전에 친한 동생이 은하를 만났는데… 진하가 요즘에 술만 먹고 산다더라. 내가 착각했나 봐. 미안해."

힘겹게 웃으며 말한 뒤 라인이 주는 고기와 음료로 피로도와 배고픔을 회복한 진은의 머릿속에 진하가 떠올랐다.

'잘 지내냐? 보고 싶다.'

사실 진하가 은진을 사귀기 이전부터 찬성의 마음속에는 은진이 자리 잡고 있었다. 그런데 결심을 망설이던 그때 은진이 진하를 사귀게 되어 고백을 할 수 없었다. 그 후 자신의 아픔을 감추며 친구로서 은진과 진하의 곁에 머물렀던 찬성.

그러던 어느 날 진하가 군대를 가게 되었고, 찬성은 진심으로 말했다.

"내가 지켜주고 있을게. 걱정하지 마라."

이에 고개를 끄덕이며 활짝 웃던 진하. 하지만 약속은 지켜지지 못했다.

비가 심하게 내리던 날이었다. 연락을 받고 호프 집을 찾아간 찬성은 만취한 은진을 볼 수 있었다.

"무슨 일이야?"

걱정이 가득 담긴 찬성의 질문에 대답도 하지 않고 재차 술을 마시는 은진.

찬성은 그런 은진의 모습에 가슴이 아픈 것을 느끼며 옆자리에 앉아 자신도 취할 만큼 술을 마셨고, 잠시 후 둘이 호프집을 빠져나가 도착한 곳은 은진의 집이었다.

"은진아……."

찬성이 떨리는 목소리로 말하자 고개를 저으며 품에 안기는 은진. 하지만 찬성은 힘겹게 자리에서 일어섰다.

가슴이 두근거리고 식은땀이 흘렀다. 원했다. 은진의 육체는 물론 마음까지 절실히 원했다. 하지만 친구의 여자였다.

"진하와의 약속을 지키고 싶다."

"진하랑 헤어졌어."

"뭐?"

찬성은 자신의 귀를 의심하며 재차 물었다. 헤어졌다니? 무슨 말인가?

"내가 나쁜 애라 그래. 기다릴 수 있을 줄 알았는데……. 하루가 지나고, 한 달이 지나고, 몇 달이 지나니… 너무 힘들어서, 정말 힘이 들어서 헤어졌어."

찬성은 잠시 멍하게 서 있었다. 그냥 정신이 혼미했다.

"저, 정말이야?"

한참 뒤에서야 터진 찬성의 말문에 힘없이 고개를 끄덕이는 은진.

‘그래서 그렇게 술을 마신 거냐?’

찬성은 슬픈 눈빛으로 은진을 바라봤다.

분명 진하도 은진 이상으로 힘들어하고 있을 것이다. 하지만 그렇다고 둘을 다시 연결시켜 줄 수도 없었다.

기다림이 힘들어서 헤어졌다는데 군대에 있는 진하와 어떻게 다시 연결해 주겠는가?

아니, 어쩌면 순간적으로 그럴 마음이 없어진 것인지도 모른다. 친구로서, 여자로서 둘 다 너무나 소중하지만 은진을 더 사랑했기에, 함께하고 싶기에…….

결국 그날 둘은 사귀게 되었고, 한동안 비밀로 하였다.

그 후 찬성의 마음속에는 항상 짐이 존재했다. 친구의 빈자리가 크게 느껴졌으며, 예전처럼 함께 웃고 싶었다.

그렇지만 보기 힘들다고, 미안하다고, 서로만 생각하자고, 진하를 없던 사람으로 치자고!! 외치며 부탁하는 은진을 힘들게 할 수 없었다.

절대 무너지지 않을 것 같던 우정은 때론 사랑 앞에서 힘없이 사라진다.

배고픔과 피로도를 회복한 뒤 진은은 다시 사냥을 시작하였고, 라인은 한숨을 내쉬었다.

‘진하랑 헤어진 다음에 그랬어야 한 것인데…….’

진은이 사냥하는 모습을 바라보던 라인은 재차 한숨을 내쉬었다.

진하를 기다릴 수 있을 줄 알았다. 하지만 그러기에는 자신이 너무 외로웠다. 그러자 자연적으로 주변에 시선이 돌아갔고, 찬성을 생각했다.

만약 진하가 아니었다면 사귀고 싶을 만큼 마음에 든 찬성이었다.

그날, 그냥 아무런 생각도 하지 못했다. 그리움에 진하와 통화를 하다 오히려 다투게 되었고, 마냥 술을 마셨다. 화도 나고 속상해 다 포기하고 싶었다. 정말 모두 다 말이다.

그러다 자신도 모르게 찬성한테 연락을 했다. 너무나 마음이 힘든 그때 언제나 자신의 편이 되어주고, 힘을 주던 찬성을 보게 되자 모든 것이 무너졌다. 더 이상 혼자 있기 싫었다.

그래서 은진은 찬성과 진하 모두에게 거짓말을 해야 했다.

만약 사실이 밝혀질 경우 둘 다 잃는단 생각에 진하를 잊자고 찬성을 설득했고, 오랜 고민 끝에 진하에게 이별을 선고했으며, 그때서야 주변에 자신들이 사귄다는 사실을 알렸다. 아쉽지만 어쩔 수 없었다. 진하가 제대를 하기까지는 시간이 걸렸고, 이미 엎질러진 물이었다.

'하여튼 난 술이 문제야.'

라인은 진하를 떠올리다 애써 고개를 저으며 곧 진은과 함께 사냥을 시작했다.

하지만 라인은 한 가지 사실을 알 수 없었다.

찬성과 친한 동생 한 명이 자신들이 사귄 그때부터 사실을

알고 있었고, 당연히 은진이 진하와 헤어진 후 찬성과 사귀었
다고 생각하며 몇 달 전 은하에게 말을 한 것을.

그래서 진하가 지금 자신들을 향해 다가오고 있다는 사실을
말이다.

"아직도 안 하노!"

경기장에 도착해 레몬의 옆에 앉은 기적이 지루하다는 듯
외쳤다. 도장 때문에 참석하지 못한 진석과 만파를 제외하고
는 레전드 길드원 모두가 도착한 상황이었으며, 레몬과 라일
라가 자리를 맡아놓았기에 한 줄로 나란히 앉을 수 있었다.

"오빠, 화내면 때찌한다!"

불평을 하는 기적을 레몬이 살살 웃으며 달랜다. 그러자 급
방긋 하며 맞장구치는 기적.

"때찌하면 아포!"

순간 근처에 있던 모든 유저들이 침묵을 지키며 둘을 바라
봤다.

죽이면 카오가 된다! 참자! 참자! 모두는 공통적인 생각을 하
며 애써 참았지만 기적과 레몬은 눈치가 없어도 너무 없었다.

"오빠는 정말 애교덩어리! 나의 애기야!"

레몬이 구역질나는 소리를 잘도 하자 잠시 고민하던 기적이
외친다.

"닌 내 붕알이다!"

"……."

재차 주변에 정적이 흐른다.

아무리 개념이 없을지라도 어린 소녀한테 저런 파격적인 표현을 하다니! 있을 수 없는 일이었다.

'쯔쯔, 차이겠군.'

'하여튼 기적 오빠 말하는 것 하고는.'

'레몬아, 죽이지만 마.'

길드원들을 비롯해 저마다 곧 벌어질 상황을 생각하며 레몬을 주시했다. 그런데…….

"날 정말 사랑하는구나."

얼굴이 붉어진 채 수줍게 말하는 레몬.

도대체 어떻게 저 발언이 깊은 사랑을 표현한다는 것인가? 모두는 자신들의 상식이 의심스러울 지경이었지만, 둘의 애교 퍼레이드는 이제 시작이었다.

"오빠는 왜 이렇게 사랑스러워?"

"앙증맞은 니에 비하면 아무것도 아이다."

"아니야, 오빠가 더 앙증맞아."

"뭐라카노! 니보다 앙증맞은 여잔 보도 못했다!"

만약 살기를 측정할 수 있는 기계가 있다면 터져 버렸을 것이다. 그 정도로 주변 이들은 구역질의 단계를 넘어서 이제는 살기를 뿜어내고 있었으며, 샤인이 한숨을 내쉬며 옆에 있는 라일라한테 말한다.

"라일라."

"네."

"오징어로 목 조른다고 안 죽는다."

"……."

남한테 싫은 소리를 못하는 라일라가 오징어로 목을 자해하게 만드는 과도한 애교! 결국 샤인이 짜증난 목소리로 둘에게 외쳤다.

"그만 해. 어른도 계신데."

샤인이 말을 하며 옆을 바라보자 애써 웃으며 고개를 젓는 박하다.

"괜찮다. 젊은 혈기에 그럴 수도 있지."

그러자 역시 아버님이라 생각하며 환하게 웃는 기적. 하지만 한국 사람의 말은 끝까지 들어야 했으니…….

"단, 정도가 심하면 죽을 수 있다는 것도 기적이가 모를 일이 없겠지."

웃고 있지만 살기가 느껴지는 박하다의 말에 기적이 흠칫하며 눈치를 보다 고개를 숙였다.

"죄, 죄송합니더."

기적은 알고 있었다. 눈류가 괜히 소심한 것이 아니라는 사실을, 그리고 그 모든 것을 물려준 장본인이 누군지를.

그런 기적의 생각을 아는지 모르는지 자신은 너무 자비롭다고 생각하는 부전자전 박하다였다.

"이제 마지막인가?"

바둑판 같은 공간에서 눈류는 상대를 기다리고 있었다.

지금까지 총 열세 번의 시합을 하였고, 모두 빠르게 승리했다.

시합이 끝나면 모든 부상이 회복되었으며, 생명, 마나도 가득 찬 상태가 되기에 시간이 오래 걸리지 않았다. 그 결과 드디어 마지막 열네 번째 시합을 앞둔 상태.

'이번에 승리를 하면 사람들 앞에서 시합을 하는군.'

그때, 빛무리가 일렁거리더니 검을 든 20대 중반의 한 남자가 모습을 드러냈다.

이름:노벨 직업:환상술사 레벨:149

왠지 음침한 기운을 풍기는 노벨은 곧 큰 소리로 외쳤다.

"크크크, 나는 관대하다. 환상술!"

외침과 함께 눈류는 눈이 흐릿해지는 것을 느낀 눈류. 주변에서 연기가 모락모락 피어오르더니 형체를 갖추기 시작했다.

'정말 관대하다!'

눈류는 놀란 눈으로 연기가 변한 비키니 여자들을 바라봤다. 모두 하나같이 아름답고 관능적이다.

비록 눈류가 여자라고 봐주거나 그런 타입은 아니지만, 자신도 남자였고 여자를 싫어하진 않았다.

"어떤가, 나의 관대함이?!"

친구 등록을 하고 싶다는 말을 애써 삼키며 눈류는 엄지손가락을 치켜세웠다. 비록 적이지만 관대한 놈이었다.

"이제 죽음으로 인도하마."

노벨의 눈빛이 차가워지는 순간, 또다시 주변에서 연기가 피어올랐다.

"크흑."

눈류는 고통스러운 표정으로 연기가 변한 존재들을 쳐다봤다. 현실의 기적이와 비슷한, 흔하지 않은 덩치와 얼굴을 소유한 남자들이 에로틱한 유혹의 손짓을 하고 있었다.

그와 함께 조금씩 줄어드는 생명력!

"보기만 해도 너의 생명은 떨어진다. 그리고 떨어질수록 나의 마나는 회복되지. 미안하지만 이제 끝이다."

노벨이 음흉하게 웃었다. 그러자 눈류를 유혹하는 남자들이 옷을 벗으며 다가왔다.

남자로서는 눈이 피로해지며 정신적 데미지가 적지 않은 스킬.

결국 눈류는 짜증 가득한 얼굴로 노벨을 향해 접근했다. 그러자 흠칫 놀란 노벨은 서둘러 손을 뻗었고, 눈류는 재차 인상을 찌푸렸다.

환상에 걸렸는지 주변이 온통 어두워졌기 때문이다.

"흐흐, 너는 아무것도 보이지 않겠지. 하지만 나는 잘 보인다. 죽어라!"

노벨이 자신만만한 얼굴로 스킬을 시전하자 아무것도 없던 손에 동그란 모양의 종이들이 나타나 눈류를 노리며 쏜살같이 움직였다. 그와 함께 불덩어리로 변하는 종이.

"하하! 나는 관대하다!"

퍼퍼퍼펑!!

"너를 아직도 죽이지 않은 내가 더 관대하다."

"헉! 어, 어떻게 불덩어리를 피했지?"

노벨의 당황한 목소리에 눈류는 기가 찬 표정이 되었다.

어두워지게 만들어놓고 환한 불꽃으로 공격했는데 어떻게 못 피할 수 있단 말인가.

'어차피 패시브 스킬 어둠의 눈으로 인해 다 보였지만… 정말 바보군.'

"대단한 놈이군. 그렇다면 이건 어떠냐?"

노벨은 진정 눈류가 대단하다고 느끼며 가장 뛰어난 스킬을 발휘했다. 환상술사가 되면서 정신 계열 마법은 그 어떤 직업보다 뛰어났고, 노벨의 스킬을 막기 위해서는 상상 이상의 마법 방어력이 필요했다.

노벨의 온몸에서 뿜어져 나온 연기가 전신을 덮치자 눈류는 곧 정신이 몽롱해지며 비틀거렸다.

"야~"

눈류는 멍한 표정으로 앞에 있는 여자를 바라봤다.

'화, 환상인가?'

황급히 고개를 돌려 주변을 확인하는 눈류. 노벨의 모습은 보이지 않았고, 자신이 서 있는 곳은 바둑판 형태의 대련장도 아니었다.

"환상이 아니란 말이야?"

자신의 손에 시선을 던지자 게임과 관련된 그 어떤 것도 존재하지 않았다. 그리고 서 있는 곳은 집이었다.

“뭐 해? 잘 지냈어?”

웃으며 다가오는 은진의 모습에 눈류는 눈동자가 뜨거워졌지만 애써 이를 악물며 슬픔을 참는다.

“환상이다.”

“에? 무슨 소리를 하는 거야?”

영문을 모르겠다는 표정으로 은진은 더욱 가까이 접근했고, 그럴수록 흔들리던 눈류의 눈빛은 얼음장처럼 차가워졌다.

“보고 싶었어. 너도 그렇지?”

어느새 바로 눈앞에까지 온 은진. 한 걸음을 더 움직인다.

“넌 해선 안 될 짓을 했다.”

눈류의 입에서 분노가 가득 담긴 목소리가 선율처럼 흐른다. 그러자 활짝 웃고 있던 은진의 손에 검이 나타나 눈류의 목을 노리며 접근했다. 하나, 다크 쉐도우를 사용해 순식간에 뒤로 물러선 눈류.

입술을 꽉 물었다. 그러자 피가 흐른다.

“죽여주지.”

지금까지 단 한 번도 유저를 죽인 적이 없었다. 게임이었기에 다시 살아난다는 것도 알지만, 그래도 사람을 죽인다는 것이 찜찜했다. 그것은 이기기 위해선 죽여야 하는 지금도 마찬가지였고, 지금까지 만난 모든 상대에게 기권을 받은 눈류였다.

하지만 그는 지금 분노하고 있었다. 진심으로 말이다.

“왜, 왜 그래? 장난이야. 응? 이리 와. 나랑 놀자.”

당황한 표정의 은진이 곧 옷을 하나씩 벗으며 눈류에게 눈웃음을 쳤다.

노벨은 믿을 수 없었다. 자신이 사용한 최후의 스킬은 마법 방어력이 높아도 무조건 걸리게 되어 있었다. 물론 걸리기만 할 뿐, 스킬 능력 이상의 마법 방어력이라면 환상이라는 사실을 알아차릴 수 있었다. 그렇지만 적어도 레벨 105는 불가능했다. 레벨 200대의 유저들도 걸리고 마는 스킬이지 않은가? 그런데 환상이라는 사실을 깨닫고 있다니? 있을 수 없는 일이었다.

눈류가 한 발자국 움직인다.

노벨은 몰랐다. 눈류의 정신 스텟이 947이라는 것을, 추가 스텟 저항으로 인해 정신계 마법 방어력이 더욱 뛰어나다는 것을. 마지막으로 은진의 몸으로 유혹하려는 지금 이 순간, 눈류가 얼마나 분노했는지를……..

스파아앗!!

"크, 크아아악!!"

츠츠츠츠츠.

피가 분수처럼 솟구쳐서 비가 되어 내렸다. 붉고도 붉은 와인색 피에서 비릿한 혈향이 느껴진다.

"죽지 마라."

자욱히 깔리는 눈류의 음성에 스킬이 풀려 버린 노벨은 온몸에 오한이 든 듯 부들부들 떨었다.

"이, 있을 수 없는 일이다! 도, 도대체 어떻게!!"

"은진이가 다정하게 나를 대하는 것도 있을 수 없는 일이다."

스파아아앗!!

“크아아악!!”

오른쪽 팔에 이어서 왼쪽 다리마저 잘려 버린 노벨의 입에서 끔찍한 비명이 터져 나왔다. 빠르고 강했다. 스킬마저 통하지 않았고, 마나도 모두 소비했다. 다른 방법은 더 이상 존재하지 않았다. 기권하는 수밖에.

“자, 잠깐! 내가 졌…….”

뻐드득!

“쿠, 쿠어억!!”

피와 함께 이빨을 토하듯 뱉어내는 노벨.

“이제 시작이다.”

게임을 포기하기 위해서는 기권을 해야 했고, 상대가 동의해야 했다. 하지만 눈류는 그럴 마음이 없었다.

“크아아악!!”

남은 한쪽 다리마저 잘라 버린 눈류는 신속하게 또다시 검을 움직였다.

‘그래, 질러라. 비명을 더 질러라. 그리고 아직 죽지 마라.’

재차 움직이는 검.

콰지지직!

“으아아악!! 기, 기… 크아악!!”

“이제 끝이다.”

스킬을 준비하는 눈류.

어차피 노벨은 죽게 되어 있었다. 부상은 물론 출혈도 심했고, 워낙 근력이 높은 자신이라 지금까지 스킬을 사용하지 않았음에도 생명력이 얼마 남지 않았을 것이다.

"기……."

"다크 스톰."

"권……."

자신의 배를 관통하여 바닥에 꽂힌 검을 보며 기권을 말한 노벨. 하지만 그와 함께 다크 스톰이 시전되었으니…….

트트트트트특!!

검은 마나의 폭풍이 휘몰아쳤고, 노벨의 육신은 종이처럼 갈기갈기 찢기며 흩날렸다.

눈류의 분노와 슬픔, 절망과 그리움을 가득 담은 채…….

─열네 번을 승리하셨습니다. 잠시 후 대회장으로 이동됩니다.

알림 말이 승리를 알려주었지만 표정 변화가 없는 눈류의 입에서는 한 사람의 이름이 흘러나왔다.

"은진……."

Part 2
레전드 대 레전드

The knight of mask

─*32강전이 곧 시작됩니다.*

"여러분! 최후의 32명을 소개합니다!"

알림 말과 함께 마이크를 들고 꾸벅꾸벅 졸던 사회자 NPC가 서둘러 침을 닦고 일어서며 외쳤다. 나름 활기찬 눈동자로 잠잔 것을 숨기려 했지만, 한쪽으로 눌린 머리카락과 과도한 메이크업, 침으로 인해 줄이 생긴 얼굴은 유저들을 폭소하게 만들었다.

"우와와와!!"

"드디어 시작이구나!!"

"라울 놈도 분명히 있겠지?!"

"퍼스트 길드 파이팅이다!!"

큰 함성이 대회장을 흔들었다. 실력을 구경하기 위해서 온 유저들도 많았지만, 많은 이들은 자신이 아는 사람을 응원하기 위해 온 상태였다. 모두 기대를 품고 무대를 바라봤다.

그것은 레전드 길드원들 역시 마찬가지였다.

"눈류 행님, 빨리 나오소!! 아자!!"

기적의 외침에 옆에 앉아 있던 레몬이 흠칫 놀랐다가 애써 웃는다.

사귀면서 유일하게 적응이 되지 않는 커다란 목소리!

'이렇게 살다간 나이 20에 보청기를 껴야 할지도……'

레몬이 쓸데없는 걱정을 하던 그때, 드디어 무대 위로 32명이 모습을 드러냈다.

지이이잉!

"네, 1번 유저는 레벨 145인 라렌님이십니다."

가장 먼저 금빛 머리카락을 휘날리며 얼굴 가득 미끄러질 것 같은 느끼한 얼굴의 청년이 검을 든 채 모습을 드러냈다.

32명이 모든 경기를 마치면 대회장으로 한 명씩 이동된다. 단, 그 순서는 랜덤이며, 나타나는 순서로 시합을 치르게 된다.

"아홍, 라렌 오빠!! 파이팅!!"

"라렌 오빠, 꼭 이기세요!!"

평소에도 인기가 많은지 응원하는 여성들이 많았고, 라렌은 익숙한 듯 눈웃음을 치며 손을 흔들었다.

잠시 후, 다시 흰 빛무리와 함께 두 번째 유저가 모습을 보였다.

"네, 2번 유저는 레벨 150인 마부르님입니다!!"

두 번째 등장한 유저는 칠흑같이 검은 로브를 뒤집어쓴 마법사였다.

"다 죽여 버려라, 마부르!!"

"아주 척추를 고이 접어버려!!"

응원하는 이들만 봐도 정체를 짐작할 수 있는 마부르였다.

지이잉.

"네, 3번 유저는 레벨 103인 세라님이십니다!"

"레벨 103?"

"실력이 좋은가 본데?"

"놀랍군."

여성 사회자의 소개에 관중들은 호기심 어린 눈길로 무대를 쳐다봤다. 아무리 무기를 날카롭게 하여 치명적인 일격이 존재한다 할지라도 낮은 레벨의 유저가 이기기는 사실상 힘들었다. 그런데 103이면 C급에 거의 턱걸이한 레벨인데 32강에 들다니!

"여자네?"

샤인의 말처럼 무대 위에 모습을 드러낸 103 레벨의 주인공은 여자였다.

이제 20살이 되었을까? 앳된 얼굴에 장난기 가득한 눈, 가슴까지 오는 갈색 머리카락은 아름다운 얼굴의 볼을 감싸고 있었고, 양손에는 뾰족한 뿔이 솟아 있는 파이터의 무기 중 하나인 너클을 착용한 상태였다.

지이잉!

"네, 4번 유저는 레벨 135인 루크님이십니다!"

소개와 함께 모습을 드러낸 루크는 눈류와도 몇 번 만났던 적이 있는 바로 그 예의 바른 청년… 아저씨였다.

"아자! 오빠, 힘내!!"

"형님! 힘내세요!!"

"아잉, 우리는 참 타이밍도 적절해."

"자기, 내 생각도 같아."

응원을 하다 말고 닭살 모드에 돌입한 루크의 일행인 일리아와 페르탄.

그들은 하필 라일라의 바로 옆에 위치했고, 그 반대편 옆자리에 있는 기적과 레몬이 존경스러운 눈길로 쳐다봤다. 자신들보다 한 수 이상의 애교! 살기도 무시할 수 있는 철판! 배워야 할 점이 많은 자들이었다.

'내가 죽지, 죽어.'

그들 사이에 있는 라일라. 드디어 우울증 증상을 보이기 시작했다.

"네, 드디어 마지막 소개입니다! 32번째 유저는 레벨 105인 눈류님입니다!"

"우와! 행님! 기적이 여기 있습니더!!"

드디어 기다리고 기다리던 눈류의 등장!

기적은 자리에서 벌떡 일어서며 응원했다. 레몬 역시 함께 일어선 상태.

"오라버니! 꼭 우승하세요!"

"어쩜… 레몬, 니는 맘도 착하노?"

"오빠도 참… 솔직하기는."

일어서서 응원을 하다 말고 불타오르는 한 쌍의 처죽일 남녀.

모두가 살기를 내뿜었지만 감탄을 하는 또 다른 한 쌍이 있었으니, 바로 일리아와 페르탄이었다.

'대단하다. 이 살기를 견디며 저런 애정 표현을 하다니!'

'앞으로 루크 오빠 앞에서 더욱 열심히 사랑해야겠어.'

그들의 마음을 아는지 모르는지 루크는 눈류를 바라보고 있었다.

왠지 낯익은 기분이다. 하지만 피부팩 같은 종이 가면으로 얼굴을 가리고 있었기에 확신할 수 없었다.

'루크 씨군.'

그런 루크를 발견한 눈류가 미소를 지었다. 이런 곳에서 보게 될 줄은 몰랐다.

'아직 내 이름은 안 가르쳐 줘서 날 알아보지 못하는군.'

눈류의 생각처럼 루크는 계속 고개를 갸우뚱거리다가 어깨를 으쓱하며 체념한다. 자신의 기억력을 한탄하며.

"10분 뒤에 제1시합이 시작됩니다. 참가자 분들은 모두 준비해 주세요."

귀여운 외모의 사회자가 말하자 참가자들은 각자의 방법으로 몸을 풀며 관중석을 둘러본다.

자신이 아는 사람이 어디에 있나 찾아보는 것이었고, 눈류 역시 고개를 돌려보다 인상을 찌푸린다.

사람이 너무 많았다. 아무리 감각 기관의 능력이 한계 이상인 자신일지라도 잠깐의 시간 동안 수십만 명 사이에서 아는 사람을 찾기란 쉽지 않았다.

지금까지 쉬지 않고 싸워왔기에 몸을 풀 필요성도 느끼지 못한 눈류는 준비된 의자에 앉았다. 그런데,

'신경 쓰인다. 왜지?'

눈류는 계속 한 명의 여자를 쳐다봤다. 무대로 이동되어 참가자들을 바라보는 순간부터 계속 눈길이 갔다. 마치 월하를 만났을 때처럼 말이다.

그때 누군가가 다가와 조심스럽게 말문을 열었다. 바로 루크였다.

"혹시 저를 아십니까?"

루크가 머리를 긁적이며 물었다.

"자꾸 어디서 본 분 같은데 기억이 잘 안 나서 그럽니다. 제가 건망증이 심해서."

나이에 어울리지 않는 순박한 모습에 눈류는 기분이 좋아졌다. 가끔 이런 사람들이 있다. 뭘 해도 좋게 보이는 사람들.

'루크는 내가 가면 쓴 모습만 봤어. 그래서 낯익다고 느끼는 것인가?'

눈류는 자리에서 일어서며 손을 내밀었다. 어차피 스킬을 발휘하면 자신이라는 사실을 알 것이다.

"오랜만입니다."

"역시! 그런데 누구신지… 어, 설마?"

루크는 목소리까지 듣자 머릿속에서 누군가가 떠올랐다. 언제나 파티를 거절하던 강한 능력의 소유자.

"아, 이름이 눈류님이셨군요."

"네, 여기서 또 뵙네요."

반가운 얼굴로 눈류와 인사를 나누던 루크는 곧 난처하게 웃으며 장난기 가득한 목소리로 말했다.

"이거, 우승은 포기해야겠는데요. 그래도 다행인 것은 3번과 32번이라 결승전에서나 만나겠군요. 하하!"

속으로는 '당연히 포기하셔야지요' 라고 말했지만 티 내지 않는 눈류. 과한 겸손은 오히려 좋지 않다는 것을 잘 알고 있었다.

"그래도 준우승 상금이 있으니 그거라도 노려보겠습니다."

"준우승 상금도 있습니까?"

"네, 1차 이벤트 때도 대회를 했는데 준우승 상금이 있었습니다. 1등에게는 그 레벨에 맞는 아이템과 상금을 주고, 2등에게는 상금만, 그리고 3등에게는 포션을 준 것으로 기억합니다."

"그렇군요. 으흐흐."

마방 세트와 라르크를 떠올리자 순간적으로 짐승 모드로 돌변하는 눈류의 모습에 루크가 움찔하며 한 걸음 물러섰다.

'왜, 왠지 보스 몬스터를 만난 기분이야!'

그런 루크를 보지 못한 채 마방 세트와 상금을 떠올리며 행복에 빠져 있는 눈류였다.

"드디어 제1경기가 시작됩니다. 라렌님과 마부르님! 시작하세요!"

사회자의 말과 함께 느끼남 라렌과 다크 포스 마부르가 시합을 시작했고, 눈류와 루크는 함께 자리에 앉아 관람했다.

하나 그것도 잠시였다.

"끝났군요."

루크의 아쉬운 목소리.

시합은 예상보다 일찍 끝났다. 물약을 사용할 수 없기에 당연한 일이었다.

처음은 라렌이 마가린 검술을 선보이며 우위에 선 듯했지만, 마부르의 저주와 거리를 재는 기술이 뛰어났고, 결국 라렌은 죽음을 맞이했다.

"체, 치사한 놈."

무대 옆 부활의 장에서 모습을 나타낸 라렌이 찡그린 얼굴로 외쳤지만, 들어주는 이는 아무도 없었다. 싸움에, 그것도 목숨을 건 전투에 치사함이란 존재하지 않는다. 어떻게든 이기면 되는 것이다.

"이제 제 차례이군요. 다녀오겠습니다."

"조심하세요."

루크는 눈류의 당부에 활짝 웃으며 고개를 끄덕이고 무대로 올라갔다. 그러자 맞은편에는 어느새 세라가 서 있었고, 무기를 본 루크는 반갑게 인사를 건넸다.

"같은 계열에 속해 있으시군요. 반갑습니다. 즐거운 시합 되기를……."

하지만 아무런 대답이 없는 세라.

루크는 뻘줌함에 어색하게 웃다가 시합 종소리와 함께 유심히 관찰했다.

평소에는 옆집 아저씨처럼 따스한 인상이지만, 전투가 시작되면 눈빛이 변했다.

'나보다 레벨이 한참이나 낮고 같은 계열의 유저. 그렇다면 승리는 말할 것도 없다. 단, 이곳까지 올라온 것을 보면 무엇인가가 존재한다는 뜻이니 조심하자.'

루크는 세라의 주변을 돌기 시작했다. 아주 천천히, 천천히, 빠르게, 아주 빠르게!!

점점 가속도가 붙자 속도는 더욱 빨라졌다. 바로 이속 스킬을 사용한 것.

'죽이고 싶지 않은데…….'

루크는 눈류와 달리 뛰어나게 강하지 못했기에 마음은 원치 않아도 어쩔 수 없이 상대를 몇 번 죽이며 32강에 올라왔다.

"죄송합니다."

아무리 게임일지라도 여자를 공격한다는 것이 내심 내키지 않은 루크는 짧게 자신의 마음을 전하며 공격을 시도했다.

"플레어 붐!!"

루크의 주먹이 불꽃에 휩싸이며 파고들었다. 목표는 세라의 팔! 플레어 붐을 맞게 되면 육체가 남아나지 못했기에 배려가

담겨 있는 공격을 한 것이다. 하지만,

'어설픈 배려는 죽는다.'

그 상황을 지켜보던 눈류의 입장에서는 답답할 뿐이었다. 사람이 너무 좋아도 탈이다. 자신이 봤을 때 세라란 여자는 적어도 루크보다 강했다. 그런데 배려라니? 어리석은 행동은 패배를 부를 뿐이다.

콰콰콰쾅!!

파편이 튀며 굉음이 대회장에 울려 퍼졌다.

'뭐, 뭐야?'

루크는 당황했다. 세라란 여자는 자신의 스킬을 피하지 않았다. 못한 것도 아닌, 아예 피할 생각도 없이 자신의 플레어 붐이 담긴 주먹을 손바닥으로 막아버렸다.

상대의 스킬을 손바닥으로 막다니! 상식적으로 있을 수 없는 일이다. 아무리 강하다 할지라도 통증을 느끼게 되어 있으니.

투투툭.

루크의 주먹을 잡은 자그마한 세라의 손바닥에서 피가 흘렀고, 살점이 떨어져 나가 다 찢어진 걸레처럼 되어버렸다.

그럼에도 표정의 변화가 없는 세라. 그 모습은 루크를 오싹하게 만들었다.

'위, 위험하다!!'

몸이 미처 생각을 따라주지 못하는 그 순간, 세라의 작고 여린 주먹이 루크의 배로 파고들었다.

"크허억!!"

투투툭!

몸속에서 올라오는 침과 피를 뱉어내며 고통스러운 표정의 루크. 하지만 세라의 공격은 이제 시작이었다.

파파파파팡!!

순간적으로 허공에서 검은빛 다섯 개가 나타나더니 양팔과 다리, 복부를 관통했다. 그와 함께 루크의 생명력이 점점 줄어들었다.

"하아, 하아! 제가 졌습니다."

결국 루크는 자신의 패배를 인정했다. 상대는 강했다. 자신과 비교도 안 될 만큼.

'레전드인가…….'

가능성있는 추측은 바로 레전드였고, 힘없이 세라를 바라봤다. 상대가 동의해야 기권이 인정되며 치료를 받을 수 있다. 그런데 아무런 대답이 없었다.

"제가 졌습니다. 동의를 해주시겠습니까?"

루크가 애써 통증을 감추며 재차 말했지만 세라는 아무런 대답 없이 신형을 움직였다.

벌떡!

자리에서 일어선 눈류.

"크아아아아악!!"

비명이 대회장을 가득 채웠다. 시끄럽게 응원을 하던 관중들 역시 침묵에 빠져들었다. 참혹한 장면이 연출되었기 때문이다.

퍼퍼퍼펑!!

손을 권총 모양으로 한 상태에서 총알을 쏘듯 스킬을 사용하는 세라.

루크의 몸에는 점점 구멍이 생겼고, 피가 바람에 실려 경기장을 떠돌았으며, 사방에 피비린내가 가득 차올랐다.

"으윽… 세, 세라님이 승리하셨습니다!!"

그 광경에 사회자마저 말을 더듬었다.

대회에서 유저를 죽이는 것은 상관없다. 살기 위해 적을 죽인다. 그것은 기본 수칙이다. 하지만 만인이 보는 앞에서 항복을 선언한 상대를 저리 잔인하게 죽인 것은 라스트 월드 사상 단 두 명뿐이었다. 바로 이전에 세라와 눈류를 죽인 월하였다.

'그래, 이 느낌이 무엇인지 알겠다.'

처음 월하를 만났을 때 비슷한 느낌을 받았지만 알 수 없었다. 월하는 레벨이 높았기에 강한 것이 당연했다. 하지만 이제는 확신했다.

'레전드!'

추가 스텟 심안 덕분으로 보이는 것 이상을 알 수 있는 눈류.

눈류는 세라를 향해 시선을 던진다. 그러자 세라 역시 눈류를 바라봤다.

씨익.

세라의 입가에 차가운 웃음이 서린다. 그러자 눈류 역시 재미있다는 듯 웃었다.

“기다리지.”

‘적어도 나와 비슷한 능력을 가지고 있군.’

세라와 눈류는 서로가 서로를 알아보고 있었다.

“너무나 쉽게 져버렸습니다.”

부활한 루크가 축 처진 모습으로 눈류의 옆에 앉았다.

“상대가 강했을 뿐입니다.”

눈류의 말에 고개를 끄덕이는 루크. 그랬다. 이곳은 강한 자만이 지배하는 라스트 월드. 실력이 부족하면 패배와 함께 죽는다.

“그런데 괜찮습니까?”

“네? 아, 괜찮습니다. 세라님은 제가 마음에 들지 않았나 봅니다. 하하!”

여전히 사람 좋은 웃음과 함께 몸 이곳저곳을 만져 보는 루크. 아무리 시합이고 죽음의 패널티가 없다 하지만 고통은 존재했다.

하나 정작 본인은 신경 쓰지 않는 듯했고, 눈류는 세라에게 시선을 돌렸다.

‘확실하진 않지만 사용하는 기술과 레벨을 봐선 다크 스나이퍼. 아직 자신을 공개하지 않은 것으로 아는데 마음이 변한 것인가? 맨얼굴로 모든 능력을 사용하다니……’

눈류가 생각에 잠겼을 때, 다음 시합이 시작되었다.

“타합!!”

“하아아압!!”

빠르게 전개되는 시합.

포션을 사용할 수 없기에 길어봐야 10분, 짧으면 1분 안에 끝나는 경우도 있었다. 그렇다 보니 어느새 눈류의 차례가 돌아왔다.

"눈류님, 꼭 이기세요."

루크의 파이팅을 받으며 눈류는 무대에 올라선다.

"아빠, 드디어 오빠야."

"그렇구나."

레전드 길드원들 역시 큰 소리로 파이팅을 외치며 힘을 실어주었다. 하지만 그런 와중에도 경쟁을 하는 이들이 있었으니.

"기적 오빠, 삐져 나온 뱃살도 순박해 보여."

"난 니 그 까칠한 성격에 반했다 아이가."

'제발……'

"페르탄 여보, 오늘도 뽀뽀?"

"24시간 풀 가동!"

'제발… 흑.'

서로를 의식하며 쉬지 않고 과도한 애정 행각을 벌이는 기적과 레몬, 페르탄과 일리아. 그들 사이에 껴서 울상이 되어버린 라일라.

과연 번외 시합의 승리자는 누가 될 것인지? 그리고 라일라는 우울증을 이겨내고 살아남을 수 있을지? 모두가 관심… 따위 없었다.

"크크크."

그사이 눈류의 맞은편에 청색 로브를 입은 마법사가 모습을
드러냈다.

"나는 위대하다! 으하하!"

왠지 낯익은 느낌.

"네놈, 감히 나의 절친한 친구를 죽였겠다?"

머릿속으로 64강의 상대가 떠올랐다. 자신이 관대하다고 외
치던 그놈.

"설마……."

"그래, 내 친구 관대하를 네가 죽였잖아!"

'관대하가 본명이었단 말인가? 그렇다면?'

그때 위대하가 다시 외친다.

"이 몸은 관대하의 친구 위대하다!"

정말 싸 보이는 작명 센스!

"후후, 나와 친구가 왜 위대하, 관대하인지 궁금하나? 형제
도 아닌데?"

"아니, 궁금하지 않……."

"궁금할 것 같으니 말해주마. 사실 부모님들이 술 먹다 그렇
게 지으셨다. 어때, 위대한가?"

마나를 입에 모은 듯 빠른 속도로 말을 내뱉는 위대하. 눈류
는 고개를 저으며 검을 잡은 손에 힘을 주었다.

관대하, 위대하. 입만 열면 짜증이 치밀게 하는 놀라운 능력
을 가지고 있었다.

“그럼 관대하의 복수를 해주마. 죽어라! 솔리드 포그!”

위대하가 뾰족한 창날이 붙어 있는 지팡이를 내밀며 외치자 주변에서 안개가 형성되었다. 눈류가 아니라면 바로 앞도 보기 힘들 정도의 짙은 안개는 둘의 모습을 감싸 안았다.

“뭐야? 안 보이잖아!”

“왜 저런 마법을 써!!”

“이봐, 심판! 보이게 해봐!!”

관중들의 불만이 사방에서 터져 나온다. 시합을 보기 위해 서 있는 것인데 보이지 않으니 짜증이 날 수밖에 없었다.

“크크크, 어때? 안 보이지?”

눈류는 짙은 안개 속에서 위대하의 말을 들으며 실소를 흘렸다. 심안으로 인해 이 정도 안개로 자신의 시야를 가릴 수 없었고, 잘은 아니지만 어느 정도 보였기 때문이다.

“이제 죽어… 헉! 너, 어디 있냐?”

“…….”

“젠장, 나도 안 보이잖아. 해제!!”

‘관대하랑 똑같은 바보군.’

안개가 사라졌고, 애써 태연하게 웃고 있는 위대하.

“사, 사실 장난이었다. 이제 이 몸의 능력을 보여주마! 콘주어 에니멀스!”

위대하의 주문과 함께 주변에서 빛이 일렁거리더니 한 마리의 동물이 모습을 드러냈다. 호랑이의 몸에 백조의 날개를 달고 있는 형상.

"가서 죽여라!"

크어어엉!

명령과 함께 빠른 속도로 눈류에게 달려드는 호랑이.

'파닥거리는 백조의 날개가 왠지 슬프군.'

그 모습을 주시하던 눈류는 정신을 집중하며 호랑이의 목을 쳐다봤다. 그 어떤 존재에게든 약점이 있었고 호랑이의 날이 잘 선 발톱이 덮치는 순간,

푸우욱!! 츠츠츠!!

검으로 인해 단 한 번에 목이 관통당한 호랑이는 피를 사방에 뿌리며 희미해졌고, 위대하는 쉬지 않고 마법을 발휘했다.

"플레어 란스!"

거대한 불꽃의 창이 형성되며 눈류를 위협했다.

'마법 공격으로는 날 이길 수 없다. 다크 소울.'

검을 허리 옆으로 이동시킨 뒤 스킬을 시전하며 빠르게 베었다.

콰콰콰쾅!

그러자 검은 마나가 반월형의 형태로 플레어 란스를 소멸시켰고, 즉시 위대하의 팔을 노렸다.

"허억! 브, 블링크!"

재빠르게 블링크로 위기를 모면하는 위대하.

'다크 쉐도우.'

그 틈에 눈류는 이동했고, 위대하는 황급히 고개를 돌렸지만 멱살을 붙잡혔다.

“캐, 캐액.”

“관대하만 생각하면 네놈도 죽여 버리고 싶지만, 기권해
라.”

눈류의 말에 다급히 고개를 끄덕이는 위대하. 하지만 그의
눈빛이 예사롭지 않다.

“아, 알겠어! 기, 기… 엔스네이레멘트!!”

츠츠츠츠츠.

눈류의 표정이 차갑게 굳어진다.

위대하의 외침과 함께 둘 사이의 좁은 공간에 어두운 터널
이 생기더니 무엇인가가 빠르게 덮쳤다.

엔스네이레멘트! 자신의 경험치까지 떨어뜨리며 발휘하는
타 차원 존재 소환 마법!

푸욱푸욱!!

온통 검은 구더기와 같은 거대한 생물체가 날카로운 이빨들
로 눈류의 양 팔을 물며 밀어붙였다.

치이이익!!

찰나에 경기장 끝까지 밀려나 버린 눈류.

그의 팔에서는 피가 하염없이 솟구쳤고, 그 모습에 한 여자
가 기겁한 표정으로 소리쳤다.

“오빠!! 우리 오빠를 감히!!”

자신도 모르게 벌떡 일어서 외친 라일라.

“우리 오빠?”

“오호!”

곧 들리는 주위의 말에 자신의 행동을 깨닫고 조심히 돌아보니 길드원들 모두가 가자미눈이 되어 바라보고 있다.

"아, 아니. 그냥 오빠잖아요."

결국 횡설수설하며 무안한 얼굴로 자리에 앉는 라일라였다.

"역시 어설픈 자비는 베풀지 않는 것이 좋군."

노한 모습으로 혼잣말을 한 눈류는 자신의 생명력을 바라봤다. 물리 데미지와 출혈 때문인지 생각보다 많이 줄어들고 있었다.

키에에에!!

구더기는 비명과도 같은 소리를 지르며 아예 눈류를 삼킬 듯 입을 크게 벌렸다. 하지만 눈류의 검이 더 빨랐고, 검이 입 안에 박혔다.

'다크 소울!!'

입 안에서 발휘된 다크 소울!

쩌저저저적!!

구더기의 몸이 정확히 반으로 갈라졌고 온갖 장기와 정체를 알 수 없는 분비물을 바닥에 뿌리며 사라졌다.

콰콰콰쾅!!

그러고도 힘을 잃지 않은 다크 소울은 위대하를 지나 마나 벽에 부딪침과 동시에 검폭이 발휘되며 폭발했다.

관중들을 보호하기 위해 경기장 주변에는 최고의 마법진이 형성되어 있는 상태.

"어어… 프, 프리즈 애로우!!"

위대하는 당황하며 마지막 남은 마나로 역전을 노렸다. 하나 피하지 않는 눈류.

파파팡!

얼음의 창이 몸에 부딪치자 곧 다리부터 쩌저적! 하는 소리와 함께 얼기 시작했다.

"됐다!"

그때서야 안심하며 다시 웃는 위대하. 하지만 곧 표정이 경직된다.

트트트특.

다리부터 얼려 버리던 얼음이 힘을 잃고 바닥에 다 떨어진 것이다.

위대하의 마법보다 눈류의 마법 방어력이 훨씬 높기 때문에 나타나는 현상이었다.

"잘 가라."

소름이 돋을 만큼 한기 서린 눈류의 목소리에 위대하는 온몸을 부들부들 떨었다. 알 수 없는 공포가 전신을 휘어 감았다.

눈류가 어둠을 선택하면서 자연적으로 얻게 된 살기의 영향이었다.

"자, 잠깐, 나는 위대한 사……."

'다크 소드.'

스파앗!!

투욱, 데구르르르르.

더 이상 말을 잇지 못하고 허리가 잘려 버린 위대하.

심판의 외침이 대회장에 울려 퍼진다.

"승자는 눈류님이십니다!!"

승리의 소식과 함께 대회장을 내려가려던 눈류는 곧 발걸음을 돌렸다. 조금 전 누군가의 행동이 머릿속을 스쳐 갔기 때문이다.

터벅터벅.

"……."

눈류는 위에서 세라를 내려다봤고, 세라 역시 아래에서 고개를 들어 쳐다봤다.

"기다리지."

세라가 웃었다.

퍼퍼퍼펑!!

양팔과 다리에 구멍이 생기며 한 유저가 죽음을 맞이했다.

"세라님이 승리하셨습니다!!"

파파파파팟!!

거부할 수 없는 스피드로 적에게 다가간 눈류의 검이 목에 닿았다.

"기, 기권!"

"수긍합니다."

"모나렐님의 기권으로 눈류님의 승리입니다!"

퍼퍼펑! 퍼퍼퍼펑!!

세라의 주먹에 가득 담긴 검은 기운은 쉬지 않고 움직였다.

참혹, 그 자체. 형체도 알아볼 수 없을 만큼 적의 육체는 초토화가 되었다.

"세라님의 승리입니다!"

쩌저저저적.

몸이 마법에 의해 돌로 변하기 시작했지만 표정의 변화가 없는 눈류.

'마법은 나에게 통하지 않는다. 다크 소울!'

"으, 으아악!!"

검은 반월형의 마나가 팔을 스치며 지나가자 마법사는 기겁하며 기권을 선언했다. 이미 눈류의 능력을 잘 알고 있기에 더 이상 무모한 짓은 하고 싶지 않았다.

"눈류님이 승리하셨습니다!"

어느새 최후 4인이 결정된 C급의 시합. 모든 상황이 게시판을 통해 빠르게 전해지고 있었고, 많은 유저들이 흥분했다.

아무리 생각해도 레전드라고 볼 수밖에 없는 세라와 눈류의 능력!

특히 눈류의 경우는 키메라를 혼자 해치웠다는 유저 기사에 스킬이 스샷으로 알려진 상태였기에 많은 이들이 알아봤다.

"저, 저거, 가면의 기사 아냐?"

"맞지? 나도 스샷 보고 왔는데, 분명 저런 기술을 사용했어."

“그런데 가면의 기사가 맞아? 유저 기자들이 원래 과장을 잘하니.”

“확실하다고 봐야지. 레벨 105가 저리 쉽게 140, 150을 해치운다고? 아무리 스킬 조합에 따라 위력이 다르다 할지라도 이건 너무 강하잖아.”

수많은 관중들이 들뜬 상태로 눈류와 세라의 정체를 추측했다.

“그런데 저 여자는 뭐지? 레전드라면, 음…….”

“거 있잖아. 얼마 전에 공지로 알려진 다크 스나이퍼! 꼭 손가락으로 총 쏘는 것 같잖아.”

“아, 맞다! 저 여자는 얼굴도 안 가리고 능력을 공개하고 있네? 알려져도 상관없다는 것인가?”

“우리야 모르지. 이야, 이러다가 결승전은 레전드끼리 붙는 것 아냐? 보기 힘든 광경인데…….”

“하긴, 저번 대회에서도 대단했지. 진은과 라스트가 붙었을 때 말이야. 그때 승리는 라스트가 챙겼지만 이번에도 기대돼.”

그렇게 관중들은 물론 인터넷 게시판까지 소란스러웠고, 실시간 중계를 통해 많은 이들이 경기를 관람하고 있었다.

자신들의 예상이 사실일 경우, 분명 결승전은 레전드 대 레전드! 그것도 지금까지는 볼 수 없던 새로운 직업들이다.

“언니?”

눈류의 능력을 지켜보던 레몬과 라일라, 레전드 길드원들이 자신을 바라보자 잠시 난처한 표정을 짓던 샤인이 곧 체념 섞인 한숨과 함께 길드원들만 들을 수 있는 길드 채팅으로 이실직고했다.

"사실 가면의 기사가 맞아."

"정말요?"

"이야!"

레몬과 라일라는 놀란 표정으로 눈빛을 주고받더니 고개를 끄덕였다. 같이 사냥을 하면서 뭔가 이상하다고 느끼고 있었다. 레벨 100 초반이라고 볼 수 없는 능력. 그런데 정말 레전드인 가면의 기사였다니!

"오빠가 비밀로 해달라고 해서. 그러니 너희들도 말하지 마. 이번 대회로 눈류라는 사람이 레전드라고 알려지겠지만 얼굴이 밝혀진 것은 아니니. 이름은 파티를 하거나 스스로 말하기 전까지 알 수도 없잖아. 아마 오빠도 짐작했겠지. 그러니 저런 가면을 쓴 거고."

"네, 알겠어요."

"저희만 믿으라고요!"

샤인의 말에 레몬과 라일라가 활기차게 대답했고, 이제야 사실을 알게 된 라렐과 아린, 카르마 역시 고개를 끄덕였다.

레전드 길드! 길드명이 왜 레전드인지 이유가 있었던 것이다.

"역시 그랬군요."

승리를 하고 눈류가 돌아오자 루크가 부러운 시선으로 말을 꺼냈다.

이전까지는 레벨 200이 넘을 것이라 추측했지만, 대회장에서 105라는 것을 알게 되자 레전드로 생각이 바뀌었다.

그리고 지금까지 이어진 시합들을 보며 확신했다. 아무리 스킬 조합을 잘한다 할지라도 레벨 105에 저런 방어력과 공격력을 갖출 수 없기 때문이었고, 굳이 시합이 아니더라도 레벨 105가 키메라를 잡은 것 자체가 레전드라는 사실을 말하고 있었다.

"죄송합니다. 개인적인 사정이 있어서."

눈류가 미안한 듯 대답하자 손사래를 치는 루크.

"괜찮습니다. 그럴 수도 있지요."

"감사합니다."

대답과 함께 눈류는 곧 자리에 앉자마자 한숨을 내쉬었다.

원래 계획은 다크 쉐도우를 제외한 모든 스킬을 최대한 쓰지 않는 것이었다. 키메라와의 전투로 스킬들이 많이 알려졌기 때문이고, 높은 공격력과 물리, 마법 방어력을 갖춘 자신이기에 충분히 이길 수 있다고 믿었다. 그리고 최대한 아슬아슬하게 승리하여 자신을 레전드라 생각하지 못하게 하고 싶었다.

하지만 언제나 만약이라는 것이 존재하기에 가면까지 착용하며 만반의 준비를 갖추었다.

그런데 또 다른 레전드의 등장으로 모든 것이 허사가 되어버리다니.

자신의 정체를 알아볼 정도의 능력자! 그런 존재를 상대로 스킬을 사용하지 않는다? 절대 이길 수 없었다. 그렇기에 스킬을 사용하며 최대한 빠르게 시합을 끝냈다.

승리를 해서 상품과 상금을 타야 했다. 포기하기에는 너무 아까웠다. 그렇다고 도망칠 수도 없었다. 기다린다는 말에 그대로 갚아준 소심한 자신이 아닌가!

그나마 다행인 것은 얼굴 전체를 가리는 가면을 착용하고 있다는 점이다.

'후우, 앞으로 피곤하겠군.'

파티 사냥을 평생 안 할 수 없었다. 포션 값의 부담이 너무나 크기 때문이다.

또 다른 이들이 뽀대용으로 가면을 많이 착용한다 할지라도 자신의 가면과 스킬이 알려졌기 때문에 분명히 알아보는 유저들이 있을 것이다.

물론 사냥을 할 때 가면을 벗고 스킬을 사용하지 않는다면 괜찮겠지만, 그런다면 사냥을 안 하는 것과 다름없다.

자신이 빠른 레벨 업을 할 수 있는 것도 기사의 범위 스킬 때문이 아닌가.

눈류는 결국 맨얼굴이 공개되지 않아 진은과 라인이 자신의 정체를 알아차리지 못한 것에 만족해야 했다.

어차피 비밀로 하려 했던 것도 그 둘이 가장 큰 이유였으며, 처음 생각과는 다르지만 결과가 이렇게 된 이상 후회하기보단 우승을 하는 것이 최선이었다.

'저 계집애만 아니었으면, 에휴!'

눈류는 무대에서 벌어지고 있는 4강전을 바라보며 눈을 부라렸다.

4강전 첫 번째 시합은 세라와 키로라는 흑마법사였다.

쿠로오오오!!

흑마법사의 주문과 함께 바닥에서 형성된 마법진이 허공으로 솟아오른 세라를 끌어당겼다. 그와 동시에 뱀과 같은 형상의 마계 생물들이 뛰쳐나왔다. 하지만 어느새 흑마법사의 앞으로 이동한 세라.

퍼퍼퍼퍼펑!!

"커허어억!!"

손가락에서 뻗어 나온 다섯의 검은빛과 함께 흑마법사는 바닥에 쓰러졌다.

'빠르다. 어쩌면 나보다 더 빠를지도 몰라. 그리고 저 스킬의 위력은 정말.'

눈류는 그런 상황을 지켜보며 입술을 깨물었다.

가면의 기사! 레전드 중에서도 최상위 존재. 그렇기에 아무리 상대가 레전드라 할지라도 자신의 우위가 점쳐져야 했다.

하지만 보면 볼수록 세라는 아래가 아니었다.

'붙어봐야 알겠지만 쉽지 않겠어.'

세라를 보며 고민하는 순간, 세라가 눈류를 향해 손가락을 겨냥했다.

"어?"

그러자 루크가 당황한 신음을 흘렸고, 손가락에서 뿜어져 나오는 기운.

파파파파팟!!

한 손가락에서 다섯 개의 검은빛이 동시에 발출되더니 허공에서 뭉치며 큰 기운으로 변하였다.

목표는 바로 눈류.

파지지직!!

하지만 마법진에 부딪치며 세라의 스킬은 증발해 버렸다.

"허억!"

마법진이 있다는 것을 알면서도 놀란 루크는 눈류를 쳐다봤다. 조금 전과 변함없는 모습.

'레전드는 뭔가 달라도 다르구나!'

루크는 진정 감탄했다. 하지만,

'제, 젠장.'

사실 눈류도 놀라서 순간 움찔한 상태였지만, 루크의 시선을 느끼며 애써 태연한 척하고 있는 것이었다.

세라의 도발을 맞받아치고 싶지만 체념하며 무대에 올라가는 눈류. 자신 역시 4강전을 치러야 했고, 어차피 결승전에서 만나게 될 것이다.

"눈류님, 힘내세요!"

"으아아! 행님! 파이팅!!"

"오빠, 잘해!!"

루크는 물론 레전드 길드원들 역시 흥분한 목소리로 선전을 기원했다. 그 중 가장 얼굴이 밝은 것은 누가 뭐라 해도 라일라였다. 드디어 두 커플의 쓸데없는 애교 신경전이 끝났기 때문이다.

그래서 라일라는 더 이상 구토를 하지 않으며 편안한 마음으로 눈류를 지켜봤고, 그 모습을 길드원들이 묘한 눈빛으로 쳐다보며 고개를 끄덕였다.

"타합!!"

기사와 기사의 대결! 눈류는 검을 부딪치며 애써 짜증을 진정시켰다. 생각 이상으로 생명력이 줄어들었다.

꼭 공격을 당하지 않고 힘을 겨루기만 하여도 각자의 공격력과 방어력이 계산되어 데미지를 입고 주게 되어 있었다. 그런데 그 정도가 자신의 예상보다 높았다.

'신성력 때문이군.'

검을 감싸고 있는 성스러운 빛. 비록 희미한 정도였지만 어둠을 택한 눈류에게 추가 데미지를 주고 있었던 것이다.

'빨리 끝내자.'

자신을 향해 검을 움직이는 기사를 바라보며 눈류는 맞불 작전으로 부딪쳤다. 그와 함께 검에서 짙은 마나가 일렁거린다.

퍼퍼퍼펑!!

검폭이 발휘되지 않았음에도 신성력과 어둠의 힘이 부딪쳐서인지 큰 폭발을 일으키며 둘 모두에게 데미지를 입혔다. 하지만 아무런 상관 없다는 듯 눈류는 재차 공격을 시도했고, 결국 상대방 기사의 항복으로 결승행 티켓을 손에 쥐었다.

"눈류님의 승리입니다!! 결승전은 20분 뒤에 시작합니다!"

시합이 끝나면 모든 생명력과 마나, 부상이 회복된다. 그렇기에 굳이 휴식 시간을 가질 필요는 없었지만 기다림의 맛을 강조하는 운영진들로 인해 생긴 것이었고, 눈류는 루크의 옆에 앉아 머릿속으로 상황을 그렸다.

언제나 그래왔다. 강한 상대와 싸우기 전이면 라스트 월드든 현실이든 머릿속으로 전투 상황을 그렸고, 그런 준비 과정은 항상 도움이 되었다.

"눈류님, 복수를 해주세요!"

루크가 일어서는 눈류에게 농담 섞인 말을 꺼냈다.

복수를 해달라는 것이 아닌 지지 말고 이겨달라는 뜻이었지만, 단순한 눈류가 이해할 리 없었다.

"원하신다면 처절하게 해드리죠."

"예?"

루크는 무엇인가가 더 말하고 싶었지만 어느새 눈류는 무대 위로 가 있었고, 본의 아니게 청부를 한 꼴이 되어버렸다.

'루크님, 저만 믿으세요.'

확실히 청부로 받아들인 눈류는 세라를 바라보며 말문을 연다.

"다크 스나이퍼인가?"

그러자 세라는 재미있단 미소와 함께 고개를 끄덕인다.

"가면의 기사… 맞나?"

끄덕끄덕.

세라의 질문에 눈류 역시 동의를 하였다. 숨길 수 있는 상대가 아니다.

"스킬을 보니 마나를 깨달았군."

표정이 굳어진 눈류. 그것까지 파악할 줄이야.

"그렇게 놀랄 필요 없어. 나 역시 마나를 깨달았으니."

'어쩌면 생각보다 더 힘들지도 모르겠어.'

진은이나 라스트 등 알려진 레전드들이 마나를 깨달았다는 말을 들은 적이 없었다. 자신이 받은 특수한 능력치의 아이템들도 마찬가지다. 물론 그들이 말을 안 한 것일 수도 있지만, 은근히 가면의 기사가 강하고 전직이 너무나 어려워 특혜를 받은 것이라 생각했다. 하지만 그 생각이 지금 유리창처럼 깨졌다.

"놀랍군."

눈류가 진심을 담아 말했다. 자신 역시 마나를 깨닫기까지 얼마나 힘들었던가? 그리고 마나를 움직이기까지는 더 많은 시간이 들었다. 그 모든 것들도 현실에서 수없는 운동을 하고, 명상도 꾸준히 해왔기에 가능한 일이었다. 그런데 자신 말고도 깨달은 사람을 만나다니.

"놀라워 마. 내가 알기론 넌 10개월이지? 난 2년 반이 넘게 걸렸어. 현재 첫 번째, 두 번째 나눈 것은 레전드가 된 순서이지 퀘스트를 받은 순서가 아니야. 아마 지금도 여러 유저들이 레전드 퀘스트를 하고 있지 않을까?"

눈류는 침묵을 지켰다. 2년 6개월. 그 오랜 기간을 포기하지 않고 이겨냈다는 것은 정말 상상을 초월한 집념이었다.

'하긴, 이용하는 유저가 몇 명인데……. 어쩌면 남은 열다섯 개의 레전드 직업 모두 퀘스트 중일지도.'

그때 세라의 입술이 재차 움직인다.

"이제 시작해 볼까?"

'그런데 나이도 어린것이 말끝마다 반말이네.'

아무리 봐도 갓 20대로밖에 보이지 않았다. 비록 자신이 동안이라 할지라도 엄연히 스물여섯 살이거늘.

눈류는 곧 검을 쥐며 크게 호흡을 하였다. 만만한 상대가 아니다. 최선을 다해도 이기지 못할 수도 있었다.

'2년 반 동안 퀘스트를 했다면 랜덤 스텟을 얼마나 받은 것이지?'

어쩌면 자신보다 스텟이 더 많을지도 모른다. 그것도 가면의 기사 전직 스텟이 다른 레전드보다 많이 준다는 한에서.

눈류와 세라가 드디어 싸울 모습을 보이자 그때까지 빨리 싸우라고 외치던 관중들은 조용해졌고, 라일라는 더욱 초조한 표정으로 그 모습을 지켜봤다.

둘이 무슨 얘기를 하는지 들리진 않았다. 하지만 왠지 느낌이 좋지 않았으며, 세라가 강해 보였다. 응원이라도 하고 싶지만 대회에 참가한 유저들에게는 음성 채팅도 할 수 없었고, 답답했다.

'제발 이기세요.'

라일라의 간절한 기도와 함께 눈류와 세라의 신형이 움직였다.

콰콰쾅!!

"크윽."

눈류는 이를 악물며 마나의 총알을 피했다. 총을 쏘듯 쉬지 않고 쏴대는 세라의 모습은 마나의 한계가 궁금하게 만들었고, 다크 소드를 시전하며 다급히 막고 있지만 점점 밀리는 추세였다.

'다크 쉐도우!'

연이은 폭발과 함께 한 걸음씩 밀려나던 눈류가 다크 쉐도우를 발휘해 세라의 옆으로 파고들었다. 그러자 세라는 허공 높이 솟구친다.

"다크 소울!!"

반월형의 검은 마나가 집어삼킬 듯 달려들었다. 그러자 양 손을 마주 잡은 채 손가락을 내미는 세라.

지이이잉!

손가락이 마주하는 공간에 마나가 모이며 점점 커졌고, 곧 다크 소울과 부딪치며 폭발을 일으켰다.

콰아아아앙!

파파파팍!!

폭발을 반동 삼아 땅에 착지하자마자 세라는 눈류에게 접근했다. 그런 세라의 양 주먹에는 검은 마나가 형성되어 있었고, 빠르게 공격을 시작한다.

퍼퍼퍼퍼펑!! 챙강!

"크, 크윽!"

다크 소드는 일회용 스킬이다. 위력은 그 어떤 것보다 뛰어나지만, 한 번 발휘할 때마다 목표물은 하나. 지금 세라처럼 마나가 완전히 사라질 때까지 오래 사용할 수 없었다.

그렇기에 그냥 맨 검으로 막았던 눈류는 검이 깨지는 것을 바라보며 한 걸음 물러섰다.

세라가 지금 사용하는 스킬은 위력 부부에선 약했지만 오랜 시간 발휘된다는 장점이 존재했고, 포션을 사용할 수 없는 지금으로선 무서운 스킬이었다.

휘이이익!

눈류가 뒤로 빠지자마자 재차 달려드는 세라. 눈류는 그때를 노리며 바닥에 검을 꽂았다.

'다크 스톰!'

콰콰콰콰쾅!!

지면을 들썩거리게 만들며 형성된 마나의 폭풍!.너무 근접한 세라의 얼굴에 아차, 하는 표정이 떠올랐지만 이미 휩쓸린 상태. 그 모습을 보며 눈류는 키메라와의 전투처럼 출혈을 일으키려 했다. 하지만 그사이 세라는 힘겹게 빠져나갔다.

지이이이잉.

눈류는 오싹한 기운을 느끼며 생각할 겨를도 없이 다크 쉐도우를 발휘했다. 그러자 자신이 서 있던 자리에서 마나의 구들이 여럿 생기더니 폭발해 버렸고, 찰나의 차이로 빠져나온 눈류의 이마에 식은땀이 맺혔다.

'다크 소드!'

비록 3분의 2나 파괴된 검이지만 마나가 형성되자 무시무시한 기운을 풍겼고, 세라 역시 긴장하며 주위를 돌았다.

아무리 레전드에 랜덤 스텟이 높아 능력이 대단할지라도 다크 소드에 공격당하면 위험했다.

세라는 점점 빠르게 움직였다. 어느새 바람이 휘몰아칠 정도였고, 눈으로 따라갈 수 없었다.

결국 눈류는 눈을 감으며 세라의 존재 자체를 느끼기 시작했다.

스텟 심안!

'오른쪽, 왼쪽, 뒤……'

눈을 감자 세라의 움직임이 더욱 확연히 와 닿았다. 라스트 월드 세상에서만 가능한 것이지만 현재 큰 도움이 되었고, 위급을 느낌과 동시에 몸을 살짝 비틀어 세라의 주먹을 피한 눈류는 본능적으로 검을 움직였다.

스팟!!

'베었다!'

눈류는 세라를 바라봤다. 한쪽 어깨에서 피가 숫구치고 있었지만 오히려 실소를 흘린다. 완벽하게 베지 못한 것이다. 하지만 다크 소드를 발휘한 공격이었기에 데미지는 적지 않을 것이다.

'남은 마나가 별로 없다. 젠장.'

"이제 죽어버려라."

그때 세라의 음성이 들렸다. 그리고 손가락 끝에서 뿜어져 나오는 하나의 마나.

무슨 이유에서인지 하늘을 향해 손가락을 뻗었기에 축구공만 한 마나의 구는 허공으로 솟구쳤고, 곧 눈류의 얼굴이 처참하게 일그러졌다.

촤아아악!!

파도가 치는 소리가 들리더니 마나의 구가 흩어지며 비가 되어 내렸다.

'크흑! 다크 실드!!'

마지막 남은 마나를 발휘하여 다크 실드를 전개하는 눈류와 그 위로 우박처럼 쏟아지는 마나의 비.

파파파파파팍!!

끝이 없는 비와 함께 다크 실드의 색이 눈에 띄게 희미해지더니 사라지고 말았다.

트트트특!

"크, 크으윽!!"

다크 실드를 소멸시키기 위해 마나의 비 역시 대부분 사라진 상태이지만, 여섯, 일곱 개가 눈류의 몸 곳곳을 관통했으며 생명력이 확연하게 줄어들었다.

"하아! 하아!"

흩어짐과 동시에 연필 정도의 굵기로 변해 버린 마나의 비였기에 팔과 다리 등을 관통했지만, 다행히 목숨이 위험한 부상은 입지 않았다. 하지만 부상으로 인해 생명력은 점점 줄어들었으며, 거동이 불편한 것은 악재였다.

'생명력이 3분의 1정도밖에 남지 않았다.'

다행히 스텟 마나로 인해 마나는 계속 회복되고 있었다. 재차 공격을 감행하는 세라가 문제였다.

퍼퍼퍼퍽!

세라 역시 마나가 부족한지 스킬이 아닌 날카로운 날이 붙어 있는 너클로 공격했고, 눈류는 부서진 검으로 막았다. 하지만 행동에 제한이 있기에 몇 번의 공격을 허용해야 했으며, 그럴 때마다 날에 살점이 찢겨져 나갔다.

차차차착!

"죽어!"

외침과 함께 마나가 없을 것이라 생각했던 세라의 손가락에서 스킬이 발출되었고, 미처 피하지 못하며 옆구리를 관통당한 눈류.

"쿠, 쿨럭!"

옆구리는 물론 입 안 가득 피가 흘러나왔다. 남은 생명력은 1,200. 더군다나 출혈로 계속 줄어든다.

챙그랑!

결국 눈류의 손에서 검이 떨어졌고, 제대로 일어서지도 못했다. 그러자 바로 앞까지 다가온 뒤 한쪽 무릎을 굽히며 앉아 피에 젖은 얼굴을 한 손으로 부여잡는 세라. 그 순간 눈류는 속에서 올라오는 피를 한 가득 뱉어냈다.

차아아악!

얼굴 가득 피 범벅이 된 세라. 분노가 섞인 미소를 지으며 너클이 장착된 주먹을 든다.

"죽어라!"

하지만 세라의 말에 씨익 웃는 눈류.

"내가 하고 싶은 말이다. 어둠의 절망!"

생명력이 800도 남지 않은 눈류는 드디어 어둠의 절망을 사용했다. 그러자 극대화되는 공격력.

그와 동시에 모인 마나를 확인하며 승리를 확신하는 눈류.

세라는 불안감을 느끼며 주먹을 빠르게 내질렀다. 온몸이 경고를 보냈다. 위험하다! 위험하다!

하지만 한발 늦은 행동이었다.

"블러드 밤."

퍼퍼퍼퍼퍼펑!!

모두는 경악을 금치 못하며 경기장에서 눈을 떼지 못했다. 세라의 승리를 확신하는 순간이었다. 그런데 이기기 직전, 얼굴이 폭발하며 머리가 사라졌다.

그와 함께 울리는 사회자의 비명과도 같은 외침.

"누, 눈류님이 승리하셨습니다!!"

"우와와!! 이겼데! 행님이 이겼데!!"

"역시 우리 오빠라니까!!"

"네 오빠이기 이전에 내 아들이다. 으하하!"

"우리 아주버니, 강하구나!"

이젠 아주버니란 호칭을 사용하는 레몬의 말과 함께 레전드 길드원 모두가 기쁨의 환호성을 질렀다. 기가 막힌 역전의 드라마!

'오빠…….'

눈을 감고 기도하던 라일라 역시 주변의 소리에 감격하며 쳐다봤고, 눈류는 자리에서 일어섰다.

시합이 끝났기에 모든 상처가 회복되었다.

'블러드 밤을 숨기지 않았더라면 이기기 힘들었어.'

눈류는 지금까지 일부러 블러드 밤을 사용하지 않고 있었다. 상대가 자신보다 약할지라도 최후의 한 수는 숨겨놓는 것이 최상의 결과를 만들어낸다. 그렇기에 피가 폭발할 줄 몰랐던 세라가 당한 것이다.

"하하, 아하하하!"

웃음소리를 들으며 눈류는 고개를 돌렸다. 그러자 경기장을 빠져나가는 세라가 보인다.

'더욱더 강해져야 한다.'

현재까지 알려진 레전드는 모두 레벨이 높았다. 하지만 세라는 자신보다 2 레벨이나 낮은 상대. 그럼에도 죽음 직전까지 몰렸다.

눈류는 이번 대결로 위협을 느꼈고, 주먹을 불끈 쥐었다.

현재도 레전드 퀘스트는 진행되고 있을 것이다. 그중 세라처럼 오랜 시간 랜덤 스텟을 쌓으며 진행하고 있는 유저도 분명 있을 것이다.

더 강해져야 했다. 지금 자리에서 만족하지 말고 더욱더 말이다.

눈류의 가면 속 눈동자가 투지로 불타올랐다.

Part 3
빛과 어둠의 전투

지이이잉.

캡슐의 문이 열리며 이제 스무 살쯤 되었을 것 같은 소녀가 모습을 드러냈다. 허리까지 기른 머리카락에서 윤기가 흘렀고, 귀여운 외모였다.

소녀는 무엇이 그렇게 좋은지 연신 싱글벙글이었는데, 그때 굵직한 남자의 목소리가 들렸다.

"사쿠라, 왜 그렇게 웃어?"

"재미있는 사람을 만났거든."

"재미?"

"강해."

"강하다고?"

이마까는 놀라운 표정으로 반문했다. 자신의 여동생이 누구인가? 라스트 월드가 시작하자마자 플레이를 했고, 2년 반이나 전직에 매달린 레전드였다. 그런 동생의 입에서 강하다는 말이 나올 정도면…….

"오빠는 시합 안 봤지?"

"어? 볼 필요가 없잖아. 네가 우승할 것이니."

"내가 졌어. 히히."

"에에?!"

놀라움이 파도처럼 계속 덮치자 이제는 정신이 혼미한 이마까였다.

"레전드 중 가장 강하다고 알려진 가면의 기사이기에 쉽지는 않을 것이라 생각은 했지만… 그런 스킬이 있는 줄 몰랐어. 히히, 랜덤 스텟으로 내가 이길 수 있다고 생각했는데. 뭐, 다음에 또 만나면 내가 이기겠지만."

사쿠라는 눈류를 머릿속에 그렸다. 흥분되었다. 승부욕이 누구보다 강한 자신. 하지만 분하기보다는 재미있었다.

'기다려, 눈류. 다음에는 내가 이길 것이니.'

그 시각, 눈류는 아버지 박하다에게 큰 목소리로 외치고 있었다.

"아버지, 저 레벨 업해야 해요!"

눈류는 루크와 일행, 그리고 길드원들과 함께 대회장을 빠져나와 얘기를 하는 중이었다. 우승을 했다고 바로 상금과 상품을 받는 것이 아니었고, 모든 대회가 끝난 다음에 시상식이 진행된다. 그렇기에 사냥을 가려고 했는데 박하다에게 태클이 걸린 상황.

"이런 날 회포 한번 풀어야지, 안 그러냐? 이곳 세상에서 노는 것도 좋지만 그래도 현실에서 어울리는 것이 더 즐겁지. 기적이랑 레몬, 라일라도 와라."

박하다의 말에 서둘러 고개를 끄덕이는 셋.

아린과 라렐, 카르마는 참석하고 싶었지만 지역이 다르기에 아쉬움을 달래야 했다.

"아, 그래도 싫은데……."

눈류가 끝까지 싫은 내색을 보이자 샤인이 박하다와 눈을 마주치더니 말한다.

"오빠, 진은 오빠는 요즘 레벨 업 거의 안 해. 랭킹 보면 알 수 있거든? 계속 302에 머물러 있던데."

"그래?"

300이 되면 레벨 업이 아주 극악의 속도이기는 하지만, 아직까지 302라는 것은 게임을 많이 하지 않았다는 것이며, 했다고 하더라도 적게 플레이한 것이다.

"300이 되면 레벨 업이 너무 느려지니 지겹겠지. 경쟁자도 그리 많지 않고, 더군다나 아직 400레벨의 패치가 나오지도 않았으니 흥미가 없어졌나 봐."

어떤 게임이든 가장 큰 문제는 바로 지겨움이었다. 무한의 반복.

물론 라스트 월드는 또 다른 현실이기에 그 비중이 적지만, 아예 없는 것은 아니었다. 더불어 이전 온라인 게임들처럼 부주를 사용할 수 없다는 점도 느린 레벨 업의 이유였다.

게임에 목숨을 걸고 하는 사람은 생각보다 적다. 그중에서도 돈을 목적으로 플레이하는 다크 게이머들을 제외한다면 더욱더 적어지며, 라스트 월드는 사냥만 하기엔 유혹적인 시스템이 많았다.

'게임으로 돈은 벌겠지만 평생 이 짓으로 먹고살 것이 아니기에 진은 놈도 분명 일을 하겠지. 이제는 즐기게 된 것인가.'

고레벨들의 목표는 대부분 랭킹 1위다. 하지만 그것도 어느 시점에 가면 의미가 퇴색된다. 그럼 그때부터는 레벨 업에 목숨을 거는 것이 아닌, 즐기면서 플레이하게 되는 것이다.

'그나마 한시름 놓았군. 따라잡을 생각하면 끝이 보이지 않았는데……. 그런데 이럴 때 더 빨리 레벨 업을 해야 하는데…….'

눈류는 한숨을 내쉬며 주위로 시선을 돌렸다. 유독 아버지와 샤인이 짐승의 눈빛으로 대답을 갈망하고 있다. 얼핏 그 눈빛에는 살기마저 감돌았고, 마치 자신들이 원하는 대답을 하지 않을 경우 각오하라는 것 같았다.

결국 체념하며 동의를 하는 눈류.

'집에서 시달리는 것보다 잠깐 쉬는 것이 낫겠지.'

눈류가 승낙하자 박하다와 샤인은 엄지손가락을 치켜세웠다.

"우승한 기념으로 네가 고기 사라!"

박하다의 해맑은 미소와 발언! 눈류는 어이없다는 표정으로 따졌다.

"아니… 제가 우승했으니 아버지가 사주서야죠!"

"이 아비가 돈이 어디 있다고…….."

"도장에 다니는 그 많은 사람들의 회비와 게임에서 아이템 팔아 번 돈은 다 어디 있나요?"

"그거야 다 너희들 먹여 살린다고!"

"전 제가 먹고 살았습니다."

"으윽!!"

말발에 밀리자 박하다가 인상을 찌푸렸다. 그때 샤인이 귓속말로 코치를 해줬고, 곧 자신만만한 얼굴로 한마디 한다.

"꼬면 장비 다 내놓든가."

"으윽, 치사하게!"

눈류는 이를 악물었다. 장비를 줄 순 없었다. 이 장비들을 맞추기 위해서는 1,500만 라르크가 필요하지 않은가? 당장 물약 값도 없어서 대회까지 참여해 이름과 실력이 탄로났는데, 거기에 장비를 빼앗기면?

'아버지!!'

간절한 눈길로 박하다에게 처절 스킬을 발휘하는 눈류. 비 맞은 강아지 같은 애절한 눈빛. 하지만 냉정히 고개를 돌려 버리는 박하다는 정녕 현금 지상주의였다.

"아, 알았어요. 제가 사, 사죠."

속에서는 치사해도 너무 치사하다고 외쳤지만, 입 밖에 내놓지 못한 채 항복을 하는 눈류. 자식 같은 장비를 지켜야 했다.

그 모습을 보며 루크와 일리아, 페르탄이 폭소를 터뜨렸지만, 곧 가자미눈으로 자신들을 야려보는 눈류를 발견한 후 애써 웃음을 삼킨다.

"음, 눈류님."

그때 루크가 타이밍을 보다가 말을 걸었다.

"저희는 이만 가보겠습니다. 그런데 친구 추가를 해도 될까요?"

루크의 말에 눈류는 승낙하였다. 어차피 자신의 정체를 알고 있었고, 좋은 사람들이었다.

"그러세요."

"아, 루크님, 길드 있으세요?"

그때 샤인이 끼어들며 질문했다.

"저요? 아니요. 없습니다만……."

"그래요? 그럼 저희 길드에 오실래요? 성격 파탄자인 오빠가 친추를 할 정도면 좋은 분들 같은데, 어때요?"

"……."

샤인의 말에 눈류가 발끈했지만 무시를 당했고, 루크는 일리아와 페르탄과 잠시 상의를 한 뒤 동의하였다.

어차피 길드를 가입해야 했기 때문이고, 눈류가 있는 곳이라면 그들로서도 환영이었다.

잠시 후, 길드 마스터인 샤인을 통해 길드를 가입한 세 명은 길드원들을 보며 자신을 소개했다.

"저는 루크입니다. 나이는 서른다섯이며, 레벨은 135입니다."

"저는 일리아예요. 나이는 스물둘이고, 레벨은 130이예요. 그리고 페르탄의 여자랍니다."

언제 어디서든 빠지지 않는 염장에 레몬과 기적을 제외한 모두의 얼굴에 핏줄이 나타난다.

"저는 페르탄입니다. 나이는 스물여섯이고, 레벨은 128입니다. 그리고 일리아의 남자입니다. 우리 자기 예쁘게 봐주세요!"

"씹……."

입에서 나오려는 욕을 애써 참으며 착한 자신을 다스린 눈류. 그러자 모두는 간절한 마음을 담아 쳐다봤다.

'참지 말고 욕해 버려!!' 라는 심정으로!

"그런데 눈류님은 가입을 안 하셨네요?"

소개가 끝난 뒤 길드 정보를 바라보던 루크가 묻자 길드원 모두의 시선이 눈류에게 향한다.

"그러게. 이젠 오빠도 가입해. 뭐, 이렇게 된 이상 길드원들은 알아도 상관없잖아?"

"후우, 그러자."

"정말?"

"그래."

삶을 포기한 것 같은 기운 빠진 목소리.

어차피 자신의 얼굴을 제외한 이름과 능력이 많이 알려진 상태고, 앞으로 더욱 많이 알게 될 것이다. 그리고 이젠 장비 값을 모으기 위해 파티 사냥을 할 생각이기에 차라리 길드원들과 하는 것이 속편했다. 어차피 언젠가는 가입했어야 할 곳. 맨얼굴만 보여주지 말자는 생각을 하며 눈류는 곧 레전드 길드에 가입했다.

"됐다. 인상 펴, 오빠. 홍보로 안 쓸 테니. 물론 나중에 길드 레벨이 올라가서 수백 명을 받아야 할 땐 알려야겠지만."

길드 레벨을 올리기 위한 방법은 아이템 말고도 필요한 것들이 있는데, 바로 라르크와 마스터의 레벨이었다.

만약 레벨이 안 된다면 아이템과 라르크가 아무리 많아도 길드 레벨은 올라가지 않는다.

현재 레전드 길드의 레벨은 2. 레벨 3이 되기 위해선 길드 마스터인 샤인이 300 레벨을 넘어야 가능했다.

"정보."

생명:13,800 마나:13,500

이름:눈류 레벨:105 성향:어둠 길드:레전드

칭호:없음 명성:625 악성:0 직업:가면의 기사

근력:1,203(+689) 체력:226(+438) 민첩:285(+438) 지식:15(+430)

재치:22(+433) 정신:510(+437) 예술:10(+433) 상술:10(+435)

검폭:88(+430) 신속:140(+430) 투혼:199(+380) 가
호:85(+380)
심안:60(+350) 마나:66(+350) 가면:85(+350) 암
흑:6(+100)
저항:6(+100)

공격력:5,676(+351) 방어력:1,328(+520)
마공력:1,335(+120) 마방력:1,894(+280)
스텟 포인트:0 스킬 포인트:0 전투 숙련치:18.48%

현재 눈류가 착용하고 있는 장비는 레벨 101~200까지인 C급
이었고, 모두 옵션이 세 개씩 붙어 있었다. C급 장비들이기에 옵
션이 두 개지만, 아버지인 박하다의 장인 옵션 +1이 붙어서 총
세 개인 것이다. 원한다면 장인이 추가적으로 총 두 개를 붙일
수 있지만, 현재 박하다의 레벨에서는 한 개만이 안전했고, 두
개째는 위험했다. 운이 좋지 않을 경우 아이템이 파괴될 수 있기
에 하나씩만 추가 옵션을 올린 상태였다.
'기사의 가면과 문신의 옵션까지 합하면?'
가면과 문신까지 착용한 상태인 눈류는 정보엔 뜨지 않는
옵션들을 인벤토리 장비를 통해 확인하며 서서히 짐승 모드로
돌변했다.
'아버지에게 하나씩 붙여달라 할까? 아니야. 레벨 300이 넘
으면 부탁하자. 레벨이 높을수록 더 좋은 옵션을 붙일 수 있으

니. 뭐, 지금도 최고의 장비들 아니겠어? 크크크.'

또다시 침 흘리기 작렬!

눈류의 모습에 루크와 일행, 그리고 라렐, 아린, 카르마가 한 걸음씩 물러섰다. 그들로서는 처음 보는 광경.

어떻게 인간이 저런 표정으로 침을 질질 흘릴 수 있단 말인가!

경기장에서 한 번 짐승 모드를 경험한 루크조차 침을 흘리는 모습은 처음 봤고, 바짝 경계했다. 왠지 전염이 될지 모른다는 불안감.

"오빠, 정신 차리지?"

이젠 익숙해서 무감각한 샤인의 말에 눈류는 정신을 차리며 주변을 둘러봤다. 익숙하지 않은 레몬과 라일라는 물론 발작을 처음 본 길드원 모두가 자신을 불안한 눈동자로 쳐다보고 있었다. 위험해 보였는지 몇은 스킬까지 준비한 상태.

"크, 크흠. 제가 가끔 이럽니다."

헛기침과 함께 자신의 발작을 설명한 눈류. 그때서야 모두는 안심한 얼굴이 되었고, 곧 루크가 아쉬운 이별을 고했다.

"저희는 이만 가보겠습니다."

작별 인사와 함께 로그아웃을 하는 루크와 일리아, 페르탄. 그 뒤를 이어 라렐과 아린, 카르마도 사냥을 한다며 자리를 벗어났다.

"그럼 우리도 이만 로그아웃해 볼까?"

"그러죠."

박하다의 말과 함께 모두는 로그아웃을 하였다.

눈류의 우승을 축하하기 위해 바가지를 씌우며.

"에휴."

정육점으로 가는 진하의 입에서 한숨만이 새어 나왔다. 로그아웃을 하고 밖으로 나오자마자 자신에게 고기까지 사오라는 아버지.

반항은 소용없었다. 장비와 이별할 수 없었고, 그 결과는 장을 보러 나온 자신의 모습이다.

'사람이 몇 명이지? 아버지, 나, 은하, 기적, 선예, 은정. 총 여섯이군. 그럼 고기 세 근만 사면 되려나?'

한 명당 많이 먹어도 반 근 정도. 진하는 식육점으로 들어가 육질이 좋아 보이는 삼겹살 세 근을 주문했다. 그때 울리는 휴대폰.

"행님! 지금 어디십니꺼?"

"나? 정육점. 넌 어딘데?"

"선예랑 은정이 지금 만났습니더. 이제 가려고예. 아참, 행님! 저 많이 먹습니더!"

"……."

자신의 위장을 확인시켜 준 기적은 전화를 끊었고, 진하는 애써 웃으며 주인 아저씨에게 말했다.

"삼겹살 세 근 더 추가요."

하지만 애써 웃는다는 것은 자신만의 생각일 뿐이었다.

주인은 얼굴 가득 핏줄이 씰룩거리는 진하의 모습에 움찔하며 서둘러 삼겹살을 썰었다. 아마 그 어떤 사람도 이보다 빠를 순 없을 것이고, 만약 시간을 쟀다면 기네스북에 오를 속도였다.

"오빠, 상추하고 마늘, 버섯, 콜라 다 사왔어?"

거실에 고기를 구울 준비를 하던 은하가 묻자, 막 집에 도착한 진하는 고개를 끄덕였다.

"히에, 왜 이리 많아?"

곧 커다란 봉지 안을 바라보던 은하는 놀란 표정이 되었다. 여섯 명이 먹기에는 너무 많은 양.

"기적이 있잖아."

"아, 맞다."

그때서야 이유를 깨달으며 은하는 곧 야채 등을 주방으로 가져가 씻으며 준비를 하였고, 잠시 후 기적과 은정, 선예가 도착했다.

"행님, 고기 많이 샀어예?"

들어오자마자 묻는 기적의 모습에 주먹을 불끈 쥔 진하는 은정을 바라보며 자신을 다스렸다.

'진하야, 넌 착해. 참아! 참아라. 그래, 여자 친구도 앞에 있 잖아. 그러니… 아, 이러면 되잖아?'

"기적아."

"행님, 와예?"

입 안 가득 밑반찬을 물고 있던 기적이 해맑게 웃으며 대답한다.

'그래, 고기 다음엔 밑반찬이군. 난 도대체 몇 순위냐?'

　게임과는 달리 거대한 덩치를 소유한 기적은 거짓으로 샤방 샤방 웃는 진하를 따라 방으로 들어갔다. 그리고 방 안에서 도 대체 무슨 일이 있었는지 기적은 밖에 나갔다가 다시 들어왔 고, 큰 목소리로 외쳤다.

　"행님! 반갑습니더! 저에게 1순위는 행님입니더!!"

　기적의 의아한 행동. 그 모습을 바라보며 흡족한 미소를 짓는 소심한 진하. 이유는 둘만이 알 것이다.

　기적이 눈에 안 보이는 부위를 구타당한 사실도.

　지글지글.

　박하를 중심으로 모두가 둘러앉아 고기를 구웠다. 고소한 냄새가 방 안 가득 풍겼고, 박하가 진하에게 소주를 따라주며 말한다.

　"우승 축하한다."

　"고마워요."

　미성년자인 은정, 선예와 잠시 후 도장에 올라가야 하는 은하를 제외한 모두가 잔을 부딪쳤으며 진하는 목구멍을 통해 소주를 느끼며 기분이 상승됐다. 평소 술을 좋아함에도 시간이 아까워서 그동안 많이 마시지 못했던 것이다.

　'반갑다, 소주야.'

　진하는 박하에게 허락을 구한 뒤 다시 술잔을 채웠다.

　"그런데 오빠, 그 세라인가 하는 애 무지 강하더라. 레전드야?"

　은하가 궁금한 듯 묻자 고개를 끄덕이는 진하. 굳이 대답하지 않아도 레전드란 것은 분명했다. 레벨이 비슷한 레전드를 위협할 수 있는 직업은 레전드밖에 존재하지 않으니.

"세긴 세더라. 내가 알기로는 가면의 기사가 가장 강한 것으로 아는데?"

은하의 말에 진하는 소주를 재차 마신 후 말문을 열었다.

"강했지. 내가 질 수 있었던 경기이니. 그렇다고 가면의 기사가 약한 것이 아니야. 다른 레전드가 어떤지는 정확히 모르지만, 일단 난 전직을 할 때마다 S급의 아이템을 받았고, 다른 직업에 비해 얻는 것이 많아. 단지 조건의 차이야. 만약 포션을 사용할 수 있었다면 내가 이길 확률이 높아. 세라의 능력도 대단했지만 그보단 나의 다크 소드가 더 강하니. 단, 시합처럼 포션을 사용할 수 없다면 반대가 되지. 난 위력이 강한 대신 단발성이고, 세라는 유지되는 스킬도 있으니 말이야. 그리고 블러드 밤도 알았으니 이젠 조심할 것이고."

여러 상황에 따라 달라지겠지만 동 레벨에 똑같은 시간을 투자한다면 가면의 기사가 강할 것이다. 레전드 중에서도 최상위가 아닌가.

하지만 세라처럼 오랜 시간 랜덤 스텟을 얻은 유저가 또 나타난다면? 게다가 블러드 밤을 비롯해 스킬이 모두에게 공개되었다는 점 또한 문제이다.

그것은 자신이 적으로 생각하고 있는 진은이나 월하 역시 알 수 있다는 뜻.

'내가 알기론 진은은 그렇게 강하지 않다. 직업도 이유지만

1차 전직 때 걸린 시간이 5개월. 랜덤 스텟도 다른 레전드에 비하면 적다. 하지만 문제는 세라나 월하다. 특히 월하의 경우는…….'

아직도 월하에게 죽임을 당할 때의 느낌이 떠오르는 것 같다. 랜덤 스텟을 얼마나 얻었는지도 모르며, 주 스킬이 무엇인지, 실력의 끝이 어디인지 알 수 없었다.

진은만 해도 레벨만 얼추 따라잡는다면 이길 수 있다고 확신이 들지만 월하와 세라의 경우는 장담할 수 없었다.

'그래도 난 지지 않는다. 그 누구에게도.'

"그러고 보면 레전드라고 꼭 좋은 것도 아니네요? 동 레벨에 비하면 강하지만, 그 정도로 오랜 시간을 투자하니. 만약 그 시간에 레벨 업을 한다면 훨씬 강해질 텐데. 안 그래요?"

계속해서 기적과 염장질을 하던 은정이 고개를 갸웃하며 묻자 진하가 쉽게 설명했다. 물론 은정의 말은 틀리지 않았다. 그렇다고 맞는 것도 아니었다.

"물론 그렇게 생각할 수 있지. 하지만 레전드과 되면 스텟, 스킬 포인트도 일반 유저보다 많이 받아. 더군다나 중요한 것은 스킬의 차이야. 일반 직업의 스킬과 레전드의 스킬은 위력이 달라. 내가 항상 고레벨 몬스터를 사냥할 수 있는 것도 스킬 때문이지. 만약 스킬과 조금씩 더 많이 얻게 되는 포인트들이 없었다면 레전드를 하지 않겠지. 네 말처럼 그 오랜 시간 차라리 레벨 업을 해도 랜덤 스텟은 받게 되고, 위력이 훨씬 강할 테니. 하지만 한 가지는 확실해. 레벨이 오르고 전직 횟수가 많아질수록 레전드와 일반 직업의 격차는 더욱 벌어져. 나 같은 경우만 해도 현재 전투 숙련치가 18.48%인걸?”

“에에?”

“커헉! 행님, 진짜입니꺼?”

“히에~ 오라버니, 벌써 그렇게 높아요?”

진하가 무심하게 던진 발언에 모두 삼겹살과 술, 음료를 뱉으며 믿을 수 없다는 듯 쳐다봤다. 현재 라스트 월드에서 가장 높은 전투 숙련치가 25%의 진은. 물론 지금은 조금 더 올랐을 것이고, 공개를 한 유저 중에서지만 레벨 300인 레전드가 25%인데 이제 막 100대인 진하가 18.48%라니!

“다 고생을 하며 얻은 것이니 그렇게 부, 부러운 눈으로 보지 마.”

진하는 움찔하며 다급히 말했다. 모두의 눈동자가 외치는 것 같다. 부러워! 질투나!!

잘못하면 삼겹살에 살해당할지도 모른다는 위협마저 느꼈기에 재차 전직으로 인해 고생한 것을 설명했고, 그러자 모두의 눈빛이 안정을 찾기 시작했다.

‘이거 원… 짐승들하고 사는 것도 아니고.’

자신도 자주 짐승이 된다는 것을 부정하는 진하였다.

“그런데 행님, 그 문신 능력치는 어예 됩니꺼?”

가면은 알아도 문신의 능력은 모두 알지 못한 상태. 기적의 말에 재차 시선이 진하에게 몰렸다.

“내 기억이 맞다면… 민첩 +100, 체력 +90, 이동 속도 10%

상승, 회피 10% 상승, 공격 속도 10% 상승이야."

"……."

"……."

"……."

방 안에 침묵이 흐른다. 마치 폭풍전야의 고요함!

"행님, 저 요즘 장비가 부실하거든예!"

"오빠, 나 요즘 방어력도 딸리고……."

"오라버니, 저도 좀 도와주세요. 공격력 위주인 기사라 절대적으로 필요해요!"

발정기의 짐승처럼 광분하며 외치는 셋. 오로지 박하와 선예만이 침묵을 지켰다.

'그래, 그래도 역시 아버지와 우리 착한 선예밖에 없구나.'

진하가 셋을 무시하고 둘에게 감격하던 그 순간 휴대폰에 문자가 도착했다.

띵똥!

아들아, 이 아비가 요즘 사냥하기 힘들구나.

"……."

곧 진하는 한숨을 내쉬며 박하를 향해 지친 얼굴로 말한다.

"가면처럼 문신도 저만 착용할 수 있어요."

말이 끝나기가 무섭게 다들 언제 그랬냐는 듯 고기를 먹으며 각자 수다를 떤다. 필요하다면 온갖 아부를 떨 수 있지만,

필요하지 않으면 한 번에 잊을 수 있는 현실적인 뇌세포. 그
모습들에 실소를 흘리며 진하는 다시 술로 입을 적신다.

"오빠, 아~ 해."

"난 입이 작은데……."

'네 입은 코끼리도 삼킨다.'

각자 게임 얘기를 하며 유흥을 즐길 때, 진하는 기적과 은정
을 야려봤다. 아무리 서로가 좋아서 그러는 것이지만 해도 해
도 너무했다. 결국 외로움에 다시 소주를 벌컥 마시는 진하.

쿡쿡.

그때 선예의 어깨를 은정이 살짝 찌르고, 잠시 주변을 두리
번거리며 고민을 하던 선예는 조심스럽게 고기 한 점을 집어
서 안주 없이 계속 술만 마시는 진하에게 내밀었다. 그러자 진
하가 감격한 표정으로 말한다.

"선예야."

"네… 네?"

"덜 익었거든?"

"……."

수줍음이 많은 선예. 남들 앞에서 고기를 건네는 행동은 정
말 떨리는 일이었다. 그로 인한 긴장감으로 하필 덜 익은 고기
를 집은 것이다.

'난 정말 안 되나 봐.'

'날 죽일 생각이었나.'

사랑은 그렇게 오해를 불러일으켰다.

"어, 행님 나옵니더!"

덜 익은 삼겹살에게 진하가 살해 위협을 받은 지 30분 후.

TV를 튼 기적이 큰 목소리로 외쳤다. 마침 그때 게임 채널에서 C급의 경기를 보여주고 있었다. 그 이유는 간단했다. 레전드로 추정되는 두 명이 결승전을 했기에.

"네, 지금까지 화면을 보셨습니다. 어때요? 제 생각에도 저 둘이 최근에 알려진 레전드 같은데……. 레벨도 그렇고요."

어린 여자 MC의 호기심 가득한 표정에 30대의 남자 MC도 동의하며 말을 하였다.

"제 생각도 그렇습니다. 레전드가 아니라면 불가능한 일이죠. 물론 레벨 100에서 오랜 시간 계속 레벨 업과 다운을 반복하여 랜덤 스텟을 많이 확보한다면 가능하겠지만… 그런 유저는 존재하지 않습니다. 바보짓이니. 그러니 저 둘은 레전드가 확실합니다. 눈류 씨는 가면의 기사로 보이고, 세라 씨는 다크 스나이퍼로 추정되는군요."

"어어, 지금 속보가 들어왔습니다."

그때 여자 MC가 밝은 표정으로 말한다.

"세라 씨가 자신이 레전드임을 밝히겠다고 하는군요. 지금 현재 유저 기자 분께서 출동을 한 상태이며, 잠시 후 인터뷰 장면을 보실 수 있습니다."

"그래요? 그렇다면 눈류 씨도 레전드가 확실하군요. 치열한 접전 끝에 승리까지 하셨으니. 그런데 아쉬운 점은 얼굴을 알 수 없다는 것입니다. 눈류 씨는 이전에 키메라를 혼자 해치운 유저란 추측이 대부분인데, 그때도 가면을 착용하고 있었죠. 언젠가 가면을 꼭 벗겨 버리고 말겠습니다. 눈류 씨, 괜찮죠?"

'지랄.'

어울리지 않게 귀여운 표정으로 멘트를 하는 남자 MC의 모습에 진하는 고개를 저으며 자리에서 일어섰다.

방송은 물론 온갖 인터넷 매체에서도 자신과 세라에 관한 얘기가 화제였지만, 상관없었다.

라스트 월드 유저가 몇 명인가? 이미 예상한 일이었다.

'가면을 항상 착용해야겠군.'

한때는 가면을 일부러 벗었지만 이제는 꼭 착용을 하고 사냥을 해야 하는 상황이다. 만약 가면 벗은 모습이 공개된다면 더욱 피곤해질 것이다. 그리고 진은과 라인이 알아차릴 수도 있었다.

"저 이만 게임하러 갈게요."

진하의 발언에 기적과 은정, 선예가 고개를 끄덕인다. 기적의 화려한 위장으로 인해 이미 먹을 것은 다 먹었고, 은하도 도장에 올라갔으며, 연장자이신 박하는 술에 취한 상태였다. 또 진하가 레벨 업을 서두르는 이유를 모두가 알기 때문이다.

하지만 모두가 Yes라고 할 때 혼자 No라 할 수 있는 인물이 있었으니, 바로 박하였다.

"조금 더 놀면 안 되냐?"

얼굴이 붉어진 채 밥 굶은 강아지의 눈으로 간절히 속삭이는 박하. 진하는 잠시 마음이 흔들렸지만 애써 외면한다.

부정도 중요하지만 지금은 레벨 업.

"아버지도 빨리 들어오세요. 저 팔 장비 있어요. 그리고 기적이랑 둘도 라스트에서 보자."

애써 매몰차게 고개를 돌린 진하는 방으로 들어가 게임에 접속했고, 박하 역시 슬픈 표정과 축 처진 어깨로 어쩔 수 없이 방으로 들어갔다. 그러자 기적과 은정, 선예는 언제나 재미를 주는 부자의 모습에 웃음을 머금고 돌아갔다.

"아버지, 이거 얼마예요?"

게임에 접속한 눈류는 박하다에게 보스 키메라를 해치운 뒤 얻은 혼돈의 상갑과 목걸이를 보여주었다. 제발 비싸기를 간절히 바라며.

"음… 이 정도면 70만 라르크다. 옵션이 그렇게 좋지 않아."

"그래요? 그럼 잡템들하고 다 처분해서 주세요."

아쉬움에 입맛을 다시며 곧 모든 완, 잡템들을 거래창을 통해 넘겨주고 받은 라르크는 120만.

"그리고 이제 너도 파티 사냥해야지. 내가 언제까지 장비를 빌려줄 수 없으니. 특히 B급부터는 가격대가 상당히 높아지기 때문에 내가 빌려주는 것에도 한계가 있다."

"쩝, 알겠어요."

B급 고급 세트를 구하기 위해선 6,000만 라르크가 필요했고, 이제는 포션 사용을 줄이고 라르크를 모아야 했다. 포션을 사용하지 않더라도 음식 등등으로 돈이 많이 빠져나가 B급부터는 혼자 마련해야 되기 때문이다.

그로 인해 레벨 업은 이전보다 늦어지겠지만, 장비를 무시할 순 없기에 어쩔 수 없었다.

"그럼 전 사냥하러 갈게요."

작별의 말과 함께 눈류는 음식과 물, 해독제, 붕대, 귀환서 등을 구입하고, 크로티아 성을 빠져나가다가 재차 발걸음을 돌렸다.

'그래도 만약을 대비해 조금이라도 포션을 사가는 것이 낫겠다.'

그래서 눈류는 다시 크로티아 성 3층으로 올라갔는데.

"혼돈의 상갑과 목걸이 급처! 단 100만 라르크! 옵션 한번 보소!"

"……."

믿을 수 없는 광경! 눈류는 눈을 의심하며 제발 비싸게 파는 것이기를 바랐다. 하지만,

"어머, 정말 싸네. 제가 살게요."

순식간에 팔려 버리는 장비들.

"아버지……."

"허억! 뭐, 뭐야!"

어둠을 택하면서 분노할 경우 살기가 발휘되는 눈류로 인해 주변에서 장사를 하던 이들과 박하다는 흠칫하며 놀랐다.

"크흑!"

잠시 주변을 두리번거리던 박하다. 망설이더니 곧 로그아웃을 하는 필살의 스킬을 발휘했다.

"으아악!! 아버지!!"

그날 크로티아 성에서 울려 퍼진 눈류의 처절한 외침은 오랜 시간 회자되었다.

"흐응! 흐응!"

눈류의 코에서 거칠게 숨이 뿜어져 나왔다. 대결을 앞둔 황소와도 같은 모습.

눈류가 이런 표정을 짓는 것은 바로 박하다의 사기 행각 때문이었고, 다시는 아버지에게 아이템을 팔지 않겠다는 다짐과 함께 성 1층으로 걸어 내려갔다.

"눈류 형님!!"

그때 자신을 부르는 소리에 고개를 돌려보니 낯익은 얼굴이 시야에 들어왔다. 기적의 후배이자 길드원인 카르마였다.

'음, 날 이상하게 쳐다보던 녀석이군.'

처음 카르마를 만난 순간이 떠올랐다. 길드원들을 소개하던 그때 친근함 이상의 눈빛을 보냈고, 그것은 만날 때마다 반복되었다. 마치 사모하는 눈빛.

"형님, 여기는 어쩐 일이십니까?"

현실에서는 마른 편이지만 게임에선 커다란 덩치와 근육, 그리고 짙은 인상을 소유한 카르마는 두 눈을 반짝이며 대답을 기다렸다.

카르마에게 눈류는 전설적인 인물이었다. 바로 17대 1의 싸움!

'기적 형님이 말하셨지. 인생을 즐겨라! 그리고 즐기기 위해선 강한 자 곁에 있어야 한다고. 아, 열일곱 명과의 싸움에서 이기신 눈류 형님이라면… 그리고 게임 안에서도 레전드가 아닌가? 형님, 저는 형님의 소유입니다!'

좋게 말하면 순수하였고, 나쁘게 말하면 무식한 카르마는 괜히 기적의 후배가 아니었다.

"나, 사냥하러 갈 건데?"

또다시 광적으로 변하는 카르마의 눈빛에 잠시 머뭇거리다 대답한 눈류는 서둘러 발걸음을 옮겼다. 남자에게 이런 눈빛을 받아본 적이 없기에 무척 당혹스러웠다. 강렬하면서도 뭔가 느끼한, 그러면서 눈이 마주치면 수줍어한다.

타타타탁!

눈류는 빠른 걸음으로 걸었다. 하지만 카르마는 스킬을 사용하면서까지 놓치지 않았다.

"형님, 제가 도움을 주고 싶습니다!"

"너, 어차피 나랑 급이 달라서 파티도 못하잖아."

"그냥 저를 부려주십시오. 막 대해주셔도 감사합니다!"

'…위, 위험한 놈.'

눈류는 한 걸음 물러섰다.

"행님, 저는 기적 형님의 뜻을 따라 우리 눈류 형님에게 충성을 다하겠습니다! 17대 1의 승리! 다 알고 있습니다! 정말 대단하십니다!"

카르마의 말에 눈류는 고개를 갸웃거린다. 17대 1이라면…….

'설마 애들하고 싸움이 붙었다가 쪽수가 너무 많아 겨우 튄,

그 일을 말하는 것인가?

아무리 자신이 현실에서 강하다 할지라도 열일곱 명과 동시에 싸워 이긴다는 것은 불가능한 일이다.

'도대체 기적이 놈이 뭐라고 말을 했기에 저래?

기적이 한 말은 간단하였다. 열일곱 명을 단 1분 만에 끝내버렸다는 것.

"카르마, 내가 존경스러운 남자란 것은 잘 알지만… 17대 1은 이기기 힘들다."

절대로 자신을 낮추지 않는 뻔뻔함. 하지만 그것마저도 카르마에게는 감동이었다.

'크흑! 저렇게 자신을 잘 알다니? 그러면서도 겸손하다. 정말 위대한 사람은 다르구나.'

카르마는 감탄했고, 눈류는 아쉬운 표정이다.

'내가 너무 솔직해서 탈이군. 그냥 구라 치고 저놈을 부려먹었다면……. 아냐. 나처럼 착한 사람에겐 그런 짓은 어울리지 않아.'

어이없는 자백에 빠진 눈류와 감동의 젖은 눈으로 자신의 목숨까지… 는 줄 수 없지만, 할 수 있는 것은 다 하겠다고 다짐하는 카르마. 누가 그런 명언을 남겼던가? 끼리끼리 어울린다고.

─모든 유저 분들에게 알립니다. 전설의 직업 대마법사가 탄생하였습니다.

자신의 착한 모습에 광분 모드로 변하며 침을 흘리는 눈류.

그런 모습이 멋지다고 따라 침을 흘리던 카르마. 알림 말과 함께 두 짐승은 다급히 침을 닦으며 서로를 바라봤다.

여섯 번째 레전드 직업의 탄생! 그리고 그때 눈류에게만 보이고 들리는 알림 말과 창.

띵동!

[가면의 기사 비밀 퀘스트]
기사와 적이었던 마르크 공작의 후예가 탄생했다.
지금은 비록 그 힘이 미비하지만 언젠가는 커다란 위협이 될 것이다.
후예여, 서둘러 기사가 숨겨놓은 무구를 찾아 힘을 얻어라.
발키리 왕국의 대신관 다버서를 찾아가라.
제한:가면의 기사.
혜택:기사의 건틀렛.

찾기조차 어렵다는 비밀 퀘스트.
눈류의 눈에 생기가 감돌았다. 숨겨진 무구 기사의 건틀렛. 분명 S급의 능력을 보유하고 있을 것이다.
'발키리 왕국의 대신관이라…….'
생각에서 깨어난 눈류는 아직도 반짝거리는 눈빛으로 자신을 쳐다보고 있는 카르마를 향해 말문을 연다.
"대신관 다버서가 누구지?"
"다버서 말입니까? 아시다시피 신의 왕국인 발키리 왕국에는 수많은 신과 신관, 교단이 있지만 수도인 발히리에 존재하는 오딘 교단의 대신관이 바로 다버서입니다. 저도 퀘스트 때문에 한 번 가본 적이 있습니다. 그런데 다버서는 왜요?"

"어. 내가 지금 퀘스트를 받았어. 그래서 말인데, 같이 가줄래?"

"네? 제가요?"

눈류는 사악한 마음을 감추고 애써 간절한 표정을 지으며 작은 목소리로 말끝을 흐린다.

"네가 가면 큰 힘이 될 것 같아서……."

"크윽."

진한 감동의 꽃이 카르마에 가슴에 피기 시작했다. 발키리 왕국까지 가는 일은 사실 귀찮았다. 마법진 이동은 너무 비쌌고, 배를 타고 가면 스무 시간이나 걸리는 거리. 하지만 지금 이 순간 존경하는 사람이 자신을 필요로 한다. 아무리 레전드라 할지라도 아직 레벨 100 초반. 자신이 큰 도움을 줄 수 있을 것이다.

"형님, 제가 같이 가겠습니다!"

진하게 감동받은 카르마를 향해 진심으로 고맙단 표정을 짓는 눈류.

'크크큭! 하여튼 기적이나 너나.'

속으로는 뿌듯해하며 자신의 연기력에 대상을 수여한 뒤, 곧 카르마와 함께 이동하였다.

"혀, 형님, 마법진을 이용하자는 것입니까?"

카르마가 당혹스러운 얼굴로 말하며 쳐다봤다. 마법진! 발키리 왕국까지 이동하기 위해서는 둘이 합쳐 18만 라르크가 필요했고, 절대 적은 돈이 아니었다. 하지만 그때 또다시 발휘되는 있지도 않은 눈류의 연기력 스킬과 말발.

원래 뛰어났지만 던전과 전직으로 +스텟을 많이 받으면서 일취월장한 상태다.

"뭐, 배로 가도 되긴 하는데… 가다가 혹시 파도를 만나 빠져 죽으면? 간신히 수영을 하는데 몬스터들이 덮치면? 그 몬스터들조차 이기고 헤엄치는데 배고픔과 피로도로 움직이지 못하면? 그래, 상관없지. 너에게 난 별로 중요한 존재가 아니니."

필요하면 최대한 이용하라! 집안 대대로 내려오는 전통이었고, 눈류는 잘 알고 있었다. 자신을 좋아하는 사람에게 어떻게 대하면 뜯어먹을 수 있는지를.

"혀, 형님."

비록 말도 안 되는 과대망상이지만 카르마는 속 좁은 자신을 비난하며 자책했다. 그동안 일이 바쁘고 조건이 맞지 않아 그렇게 친해지고 싶어도 가까워지지 못했다.

'그런데 그런 형님이 나에게 부탁을 하고, 이제야 친해질 수 있는데 겨우 18만 라르크가 아까워서 형님이 저렇게 슬픈 표정을 짓게 하다니… 나란 놈은 젠장!'

당장이라도 울 것 같은 눈류의 사슴 같은 눈망울. 영화계에 진출했다면 남우주연상을 휩쓸 정도의 표정 연기.

결국 카르마는 헤어날 수 없는 늪에 빠져버렸다.

"형님, 제가 내겠습니다. 마법진으로 갑시다!"

"카르마!!"

전쟁터라도 나가는 듯 결의에 찬 카르마의 결정에 눈류는 그를 와락 안아주었다. 그러자 카르마 역시 힘주어 눈류를 껴안는다.

"넌 진정 멋진 놈이다."

"형님, 저에게 기회를 주셔서 감사합니다!"

사나이의 진한 우정. 비록 한 명은 사기꾼에 다른 한 명은 바보일지라도 겉으로는 우정이었다. 하지만 다른 유저들마저 우정이라고 생각하기엔 무리가 있었으니…….

"저, 저 새끼들, 뭐야? 완전 밀착해서 안고 있잖아?"

"저, 저 남자 봐. 침을 흘리며 웃고 있어!!"

"덩치 큰 놈은 울면서 침을 흘리는데?"

"사귀는 것 아냐? 스샷 찍자."

그런 유저들의 마음도 모른 채 잠시 더 서로의 체온을 느끼던 눈류와 카르마는 곧 마법진을 타고 발키리 왕국으로 이동하였다.

그리고 그날 라스트 월드 홈페이지에는 가면을 착용하지 않은 눈류의 얼굴이 공개되었다. 게이 월드란 제목의 게시물로.

"형님, 여기입니다."

깍듯한 카르마의 태도에 눈류는 만족스런 얼굴로 눈류는 오딘 교단을 바라봤다.

신들의 아버지라 불리는 오딘. 대륙을 만들었다는 주신을 모신만큼 순백의 하얀색인 대리석으로 만들어진 교단은 수천 명이 들어갈 수 있을 정도의 규모였고, 출입구만 해도 어마어마했다.

"사람이 많군."

"퀘스트도 있지만, 성수가 포션 역할도 하기 때문에 많이 찾습니다. 물론 돈을 지불해야 하지만요."

교단 입구에서 정문 입구 밖까지 많은 유저들이 줄을 선 상태였으며, 성기사가 입구를 지키고 있다. 허락을 받아야 들어갈 수 있는 것이다.

"그런데 왜 성기사가 입구를 지키지?"

"아, 얼마 전에 마족들이 침범을 했다더군요. 물론 게임 스토리이지만요. 그래서 경비가 심해진 것입니다. 그리고 원래 빛의 교단은 성향이 선이나 중립이 아니면 이용하지 못합니다."

믿고 싶지 않은 발언. 자신의 성향은 어둠이지 않은가?

"만약 성향이 어둠이면?"

"못 들어갑니다. 강제로 들어가려고 하면 싸워야하죠. 하지만 NPC, 그것도 교단의 NPC들을 공격하거나 죽이면 악성 수치가 오릅니다."

악성이란 명성과 반대의 뜻을 가지고 있는데, 흔히 카오들이 수치가 높으며, 악한 일을 저질렀을 때 오른다.

보통 유저를 살해하면 악성 수치가 2 오르지만 NPC는 5 올라가고, 교단의 NPC를 죽이면 10이 올라간다. 그렇게 악성이 높아지면 여러 안 좋은 제한을 받게 되며, 그것을 낮추기 위해서는 악성 수치의 두 배로 죽어야 했다. 또한 악성 수치가 있는 유저가 죽을 경우, 패널티 역시 일반 유저보다 좋지 않았다.

'젠장, 그렇다면 나보고 악성을 감수하고 싸우라는 것인가?'

난감했다. 분명 비밀 퀘스트는 기사의 적인 대마법사가 나타나면 시작되는 것이다. 그런데 타이밍이 너무 좋지 않았다. 차라리 2차 전직을 하기 전이라면 상관없겠지만, 지금은 문제가 심각했다.

오딘의 초상화도 본 적이 없지만, 절에도 가끔 가며 신을 믿는 편이다. 그런 자신이, 그것도 악성이 높아진다는 것을 알면서 성기사와 신관들과 싸워야 한다니?

'나처럼 마음이 여린 사람에겐 너무 큰 시련이다.'

눈류는 애석한 표정으로 카르마를 쳐다보다가 고개를 저었다. 부탁을 하고 싶어도 가면의 기사가 아니기에 소용없다. 결국 부딪치는 것 외엔 방법이 존재하지 않았다.

기사의 건틀렛은 포기하기엔 너무 아까운 아이템이었고, 미래를 생각해서라도 꼭 필요했다.

"일단 가자."

세상의 모든 고뇌를 얼굴로 표현하는 눈류. 그 모습을 지켜보며 따라 하고 있던 카르마는 어정쩡한 순간에 그와 눈이 마주쳤다.

‘뭐, 저런······.’

그런 카르마의 얼굴을 보며 역시 제정신이 아니구나란 생각을 각인시킨 눈류는 줄을 섰고, 곧 성기사와 대면하게 되었다.

"넌 들어갈 수 없다."

‘역시······.’

예상과 막상 겪는 것은 기분이 다르다.

딱딱한 성기사의 거절에 눈류는 인상을 찌푸려졌지만 애써 웃으며 부탁한다. 싸우고 싶지 않았다.

"제가 꼭 들어가야 할 일이 있습니다. 관대한 마음으로 제발 들여보내 주십시오."

채앵!

"감히! 어둠의 종자가 어딜! 어서 돌아가라!"

거칠게 검을 뽑아 드는 성기사.

짜증이 치밀었다. 이곳은 대신관이 존재하는 교단, 그리고 바로 눈앞에서 신성력이 담긴 기사를 마주하고 있었기에 계속 기분이 좋지 않았다.

어둠을 택하면서 얻게 된 필연적인 거부감.

그런데 성기사의 태도까지 겹치면서 화가 치밀어 오르는 것이다.

"마지막 부탁입니다. 들여보내 주세요."

만약 예전이었다면 강압적인 태도는 절대 취하지 않았을 것이다. 자신에게 NPC의 존재는 비록 쓸데없는 수다와 자백으로 귀와 뇌를 자살하고 싶게 만들었지만, 그래도 레전드와 관련이 있을지 모르는 명성을 주었다.

하지만 레전드를 얻은 지금에 있어서는 굳이 비위를 맞춰줄 이유가 없었다.

애써 참으며 부탁한 것도 싸우기 싫고, 죽이고 싶지 않아서였다. 하지만 기사의 태도가 강압적이자 눈류에겐 다른 결정은 존재하지 않았다.

'막으면 죽인다.'

최후의 선택.

"감히! 이놈이!!"

역시 성기사는 분노를 담아 소리쳤다. 그러자 실소를 흘리며 돌아서는 눈류. 그 모습을 지켜보던 카르마가 다급히 뒤따르며 말했다.

"형님, 어둠입니까?"

"그래."

"음… 잘 생각하셨습니다. 교단의 NPC들과 싸워봐야 좋을 것이 없습니다."

"싸울 건데?"

"예?"

카르마는 화들짝 놀라며 반문했다. 교단의 NPC들과 싸우겠다니? 그렇다면 지금은 왜 물러서는 것인가?

"보는 눈들이 많다. 지금은 가면을 착용하지 않아 내 얼굴이 알려져. 가면을 착용한 뒤에 다시 간다."

스릉.

—가면을 착용하셨습니다.

교단을 벗어난 지 한 시간의 시간이 흘렀다. 만약을 대비해 자신이 맨얼굴일 때 함께 줄을 섰던 유저들이 모두 떠나기를 기다린 것이다.

보통 교단을 찾는 이유는 성수와 퀘스트를 받기 위함이므로, 사람들은 볼일을 끝내면 바로 떠났다.

눈류는 가면을 매만졌다.

가면을 착용하지 않고 싸움을 할 수도 있다. 하지만 자신의 독특한 스킬들이 너무 많이 알려진 상태였기에 가면의 기사라고 광고를 하는 것밖에 되지 않았다.

'더군다나 성기사들의 능력도 모르는데 가면 없이 싸우는 것은 어리석지.'

모든 준비를 마치고 돌아가려는 눈류. 그러나 카르마가 팔을 붙잡으며 다시 사정한다.

"형님, 성기사들의 능력도 능력이지만 이기려면 죽이는 수밖에 없는데, 악성이 장난 아니게 높아질 것입니다."

성기사들의 특수 능력 중 하나가 신의 가호로 직접 치료를 할 수 있었다. 그래서 성기사와 싸울 때는 한 번에 죽이는 것이 최선의 선택.

"카르마, 가고 싶으면 가라. 비록 나 혼자 간다면 수를 이기지 못하고 이리저리 희롱당한 뒤 비참하고도 처절한 죽음을 맞이하겠지. 그로 인해 너를 원망하고 다시는 보고 싶지 않겠지만… 난 괜찮으니 억지로 함께할 필요는 없다."

말을 질질 돌렸지만 결과는 '가면 알아서 해라!' 이것이었다. 정말 속 좁고 소심함의 극치를 보여주는 발언. 하지만 존경심으로 물든 카르마의 생각은 달랐다.

'그래, 내가 가면 형님은 처참한 죽음을 맞이하신다. 그런데도 나를 위해 가라하시다니… 정말 배울 점이 많구나.'

필요한 것만 듣고 이해하는 능력. 카르마는 눈류의 너그러운 마음에 온몸을 부르르 떨며 도끼를 거칠게 뽑았다.

"형님, 제가 함께 싸우겠습니다!"

눈류는 진정 감격하며 카르마를 끌어안았다. 설마했는데…….

'이렇게 이용하기 쉬운 놈이 있었다니!'

정말 잘 어울리는 둘이었다.

곧 눈류와 카르마는 정문 입구에 모습을 드러냈다. 그러자 유저들 중 일부가 경악한 목소리로 외쳤다.

"가, 가면의 기사?"

"하지만 가면은 가면의 기사가 아니라도 착용하잖아?"

"그런가? 그래도 저 가면은 분명 키메라를 해치운 사람인데? 저것과 똑같은 가면이 있단 말은 듣지 못했어."

"그렇다면 정말 가면의 기사인가? 이거 대단한데!"

"그런데 뒤에서 도끼 든 남자는 일행인가?"

이미 유명인사가 된 눈류였기에 가면을 착용한 그를 알아보는 유저들이 몇 있었고, 줄을 서고 있던 사람들이 고개를 돌려 쳐다봤다. 시샘 혹은 신기함, 그리고 부러움. 시선에는 오만가지 감정이 담겨 있었으며, 잠시 후 눈류는 성기사와 다시 마주하게 되었다.

"넌 들어갈 수 없다."

조금 전과 다를 것 없는 멘트와 억양.

"보내주시죠."

"감히 어둠의 종자가 어딜! 어서 돌아가라!"

웅성웅성.

"뭐야? 가면의 기사 성향이 어둠인가 보네?"

"이야, 이거 재미있겠는데?"

"그냥 돌아갈까, 아니면 싸울까?"

유저들이 궁금한 표정으로 자기들끼리 토론을 했다.

"마지막입니다. 전 들어가야 합니다. 방해하시면… 죽습니다."

어쩌면 경고와도 같은 부탁이었다. 그러자 성기사는 화가 단단히 난 표정으로 안쪽에 있는 신관에게 신호를 보냈고, 곧 검끝을 눈류를 향하게 하였다.

"나 카산드라, 비록 죽을지라도 피하지 않는다! 타합!"

성기사의 외침과 함께 눈류와 카르마를 제외한 모든 유저들이 뒤로 물러섰다. 괜히 가까이 있다가는 위험했다.

스팟!!

"크윽."

"형님!!"

신성력에 휘감긴 예리한 검날에 갑옷으로 보호가 되지 않는 팔꿈치 윗부분을 스친 눈류. 흐르는 피와 함께 한 걸음 물러섰고, 그 모습에 화가 난 카르마가 도끼를 꽉 쥐며 스킬을 발휘하였다.

콰콰쾅!!

커다란 붉은 도끼가 기사의 검과 부딪치자 기운이 터지며 둘 다 타격을 입고 주춤거렸다. 하지만 카르마는 상관없다는 듯 몸을 돌보지 않으며 재차 다른 스킬과 함께 달려든다.

분노! 화남! 카르마의 감정을 지배하고 있는 것들이었다. 자신의 우상이자 존경의 대상인 눈류가 바로 앞에서 공격을 당해 피를 흘렸으니 당연했다.

"으아악! 형님! 이 카르마가 지켜주겠습니다!!"

레벨 200대의 유저인 카르마의 능력은 대단했다. 비록 일반 직업이지만 데미지가 뛰어난 거인족의 능력과 융합이 되었기에 위력이 무시무시했다. 이에 성기사는 난감했다. 만약 카르마가 어둠이었다면 신성력으로 공격이라도 하겠지만, 지금은 그럴 수도 없었다. 결국 방어와 치료하기에 급급했다.

'좋아, 계획대로다.'

그 모습을 보며 얼굴은 진지하지만 마음속으론 미친 듯 웃고 있는 눈류.

성기사의 실력은 뛰어났고, 신성력으로 인해 추가 데미지가 들어왔지만 이기지 못할 정도는 아니었다. 그럼에도 먼저 공격을 당해준 것은 바로 카르마를 자극하기 위해서였으며, 예상은 적중했다.

자신을 위해 싸우기로 결심했지만 막상 시작하려니 머뭇거리던 카르마가 미친놈처럼 날뛰고 있었다.

'크크크큭. 그래, 카르마. 힘내라! 아자!'

우르르르!!

열심히 카르마를 응원하며 전투를 지켜보던 그때, 눈류의 시야에 다른 존재들이 나타났다. 25~30명 정도였고, 지원을 온 성기사들과 신관이었다.

"감히! 여기가 어디라고!!"

"오… 오딘이시여!"

"혀, 형님, 수가 너무 많습니다!"

카르마가 기겁하며 눈류의 곁에 달려왔다.

'나에게 신관이나 성기사들은 최악의 적이다. 이길 수 있을까?'

불안했다. 만약 성기사들과 싸우는 데 신관들이 공격한다면 감당이 힘들다. 그나마 다행인 점은 포션 사용이 가능하다는 것인데, 미처 많이 준비하지 못한 상태. 위급한 경우를 대비해 정말 최소한만 있었다. 하지만 피할 수도 없는 입장이었다.

'그럼 즐겨야지.'

눈류는 긴 호흡과 함께 접근하는 성기사들을 주시하며 검에 마나를 부여한다.

공격을 당했기에 모두 적으로 인정되는 상황이었다. 교단의 경우 한 NPC와 마찰이 있을지라도 모든 교단의 NPC들과 적이 되었고, 유저들과는 달리 적이 된 후 서로가 공격하지 않더라도 유지되는 시간이 길었다.

곧 성기사들 모두가 공격 범위 안에 들어왔다.

파가각!!

"다크 스톰!!"

외침과 함께 검이 바닥에 꽂혔고, 마나의 폭풍이 성기사들을 휩쓸었다.

"크흐윽!!"

"으아악!!"

다크 스톰에 휘말리자 고통에 가득 찬 목소리가 사방을 장악했다. 비록 다크 스톰이 소울이나 소드에 비해 위력이 현저하게 떨어져 성기사들에게 치명상을 입히진 못했지만, 모두에게 적지 않은 데미지를 주었다.

신성력만 어둠의 존재에게 추가 데미지를 주는 것이 아니다. 어둠의 힘 역시 성기사나 신관들에게 추가 데미지를 입혔다.

"다크 쉐도우!"

스킬을 발휘한 눈류는 성기사들을 무시하며 뒤쪽에 있는 신관들에게 다가갔다. 마법사들처럼 후방 공격으로 자신에게 큰 데미지를 입히고 있었고, 척살 1순위였다.

"카르마, 잠시만 기사들을 맡아!"

"형님, 알겠습니다!"

입술을 와락 깨물며 포션을 흡수하는 카르마. 쉽지 않지만 잠시라면 가능했고, 성기사들이 움직이려 하자 황급히 도끼로 땅을 내려쳤다.

콰콰콰!

그러자 세 갈래의 기운이 땅을 타고 이동하여 세 명에게 작지 않은 부상을 입혔다.

여러 명을 상대할 때는 범위 스킬이 가장 효과적이다. 위력은 떨어지지만 소비되는 마나의 양과 비례하면 효력이 뛰어나기 때문이다.

파아앗! 츠츠츠!

"오딘님의 힘으로… 으으윽!!"

신성력을 발휘하려던 신관 한 명이 하늘로 솟구치는 자신의 팔과 피를 보며 비명을 질렀다.

NPC든 유저든 사람을 해한다는 일, 마음이 좋지 않지만 어쩔 수 없었다.

'망설이면 내가 죽는다.'

쉬지 않고 줄어드는 생명력으로 인해 이미 포션도 얼마 남지 않은 상황. 눈류는 여유를 주지 않고 신관들을 공격했다. 일 대 일로 싸우면 가장 약하지만 다수 대 다수로 싸우면 가장 무서운 존재들.

차아아악!

피비린내가 코끝을 찔렀다.

"자기야, 그만 내려줘. 남들이 쳐다보잖아."

"뭐, 어때? 내 여자 내가 업어준다는데. 형님, 안 그래요?"

"그, 그렇지. 으하하!"

페르탄의 말에 호탕한 웃음을 터뜨리는 루크.

'제발 신이시여, 저 두 인간을 처죽일 수 있는 잔인한 마음을 주소서.'

하지막 속으로 간절하게 기도, 또 기도를 하고 있었다.

대회가 끝나면서부터였다. 평소에도 염장이 심하던 페르탄과 일리아는 무슨 일인지 더욱 과한 염장질을 시작했고, 그로 인해 괴로운 것은 언제나 함께 다니는 자신이었다.

아무리 착하고 마음이 넓다 할지라도 루크 역시 인간이기에 고달픔은 어쩔 수 없었고, 재차 나오려는 헛구역질을 애써 참으며 페르탄에게 말한다.

"다 왔다."

그러자 일리아를 등에서 내려놓는 페르탄.

"형님, 대신관의 퀘스트 보상이 뭐죠? 셋이서 가능할지 모르겠네요."

"우리 셋이면 가능해. 그리고 보상이 라르크와 아이템으로 알고 있는데 나쁘지 않다더라."

"그렇군요. 빨리 가… 어?"

루크와 대화를 나누며 입구에 도착한 페르탄은 당황한 표정으로 정문 쪽을 바라봤다.

보통 교단 입구에서부터 정문 밖까지 긴 줄이 이어져야 정상이었고, 그렇게 알고 있었다. 그런데 정문 밖에는 아무도 없었다.

“오늘은 왜 사람이 없죠?”

페르탄이 물었지만 루크라고 알 일이 없었다.

궁금증을 가득 품은 셋은 정문을 향해 빠르게 걸었고, 곧 정문과 교단 입구 사이에서 벌어지고 있는 전투를 목격하며 짙은 피비린내를 맡았다.

“미친놈들, 교단 NPC들하고 싸우다니.”

페르탄이 혀를 쯔쯧 차자 일리아가 잠시 눈을 비비더니 어이없는 목소리로 말한다.

“누, 눈류님하고 카르마님 아냐?”

“뭐?”

“어, 맞네?”

싸우고 있는 두 명의 정체를 알아차린 셋.

“눈류님!!”

루크가 큰 목소리로 외쳤다. 그러자 신관을 처치하고 있던 눈류의 입가에 미소가 서렸고, 루크는 왠지 불안한 기분에 사로잡혔다.

“루크님!”

다크 쉐도우를 사용하며 빠르게 접근한 눈류가 다급한 표정으로 부탁한다.

“좀 도와주세요.”

“네에? 아니, 도대체 왜 교단 NPC들과.”

“설명할 시간이 없습니다. 어서 도와주세… 크읔!”

채앵!

루크를 바라보던 눈류는 뒤쪽에서 서늘한 기운이 느껴짐과 동시에 몸을 돌려 성기사의 검을 막았다.

하지만 루크와 페르탄, 일리아는 그런 광경을 보면서도 쉽사리 움직이지 못했다.

아무리 길드원이지만 함부로 나설 수 없는 일이다. 교단 NPC와 적이 된다는 것은 관련 퀘스트를 받을 수 없다는 뜻이고, 싸우다 죽이기라도 하면 악성이 생긴다. 평범하게 게임을 즐기는 그들에게 악성은 생각도 할 수 없었다.

"루크님!!"

눈류는 재차 성기사를 해치우며 고개를 돌려 외쳤다. 그러자 루크는 혼란스러웠다. 비록 게임에 영향이 생긴다 할지라도 눈류는 자신과 같은 길드원이지 않은가? 그리고 원하지 않은 청부였지만 세라를 처참하게 쓰러뜨려 주었다.

'하지만 악성이 생긴다면…….'

이러지도 저러지도 못하는 루크. 결국 눈류는 또다시 일부러 공격을 맞아주었다. 그리고 비틀거리다 루크를 향해 쓰러지는 센스.

"하악, 괜찮습니다. 강요는 하지 않겠습니다. 저와 카르마의 일이니 말입니다. 이렇게 저희 둘이서 싸우다 복날에 개 맞듯이 두들겨 맞고 죽으면 되지 않겠습니까. 길드원이라고, 꼭 같은 길.드.원.이라고 위험을 감수할 필요는 없지요. 비록 제가 루크님을 위해 세라와 혈투를 벌였어도… 어차피 저희는 사실상 남 아닙니까?"

눈류의 쓸쓸한 구라 미소가 작렬했다. 그 모습은 마치 '난 당신을 믿었어! 우린 하나라고 생각했는데 당신들은 아니군!'이라 말하는 것 같았고, 루크는 결국 이를 악물며 접근하는 성기사에게 주먹을 휘둘렀다.

퍼어엉!!

"눈류님, 남이라니요? 저희는 길드원 아닙니까? 제가 돕겠습니다! 그러니 절대 그런 생각 하지 마세요!"

—랜덤 스텟의 영향으로 상술이 2 상승하였습니다.

잘 오르지 않는 상술이 한 번에 2나 상승하였다. 그동안 수없이 말발로 상대를 희롱하였기에 가능한 일.

눈류는 고개를 돌려 아직도 머뭇거리는 페르탄과 일리아를 보며 아쉬운 표정으로 말을 툭 던졌다.

"기적이와 레몬이었다면 이미 나섰을 것인데……."

길게 말할 필요도 없었다.

평소 기적, 레몬 커플을 라이벌로 생각하던 페르탄과 일리아.

눈류의 말 한 번에 눈에 불꽃이 타올랐다. 안 그래도 염장으로 밀린다는 자괴감에 빠져 있었는데 저런 소리까지 듣다니?

"오빠!"

"그래, 그 커플보다 우리가 뭐든지 뛰어나지! 간다!!"

"모두 파티를 맺어주세요!!"

페르탄마저 악마의 속삭임에 휘말리며 전투에 참여하게 되었고, 일리아의 외침과 함께 레벨 200을 넘어 급이 다른 카르마를 제외한 모두가 파티를 맺었다.

그러자 버프가 시작됐고, 잠시 후 카르마 역시 개별 버프를
받았다.

'됐다. 승산이 있어.'

눈류는 물론 카르마까지 포션이 대부분 떨어진 상태라 지금
까지는 큰 희망이 없었다. 하지만 루크와 페르탄의 합류. 일리
아의 버프와 회복 마법으로 인해 이젠 성기사들과 신관들이
밀리는 추세.

"이야! 정말 재미있는데?"

"야, 빨리 스샷 찍고 기사 작성하자!"

"오케이!"

그들의 전투를 멀리서 떨어져 지켜보는 유저 중엔 기자들도
있었고, 모두는 결과를 기다리며 급박한 상황을 주시했다.

"다크 스톰!!"

"크으으윽!"

"으아아악!!"

"페르탄님, 신관들을 맡아주세요!"

"알겠습니다!"

눈류의 활약으로 많은 신관들이 죽거나 부상을 입은 상황이
지만 여전히 골칫거리였고, 페르탄은 다급히 신관들에게 접근
했다. 어둠의 성향이 아닌 페르탄이기에 신관들은 적이 다가
옴에도 공격할 방법이 없었다.

"하압!!"

파파파팟!

페르탄이 스킬을 시전하자 검에서 회오리바람이 형성되었다. 그러자 두 명의 신관이 휩쓸리며 쓰러졌다. 마치 칼날에 여러 곳이 베인 것 같은 모습!

"저희는 남이 아닙니다!!"

쿠쿠쿵!

루크가 크게 외치며 주먹에 기운을 담아 내지르자 푸른 기운은 곧 새의 형상을 띠며 한 명의 성기사를 물고 폭발했다.

'좋아, 이제 얼마 안 남았다.'

어느새 성기사와 신관들의 수가 급격히 줄어 있었고, 눈류는 회심의 미소를 지으며 모인 마나로 다크 소드를 발휘해 성기사의 검을 내려쳤다.

퍼퍼퍼퍼펑!

"크아아악!!"

기운을 이기지 못한 성기사의 검이 팔과 함께 갈기갈기 찢겨진 채 몸에서 떨어졌다.

"모두 힘을 냅시다!"

눈류가 힘을 실어주기 위해 외치자 뒤에서 생명력 회복을 책임지는 일리아는 물론 전투를 치르는 카르마, 루크, 페르탄 역시 이를 악물었다. 이왕 이렇게 된 것, 이겨야 했다.

그런데 그 순간, 눈류의 얼굴이 일그러졌다.

'하나, 둘, 셋, 넷!'

교단 입구에 나타난 세 남자와 한 명의 여자.

"모두 제 곁으로 오세요!"

카르마와 루크, 페르탄, 일리아는 다급히 움직였다. 심상치 않았다.

'강해. 단 한 명이라도 내가 이길 자신이 없을 정도다.'

한계를 벗어난 눈류의 감각이 위험을 알린다. 그와 함께 웅성거리는 유저들.

"대신관의 호위 기사들이다!"

"우와! 나 처음 봐! 그런데 여섯 명이 아닌가?"

"이 바보야, 당연히 두 명은 대신관을 호위하고 있겠지."

"가면의 기사가 거의 이긴 싸움인데 아쉽네. 저들을 이길 순 없을 것이니."

대신관을 호위하는 여섯의 기사! 남자 넷, 여자 둘로 이루어진 그들은 모두 마나를 사용할 줄 아는 최상급 기사들이었다.

"자네가 기사의 후예인가?"

가장 왼쪽에 서 있는 40대 중반에 콧수염이 인상적인 기사가 위엄 가득한 음성으로 묻는다.

"그렇다."

"대신관님이 보자고 하신다."

"뭐?"

예상외의 발언에 눈류의 표정이 묘하게 변했다.

"가면의 기사의 힘을 받은 자여, 우리를 따라와라."

그 말과 함께 다시 돌아서 안으로 이동하는 네 명의 기사.

"눈류님!"

"형님!"

카르마와 루크가 걱정을 담아 소리쳤다. 그러자 웃으며 그들을 안심시킨 뒤 서둘러 따라가는 눈류.

'어차피 저들이 싸움에 참여했다면 우리의 필패. 그런 자들이 치사하게 암수를 쓰지 않을 것이다. 가자.'

털썩!

눈류의 모습이 보이지 않을 때쯤 나머지 레전드 길드원들은 힘없이 바닥에 주저앉았다.

그들로서는 지치기도 지쳤지만, 뒤늦게 걱정이 온몸을 휘감았기 때문이다.

바로 이전에는 없던 악성 수치!

"……."

"……."

"……."

"……."

아무런 말 없이 서로가 서로를 바라봤다. 그리고 고개를 끄덕인다.

악성을 없애는 최선의 방법은 바로 아는 동료에게 죽어주는 것.

잠시 후, 길드원 넷은 곧 울 것 같은 표정으로 죽기 위해 교단을 떠났다. 다시는 눈류와 관련되지 않기를 바라며.

카르마와 루크, 페르탄과 일리아가 교단을 떠나는 그 시각, 눈류는 대신관과 마주하고 있었다.

희고 긴 머리카락과 수염을 소유한 늙은 노인이었으며, 얼굴에 인자함이 가득했다.

"자네가 기사의 후예인가?"

부드러운 음성이 눈류의 귀를 자극했다.

"그렇습니다."

"그렇군. 기사는 잘 있는가?"

"네."

눈류는 짧게 대답하며 이상한 점을 느꼈다. 다버서는 아무리 나이를 많게 봐도 여든 살 정도. 그리고 가면의 기사는 300년이 넘게 봉인된 상태. 그런데 친구처럼 말을 하다니?

"헐헐, 기사를 안 지도 오랜 시간이 지났구나. 하긴 나도 400년이나 살았으니 이제 죽을 때도 되었지."

'그렇군. 그래서 기사를 친구처럼 대하는 것이었어.'

다버서의 발언에 여섯 기사들이 움찔한다.

"대신관님, 그런 말씀은……."

"대신관님……."

"허헐, 하여튼 너희들은 내 걱정을 너무 하는구나."

자신의 말에 표정이 어두워지는 여섯의 기사를 바라보며 재차 여유롭게 웃는 다버서.

"기사의 힘을 받은 후예여, 기사가 스스로 봉인을 하기 전 나에게 무구의 위치를 알려주었지. 하지만 이 말도 하였다. 무엇인가를 얻고 싶다면 그 이상의 능력과 노력을 보이라고."

[가면의 기사 비밀 퀘스트 2차]

기사의 건틀렛을 얻는 과정은 쉽지 않다.

망혼의 섬에 가서 능력을 인정받자.

'젠장.'

설마 했던 마음이 현실로 바뀌는 순간이다.

'가면의 기사와 관련된 퀘스트는 전부 쉬운 것이 없군.'

물론 그로 인해 얻게 되는 장비, 능력들이 모두 대단하지만 어려워도 너무 어려웠다.

"어떤가? 망혼의 섬에 가서 능력을 보이겠는가?"

"네, 그렇게 하겠습니다."

─퀘스트를 수락하셨습니다.

결심을 한 눈류의 모습에 다버서는 흡족한 미소를 지었다.

"역시 기사의 후예답군. 그렇다면 망혼의 섬으로 가서 능력을 인정받게."

눈류는 고개를 끄덕였다. 자세한 것은 망혼의 섬에 가면 알게 될 것이다. 2차 전직 퀘스트도 그랬으니.

'단, 기간이 얼마나 걸릴지 알 수 없다. 일단 시상식을 끝내고 가야겠군.'

현재 대회는 계속 진행되고 있었고. 얼마 안 있어 SS급의 시합이 펼쳐진다. 그 시합이 끝나는 다음날 시상식이 진행된다.

그렇기에 눈류는 시상식에 먼저 참여할 생각을 하며 오딘 교단을 빠져나왔고, 얼마 뒤 드디어 대망의 시상식 날이 되었다.

Part 4
눈류, 진은을 만나다

"그, 그것이 사실이냐?"

"아버지."

"커헉!!"

박하다가 충격을 이기지 못하고 바닥에 주저앉았다. 그러자 황급히 부축하는 기적.

현재 대회장 앞에는 눈류를 비롯한 박하다, 기적, 레몬, 라일라, 루크, 페르탄, 일리아가 자리하고 있었다. 이들이 모인 목적은 눈류의 우승을 축하해 주기 위해서였고, 나머지 길드원들은 개인 사정에 의해 참석하지 못했다.

그런데 박하다가 왜 이리 충격을 받았단 말인가? 그것은 바로 눈류의 발언 때문이었으니……

"저, 정말 마방셋을 잃어버렸다고?"

박하다는 제발 아니기를 바라며 재차 따지듯 물었다. 비록 최상품은 아니지만 고급에 속하는 액세서리였고, 자신이 추가 옵션까지 단 장비였다. 그 가격은 무려 450만 라르크!

마방 세트로만 치자면 350만이지만, 한 개당 하나씩 장인 옵션이 추가되었기에 450만 라르크였다.

그런 마방셋을 잃어버렸다니… 있을 수 없는 일이었다.

"아들아!"

"아버지……."

눈류는 침통한 표정을 지으며 애써 그를 외면한다.

울 것 같은 표정과 바르르 떨리는 입술이 자신 역시 얼마나 슬픈지 보여주고 있었다.

"악성 수치를 낮추기 위해 죽었는데 하필 마방셋 모두가 떨어질 줄은… 그리고 그때 다른 유저가 나타나서……."

"크흑."

박하다는 넋이 나간 표정으로 자신의 가슴을 움켜쥐었다. 450만 라르크! 현금으로 치면 90만원이었다. 90만원이면 자신이 좋아하는 쵸코우유를 몇 개나 마실 수 있단 말인가!

"흐윽, 흐윽."

결국 울분을 참지 못하고 수많은 사람들이 입장하고 있는 대회장 앞에서 울음을 터뜨린다. 누군가 죽은 것처럼 바닥에 주저앉아 손바닥으로 땅을 팡팡! 치면서 말이다.

"아이구, 내 450만 라르크! 아이구!"

현실주의! 돈이 세상을 지배한다! 그것이 바로 박하다의 고정관념이었다. 그런데 450만 라르크를 날로 잃어버렸으니 억울할 수밖에!

"크흑! 내가 너무 착하게 살아 하늘이 시기하는구나."

말도 안 되는 소리를 하며 자신의 착한 인생을 원망하는 박하다.

"내 이놈을 죽여 버리겠다! 특징을 말해라!"

슬피 울던 박하다는 노한 얼굴로 일어서며 외쳤다. 아들에게 갚으라고 하자니 연장자로서 너무 소심한 행동이었다. 물론 마음은 너무나 그러고 싶지만 길드원들이 보고 있었고, 필요한 체면은 지켜야 했다. 그러니 먹자를 한 놈을 찾아 족치는 수밖에.

'죽여주마! 감히 내 마방셋을! 크흑! 네놈이 장비를 모두 떨어뜨릴 때까지 죽여 버릴 것이다!'

돈을 벌기 위해 비록 장인의 길을 걷고 있지만, 그가 누구인가? 이 시대 최강의 사나이였다. 그렇기에 라스트 월드에서도 직업에 비해 강한 능력을 소유하고 있었다.

"죄송하지만 기억이 잘 안 납니다."

"커헉!!"

투혼을 불태우며 일어선 박하다는 눈류의 말에 다시 뒤통수를 부여잡으며 바닥에 주저앉았다. 만약 현실이었다면 병원으로 실려 갔을지도 몰랐다.

"아버지……."

눈류는 가슴이 저려왔다. 하지만 그렇다고 사실을 말할 수는 없다.

'아버지, 죄송합니다. 하지만 먼저 저에게 사기를 치셨잖아요.'

걱정하는 얼굴과는 달리 마음속으론 이미 짐승 모드가 되어 웃고 있는 눈류.

사실 눈류는 마방 세트를 잃어버리지 않았다. 또한 퀘스트의 영향인지 악성 수치도 자신만 오르지 않았다. 그래서 카르마와 루크를 비롯해 그날 전투에 참여한 길드원들이 서로를 죽이고 죽이며 악성을 낮출 때 자신은 열심히 사냥을 했다. 그리고 지금 모두에게 가증스런 연기력을 선보이는 것이다.

'상품이 최상급 마방셋이니… 아버지가 준 마방셋은 팔면 되겠구나.'

당하면 두 배로 갚아준다! 이것이 바로 소심한 눈류의 인생관.

"아버지……."

마음을 숨긴 눈류는 눈물을 그렁그렁 매달고 박하다에게 다가가 어깨를 부축한다.

"제가 상품으로 마방셋을 받으면 가지세요."

"아들아!!"

충격적인 발언! 박하다는 가슴이 찡해오는 것을 느꼈다. 아들이 이렇게 자신을 걱정하고 위하는 줄은 미처 알지 못했었다.

'나는 너에게 돈 받을 생각만 하고 있었는데… 이 녀석!'

마방 세트를 찾을 방도가 없자 결국 눈류에게 받자는 결심을 했다. 물론 길드원들이 없을 때 그럴 생각이었다. 그런데 속 좁은 자신과 다른 아들의 관대한 모습.

"포션 값도 없는 놈이, 크흑……."

"괜찮습니다. 다 저의 잘못인걸요. 그냥 포션 없이 사냥하다 레벨 업도 느려지고 위험할 땐 죽어버리면 되는 것이죠."

"아들아!!"

필요하다면 적재적소에 발휘되는 눈류의 말발에 박하다는 결국 무너졌다. 아들이 몬스터들에게 죽게 놔둘 수는 없었다.

"괜찮다. 그깟… 으윽! 그, 그깟 450만 라르크 없으면 어뗘냐! 나에겐 네가 있거늘!"

"아버지!!"

비록 사기가 판치는 가정이지만, 겉으로 보기에는 아름다운 아버지와 아들이었다.

"크크크크크."

대회장 입구에서 일행과 떨어져 우승자 대기실에 들어온 눈류는 바로 침을 흘리며 짐승 모드로 돌변했다.

사기 한 번에 벌어들인 수입이 450만 라르크! 기존의 음식, 물, 귀환서, 포션 등을 사고 남은 돈까지 합치면 530만 라르크였고, 오늘 받게 될 최상급 마방 세트의 가격은 장인의 추가 옵션이 없어도 500만 라르크였으며, 여기에 상금까지 있다.

"으하하하하!"

생각보다 빠르게 목표액의 1/6을 모았다.

'B급 고급 셋의 가격은 6,000만 라르크. 최상 셋으로 맞추려면 8,000만이 필요하다. 일단 B급까지는 고급 셋 장비를 사용하자. 크크큭.'

만족, 행복, 기쁨! 현재 눈류가 느끼는 감정들이다.

남들과 달리 자신은 기사의 아이템인 가면과 문신이 있었고, 건틀렛 역시 얻으러 갈 생각이 아닌가? 그렇다면 목표액은 더 낮아졌다.

"으윽! 저, 저게 가면의 기사야?"

"미친놈이잖아?"

"무, 무섭군."

어차피 C급의 우승자가 가면의 기사라고 알려졌기에 눈류는 가면을 착용하고 있었다. 아니, 이번 SS급의 우승자가 진은 이기에 가면을 착용할 수밖에 없었다.

그로 인해 눈류를 알아보고 인사라도 나누려던 다른 급의 우승자들은 한 마리 짐승을 발견한 뒤 멀리 피했다.

딸깍!

그때, 문 여는 소리와 동시에 눈류는 정신을 차리며 주변을 두리번거렸다. 다른 급의 우승자들이 인상을 찌푸린 채 자신을 전염병 환자처럼 주시하고 있었다.

'크흠, 이것도 병이라니까. 언제 병원을 한번 가야겠어.'

그 시선들에 자신이 짐승이 되었다는 것을 깨달은 눈류는 괜찮다는 듯 활짝 웃어 보였지만, 오히려 더욱 큰 공포심을 불러일으켰다.

사사사삭!

자신의 곁에서 빠르게 사라지는 우승자들.

"……."

눈류는 굳이 해명할 필요를 못 느끼며 어깨를 으쓱했고, 방금 전에 도착한 우승자에게 시선을 돌렸다.

그 순간 가면 속에 가려진 얼굴이 차갑게 굳어버린다.

처음이었다. 군 입대 이후 처음으로 만나는 것이었다.

'진은.'

그는 바로 SS급의 우승자 진은이었다.

스파아앗!

알 수 없는 기류가 우승자 대기실을 가득 채우기 시작한다. 분노! 참을 수 없는 분노로 인해 살기가 넘쳤다.

얼마나 보고 싶었던가? 얼마나 자신의 아픔을 갚아주고 싶었던가?

사랑과 우정, 모두를 깨뜨려 버린 진은, 라인! 드디어 그중 한 명을 만났다.

"으윽."

"뭐, 뭐지?"

갑작스런 살기에 우승자들은 물론 진은 역시 오싹함을 느끼며 고개를 돌렸다.

'…그놈이군.'

호기심 가득하게 변하는 표정. 얼마 전 은진에게 말했던 진하를 닮은 유저.

'크흑! 참자. 참자. 미친놈아, 참아!'

진은의 눈길을 느끼고 자신의 실수를 깨달으며 애써 마음을 진정시키려는 눈류.

이렇게 대놓고 적대감을 드러내는 짓은 분명 잘못된 행동이다. 아직은 아니었다. 더 강해져야 했다. 일 대 일로 붙어도 지지 않을 만큼. 그때까지 자신은 베일에 가려야 한다.

"저를 아시나요?"

살기를 정면에서 받은 진은이 무뚝뚝하게 말하자 눈류는 고개를 젓는다.

"죄송합니다. 순간적으로 안 좋은 일이 떠올라서."

"그러셨군요."

비록 속 시원한 답변은 아니었기에 찜찜했지만 진은은 더 이상 묻지 않았다. 본인이 그렇다는데 따지는 것도 웃긴 일이다.

'가면의 기사라……. 재미있어.'

진은의 입꼬리가 살짝 올라갔다. 비록 지금은 급의 차이가 나지만 언젠가는 자신과 동급이 될 것이다. 강한 자와의 전투. 자신이 즐기는 것 중 하나였다.

―10분 뒤 시상식이 시작됩니다. 우승자 분들은 무대 위로 올라와 주세요.

그 순간, 우승자들에게 알림 말이 들렸고, 모두 대기실을 빠져나갔다.

"우와와와!!"

"진은님, 멋집니다!"

“이야, 시라트님! 우승 축하해요!”

“눈류 형님! 저희들이 있습니더!!”

관중들의 열기는 대단했다. 비록 시합은 치러지지 않지만 각 급의 우승자들이 한자리에 모였기에 놓칠 수 없는 구경거리인 것이고, 서로 경쟁이라도 하는 듯 목이 찢어져라 외치며 자신의 동료를 응원했다.

그리고 루크의 말과는 달리 이번 대회는 1위만 시상식에 참여할 수 있었다.

“그럼 시상식을 시작하겠습니다!”

여성 사회자의 말과 함께 드디어 시상식이 시작되었고, E급의 우승자부터 붉은 비단을 밟으며 금빛으로 꾸며진 화려한 단상 위로 올라가 상품과 상금을 수여 받은 뒤 우승 소감을 말하였다.

소감 장면은 동영상으로 촬영이 되어 라스트 월드 명예의 전당에 오르는 영광도 얻게 된다.

‘월하는 참여하지 않은 것인가?’

우승자들을 바라보며 눈류는 아쉬움의 입맛을 다셨다. 월하를 다시 보고 싶었다. 진은과 마찬가지로 자신이 꼭 꺾어야 할 상대. 그리고 죽음을 갚아줘야 하는 적이다.

‘B급이나, A급에 나올 줄 알았더니……’

우승자들을 향한 눈류의 감각이 그들이 월하보다 강하지 않다고 말했다. 그 말인즉 아예 참여를 안 했다는 뜻이다. 물론 참여했지만 졌을 가능성도 배제할 수는 없다.

‘뭐, 언젠가 꼭 보겠지.’

주먹을 불끈 쥔다. 어릴 때부터 이랬다.

자신보다 강한 상대를 만나면 승부욕이 불타올랐고, 꼭 이겨야 직성이 풀리는 성격.

어쩌면 그런 점이 현실과 라스트 월드에서 눈류를 강하게 만든 것인지도 모른다.

“C급 우승자 눈류님은 단상 위로 올라와 주세요.”

그때 사회자의 밝은 목소리가 들렸고, 관중들의 큰 환호를 받으며 눈류는 단상 위로 올라갔다.

“먼저 상품으로 최상급 마방 세트입니다.”

—멸망의 목걸이를 습득하셨습니다.

—멸망의 팔찌를 습득하셨습니다.

—멸망의 귀고리를 습득하셨습니다.

—멸망의 반지를 습득하셨습니다.

‘C급의 최상급 마방 세트!’

눈류는 터져 나오려는 웃음을 애써 참았다. 그러자 흐물흐물거리는 입술.

“상급으로 200만 라르크가 주어집니다.”

‘200만 라르크!!’

어쩌면 낮은 상금인지도 모른다. 백만 명 중 한 명이 우승을 한 것이니. 하지만 마방 세트와 합치면 700만 라르크였고, 현금으로 140만원의 가치. 비록 정체가 알려지긴 했지만 만족할 만한 보상이었다.

“으읍, 푸품, 으흑.”

“히익! 죄, 죄송합니다. 우, 우승 소감을 말씀해 주세요.”

사회자는 침을 질질 흘리는 기괴한 입 모양의 눈류를 보며 잠시 흠칫했다가 잘못을 사과한 뒤 황급히 거리를 벌렸다.

‘참아. 여기서 짐승이 되면 안 돼! 스샷이 찍히고, 동영상이 촬영돼. 여유롭게 웃자. 그래, 여유롭게…….’

눈류는 수많은 관중을 보며 애써 편안한 미소를 지었다. 자신은 레전드 가면의 기사. 이 정도 상금과 상품에 미친 듯 기뻐해서는 안 된다, 체통을 지키자라는 생각이 머릿속을 지배했다.

그러나 마음과 달리 가면 속 눈동자는 반달 형태가 되어 있었고, 꽉 깨문 이빨과 흐느적거리는 입술에 관중들은 폭소를 참지 않았다.

“으하하! 행님 와 저러노?”

“키키, 몰라. 완전 스샷 감인데?”

대표적으로 배를 잡고 크게 웃는 기적과 레몬. 자식이 부끄러워 고개를 돌리는 박하다. 앞으로 한동안 친한 척하지 말아야지! 다짐하는 루크와 페르탄, 일리아. 하지만 단 한 명만은 예외였으니…….

‘오빠는 그런 모습도 멋져요.’

바로 덜 익은 삼겹살 살인 미수 사건의 주인공인 라일라였다.

“하아!”

눈류는 마음을 진정시키기 위해 숨을 깊게 들이마셨다가 내쉰다.

많은 사람들 앞에서 소감을 말할 줄은 미처 생각 못했기에 준비한 것이 없었다. 그렇다고 아무 말도 안 할 수는 없는 노릇이었다.

그런데 그때 자신을 바라보는 진은과 눈이 마주쳤다.

투우욱.

눈류는 겨우 붙잡고 있던 무엇인가가 끊어지는 느낌을 받았고, 눈앞이 캄캄해졌다.

진은을 보면 은진이 떠올랐고, 은진이 떠오르면 가슴이 아팠다. 가슴이 아프면 진은이 떠올랐고, 분노, 슬픔, 허무, 그리움, 절망 온갖 감정이 영혼을 괴롭혔다.

입술을 꽉 깨문다. 좋던 기분이 한 번에 사라졌다.

바들바들!!

힘을 얼마나 주었는지 주먹이 떨리는 것을 넘어 흔들리고 있다.

"에? 행님 와 또 저러노?"

마법으로 설치된 대형 스크린을 통해 눈류의 모습을 지켜보던 유저들의 얼굴에 당혹함이 피어올랐다. 하지만 눈류는 아무런 생각도 하지 못하는 듯 입술을 깨문 채 아래만 내려다봤다. 고개를 들 수 없었다. 그러면 자신도 모르게 진은을 바라볼 것 같기에.

"저기… 눈류님……?"

그때 사회자가 조심스럽게 접근해 눈류를 불렀고, 백지장처럼 머릿속이 하얗게 된 눈류는 고개를 들며 짧게 소감을 말하였다.

"다시는 잃지 않겠습니다. 그 어떤 것이든지."

눈류와 진은의 시선이 재차 마주쳤다.

'젠장, 너무 어리석은 짓을 했어.'

화면에서 볼 때만 해도 참을 수 있다고 생각했다. 레전드 직업을 얻기 위해 NPC들에게 온갖 아부를 떨던 것처럼 진은을 만나도 웃으며 티내지 않을 수 있다고 생각했다. 하지만 바로 눈앞에서 보니 그럴 수 없었다.

정말 아무런 생각도 나지 않았다. 그냥 가슴에서 무엇인가가 끓어올랐다. 터지기 직전의 풍선처럼 부풀고, 부풀어 오르더니 결국 입으로 내뱉고 말았다.

말을 하는 그 순간에도, 마음속으로는 하면 안 된다고 얼마나 외쳤던가.

하나 때론 감정이 이성을 지배하는 법이다.

'눈치를 챘으면 안 되는데……'

자신의 실수를 자책하며 눈류는 한 걸음씩 계단을 내려갈 때마다 조심스럽게 진은을 쳐다봤다.

'의, 의심하고 있다!'

계속 고개를 갸웃거리며 차가운 눈으로 바라보고 있는 진은.

그와 함께 눈류의 머릿속으로 수많은 생각이 교차했고, 긴장하고 있다고 소문이라도 내는 듯 식은땀마저 흘렸다.

'어, 어쩌지? 애써 웃어볼까? 아니야. 그냥 무뚝뚝하게 있어? 딴청을 피울까? 젠장.'

단상에서 다 내려온 눈류는 일부러 진은과 가장 떨어진 곳에 서며 딴청을 피웠다. 마치 조금 전에 아무런 말도 하지 않았다는 것처럼 입가에 웃음까지 머금으며 콧노래를 부르는 그의 모습이 더욱 의심스럽게 느껴지는 진은이었다.

'수상해. 딴청을 피우지만 식은땀을 흘리고, 콧노래를 부르지만 다리를 떨고 있다!'

―진은님께서 음성 채팅을 신청하셨습니다. 수락하시겠습니까?

'……'

잠시 혼란 상태에 빠진 눈류. 거절하자니 더욱 의심을 받게 될 것 같고, 그렇다고 넙죽 수락하자니 그것도 골치였다.

"눈류님."

결국 체념과 함께 음성 채팅을 수락하자 기다렸다는 듯 들리는 진은의 목소리.

눈류는 어쩔 수 없이 결단을 내렸다. 이 세상에서 가장 무서우며 감당이 어려운 스킬! 배 째라는 식으로 나가자!

"혹시 저를 아십니까?"

"저는 처음 뵙습니다만."

조금 전 흥분을 참지 못한 자신을 재차 원망하며 태연한 척 대답하는 눈류. 심장이 콩닥콩닥거렸지만 티 내지 않는다.

"그런가요? 왜 저는 눈류님이 낯익죠?"

"제가 잘생겨서 그런 듯."

"……."

순간 움찔하며 스킬을 발휘하려 한 진은은 마음을 다스리며 재차 물었다.

"은진을 아십니까?"

두근, 두근, 두근.

빠르고 크게 뛰고 울리기 시작한 심장.

아프다고, 슬프다고, 보고 싶다고 절규한다.

하지만 이를 악물며 힘겹게 웃는다. 이래야만 한다.

"모르는데요?"

"그래요?"

음성 채팅을 하면서도 눈류를 바라보고 있던 진은은 답답함을 느꼈다. 아무리 생각해도 진하가 떠올랐다. 눈매나 얼굴선 등 비록 라스트 월드에서 자기 얼굴을 사용하는 이가 거의 없을지라도 자꾸 진하일 것이라는 생각이 들었다. 그리고 대기실에서 느꼈던 살기와 의미심장한 마지막 발언.

다른 이들은 모르겠지만 적어도 자신은 무시할 수 없는 말이었다.

'하지만 진하라면 이미 난리를 쳤을 텐데?'

진하의 장점이자 단점이 바로 필요 이상으로 솔직하다는 것과 다혈질이라는 점이었다. 그런 진하가 은진을 모른다고 할 일이 없었으며, 분명 은하를 통해 남자 친구가 자신이라는 사실도 알 것이다.

'내가 잘못 안 것인가?'

확신이 의심으로 변했고, 흔들렸다.

하지만 무엇인가 계속 미심쩍은 것도 사실. 진은은 결단을 했다.

"한 가지 알고 싶은 것이 있습니다."

"뭐죠?"

"죄송하지만 가면을 벗어주실 수 있겠습니까?"

"안 됩니다."

단호하게 거절하는 눈류.

분명 자신을 의심하고 있는 듯한데 맨얼굴을 보인다면? 모든 것이 밝혀질 것이다.

"어째서죠?"

"저는 레전드입니다. 진은님처럼 공개를 한 것도 아니고요. 비록 가면의 기사라는 것이 알려졌지만, 제 얼굴은 아닙니다. 그런데 얼굴이 알려진다면 마을에서나 사냥을 안 할 때도 불편함을 얻게 될 것입니다. 그래서 공개를 할 수 없습니다."

타당한 이유였다. 자신 역시 레전드인 것을 공개한 뒤 모두가 알아보는 통에 귀찮은 점이 한둘이 아니었고, 때론 PK도 들어왔으며, 이유없는 시비를 받을 때도 있었다.

"그렇다면 저만 볼 수 없을까요?"

집요한 태도에 눈류는 입술을 잘근 문다. 피하면 독사처럼 파고들었다. 그렇다고 빠져나가기도 곤란했으며, 얼굴을 보여

줄 수도 없는 노릇이다.

"죄송합니다."

"어째서죠?"

"그런 것까지 제가 설명해야 됩니까?"

"그래도 전 꼭 봐야겠습니다."

결의에 찬 목소리.

'이 자식, 아주 단단히 마음먹었군. 하아, 처음부터 얼굴을 바꾸는 것인데⋯⋯.'

눈류는 자책한다. 원하고 원했지만 자신이 레전드가 되고, 이렇게 알려질 것이라고는 미처 생각하지 못했다.

그리고 라스트 월드 세상이 좁은 것도 아니었으며, 레벨 차이도 심했기에 마주칠 일 역시 없을 것이라 생각했다. 그래서 원래 얼굴과 체형을 유지한 것인데 이렇게 자꾸 꼬이게 될 줄이야.

"죄송합니다. 얼굴이 너무 잘생겨서 반하실까 봐 안 되겠습니다."

결국 막다른 골목에 부딪친 눈류의 선택은 배 째라 스킬이었다. 탁월한 판단이라 생각했지만 진은 역시 배 째라 스킬로 얼굴을 보자고 우기며 맞불 작전을 펼친다.

"꼭 확인할 것이 있어서 그럽니다. 한 번만 보게 해주십시오."

"이유가 뭐지요?"

"제 친구와 닮아서 그럽니다."

마음속으로 실소를 흘리는 눈류.

'우리가 아직 친구였던가?'

곧 정색하며 말한다.

"제가 진은님의 친구였다면 벌써 아는 척을 했겠지요. 안 그렇습니까?"

진은은 깊은 한숨을 내쉰다. 자신의 얼굴이 조금 바뀌었다 할지라도 아는 사람이 못 알아볼 정도는 아니었다. 눈류의 말처럼 만약 진하였다면 이미 자신을 알아봤을 것이다. 하지만,

'얼굴을 자꾸 숨기려는 것이 이상하다. 나 혼자 보겠다고 하는데… 나 같으면 귀찮아서라도 보여줬을 것인데.'

진은의 눈빛이 재차 예리해졌다. 그 눈빛에 눈류는 움찔했지만 애써 먼 하늘을 바라보며 여유로운 표정을 지었다. 긴장으로 볼이 경련를 일으키는 것만 제외하면 정말 여유로웠다.

"눈류님, 만약 아니라면 어떻게 하셔도 좋습니다. 죄송합니다."

진은의 확고한 결심. 그 말과 함께 눈류는 긴장했다. 온몸이 경고한다. 피하라! 피하라!

스파앗!

"크흑!! 이게 무슨 짓입니까!"

"죄송합니다. 하지만 저는 꼭 봐야겠습니다."

진은의 손바닥을 다급히 피한 눈류는 한 걸음 물러서며 차갑게 노려봤다. 진은의 고집이 이 정도일 줄은 미처 몰랐다.

'나라서 그러는 것이냐?'

그랬다. 진은 역시 다른 사람의 일이라면 이미 체념했을 것이다. 하지만 상대는 진하라고 추정되는 인물.

진하만 생각하면 미안함에 가슴이 아프고 사과를 하고 싶었던 진은이다.

확인해야 했다. 진하가 정말 이 게임을 하고 있는 것인지, 레전드 가면의 기사가 진하인지, 모든 사실을 알고 자신들 때문에 게임을 하는 것인지 알아야 했다.

그리고 사과를 하고 싶었다.

"뭐, 뭐야? 둘이 왜 저래?"

"이야! 이거 좋은 구경거리가 생겼는데?"

"싸워라! 싸워라!"

관중들은 예상치 못한 광경에 흥분하며 떠들썩거렸다. 그러자 사회자는 물론 우승자들을 축하하기 위해 참석한 라스트월드 관계자들 역시 당황하며 둘을 쳐다봤다. 시상식에서 레전들끼리 싸움을 하다니!

"진은 행님 정말……."

둘을 지켜보던 기적이 주먹을 불끈 쥔다. TV에서 처음 진은과 라인을 봤을 때 짜증이 났지만 티내지 않았다. 둘이 사귄다고 자신이 뭐라 할 수 없는 일 아닌가? 하지만 샤인에게 모든 얘기를 듣고 나자 치가 떨렸다.

눈류와 더 친했지만 게임을 하며 진은과도 형, 동생 하던 기적이다.

믿음이 깨지자 배신감이 밀려왔고, 눈류를 위하고 싶은 마음이 부풀어 올랐다. 하지만 어디에 있는지 알 수 없었다. 또한 눈류와는 달리 진은과는 단 한 번도 현실에서 만난 적이 없었다.

그리고 형님인 눈류가 참으며 목표를 이루기 위해 게임을 하고 있는데 자신이 망칠 수도 없었다. 그런데 이젠 모두의 앞에서 공격까지 하다니? 기적의 두 눈에 불똥이 튄다.

그때 눈류에게서 음성 채팅이 왔고, 서둘러 수락하는 기적.

"행님!"

"기적, 지금부터 무슨 일이 생겨도 가만있어라. 설사 내가 죽더라도 말이다."

"하, 하지만 행님!"

"아직은 숨겨야 한다. 진은이도 의심을 하는 것이지 확신은 아니다. 숨길 수 있다면 최대한 숨겨야 한다. 그러니 너도 나서지 말고 가만히 있어라."

"행님, 지는 의리에 죽고 사는 기적입니더!"

"지랄."

"……."

기적과 음성 채팅을 마친 눈류는 검을 쥐었다.

'어차피 니들이 나서봤자 도움이 안 된다. 분명 진은의 동료들도 있을 것이다. 현재 우리는 그들에 비해 너무나 약하다. 지금은 참아라.'

어느덧 시상식도 중단된 채 모두가 눈류와 진은에게 시선을 떼지 못했고, 재차 움직이는 둘.

콰콰쾅!

"커헉!"

눈류의 입에서 선혈이 흐른다. 검과 주먹이 부딪쳤다. 하지만 큰 충격을 받은 것은 자신. 극심한 레벨의 차이가 범접할 수 없는 격차를 만든 것이다.

"공격할 마음은 없습니다. 재차 부탁합니다. 가면을……."

어느새 음성 채팅이 아닌 실제로 대화를 나누고 있는 둘.

"힘으로 뺏으려는 것 자체가 공격을 의미하지 않습니까? 그렇게 보고 싶다면 방법은 단 하나, 저를 죽이는 것뿐입니다."

진은의 미간이 좁아졌다. 죽이고 싶지 않았다. 확인만 하고 싶을 뿐. 하지만 상대는 가면의 기사. 아무리 레벨이 낮다 할지라도 레전드 중 최상위의 직업이었다. 쉽게 무력화시킬 수 없다.

'죽을 각오로 막는다면 나 역시 공격을 할 수밖에 없다.'

한숨을 내쉰다. 그와 함께 스킬을 발휘하며 순식간에 접근하는 진은.

타타타탓!

'빠, 빠르다. 다크 쉐도우!'

눈류의 신형이 다급히 피했다. 하지만 진은이 모든 면에서 뛰어났다.

터어억!

'다크 소드!'

자신의 그림자에서 솟아오른 진은에게 목을 잡히는 순간, 최강의 스킬인 다크 소드를 발휘해 검을 사선으로 베었다.

차아아앗!

하지만 빈 허공만을 갈랐고, 어느새 뒤에 나타나 양손으로 가면을 붙잡는 진은.

"죄송합니다. 하압!"

진은은 가면을 벗기기 위해 온 힘을 다하였다. 그러나 눈류도 당하지만은 않았다.

"다크 스톰!!"

쿼쿼쿼쿼쿼!!

검이 박힌 바닥에서 마나의 폭풍이 휘몰아친다.

"크윽."

진은의 표정이 굳어졌다. 생명력은 많이 줄지 않았지만 몸의 균형을 잡기 힘들었다. 결국 가면에서 손을 놓치며 휩쓸린다.

"다크 소울!!"

끝날 줄 모르며 발휘되는 스킬들! 폭풍을 타고 다크 소울이 맹렬히 뻗어 나갔다. 하지만 진은의 양손에서 발출된 어둠의 기운과 부딪치며 사라졌다.

콰콰콰쾅!

'크흑! 이길 방법이 없다.'

전투가 시작된 순간부터 진은은 투구까지 착용한 상태. 치명타를 노릴 공간도 많지 않았다. 즉, 진은의 생명력이 0이 될 때까지 공격을 해야 한다는 것인데, 그전에 자신이 죽는다.

'그나마 가능성은 눈.'

투구로 얼굴을 보호하지만 노출되어 있는 눈. 유일한 약점이다. 하지만 그조차도 쉽지 않다.

'저 정도의 속도를 가지고 전투 경험이 뛰어난 녀석을 어떻게…… . 차이가 너무 분명하다.'

뚜렷한 돌파구가 보이지 않는 상황. 눈류는 입술을 꼭 깨물며 검을 힘주어 쥐었다. 그때 그 모습을 바라보던 두 명의 여자가 자리에서 일어나 움직였으니, 바로 라인과 라일라였다.

"타합!"

다크 스톰에서 벗어난 진은의 신형이 셋으로 나뉘며 빠르게 접근했다.

'분명 둘은 허상이다. 진짜를 찾아야 해.'

눈류는 두 눈을 감는다. 이럴 땐 오히려 눈을 감는 것이 더욱 도움이 되는 자신 아닌가.

'스텟 심안. 제발.'

다가온다. 빠르게 다가온다. 하나도 아닌 셋! 모두 강력한 기운을 발휘하고 있었고, 눈류는 예상치 못한 상황에 당황했다.

'세, 셋 다 모두 일정한 기운이 느껴져. 가짜라면 기운이 느껴지지 않을 것인데? 젠장.'

결국 확신할 수 없지만 다크 소드를 발휘하여 오른쪽에서 접근한 진은을 베어버렸다. 확률에 목숨을 거는 수밖에 없다. 셋 모두 가짜가 아닌 진짜였으니 말이다. 그렇지만 그와 동시에 정면과 왼쪽의 진은에게 공격을 허용해야 했다.

콰콰콰쾅!!

"쿠, 쿨럭!"

주르르르륵.

3m 정도를 나가떨어진 눈류의 입에서 흐른 피가 바닥을 적신다. 예상했지만 차이가 커도 너무나 컸다.

'크크큭.'

일어서면서 속으로 광소를 터뜨리는 눈류.

재미있다. 분하지만 재미있다.

'그래, 공격해라. 이 고통, 잊지 않아주마. 그리고 너의 스킬들, 똑똑히 기억하마.'

자신은 이제 C급의 2차 전직을 마친 상황이었고, 진은은 A급의 4차 전직을 마친 상태.

진은이 S급에 오르는 것보다 자신이 A급이 되는 것이 더욱 빠르다.

그 말은 S급이 되기 전까지 4차 전직을 마친 진은의 스킬은 지금과 같다는 뜻이고, 자신은 앞으로 두 번이나 더 스킬을 얻게 된다. 전투에서 그 무엇보다 중요한 정보. 비록 지금은 처참하게 당하고 있지만, 이날의 경험은 훗날 큰 도움이 될 것이다.

물론 까먹지만 않는다면 말이다.

'이제 끝내야겠군.'

데미지가 강한 스킬들을 사용했다면 이미 끝낼 수 있었지만 그러고 싶지는 않았다. 결국 진은은 데미지도 뛰어나지만 상대를 속박하다는 최상의 정신계 스킬을 사용하기로 결심했다. 어차피 목표는 가면이었고, 시간을 끌어봐야 좋지 않다.

"죄송합니다."

재차 사과를 하며 진은이 몸을 움직였다. 그리고 주먹을 뻗자 검붉은 기운이 여럿으로 흩어졌다. 그와 동시에 부릅떠지는 눈류의 눈.

'여, 열두 개? 다, 다크 실드!'

막을 수 없었다. 그렇기에 다크 실드로 방어를 한 눈류. 하지만 일곱 번의 공격에서 위력을 이기지 못하고 흩어졌으며, 다섯의 공격을 허용하고 말았다. 그 결과, 스턴 상태에 빠져 버렸다.

지이이이잉.

'움직여라, 제발!'

순간적으로 마약에 취한 듯 멍해지는 정신을 붙잡으려고 눈류는 이를 악물었다. 그나마 정신을 차리고 있는 것도 마법 방어력이 높고, 정신 마법을 막아주는 스텟 저항이 있기 때문이다. 하지만 몸은 쉽게 말을 듣지 않고, 그사이 진은은 재차 가면을 벗기기 위해 온 힘을 다하였다. 하나 꿈쩍도 하지 않는 가면.

'뭐, 뭐지? 크흑.'

진은의 얼굴에 당혹스러움이 가득했다. 자신은 민첩 스텟이 가장 높지만, 레전드가 되면서 근력 역시 동 레벨에 비해 높은 편이었다. 그런데 가면을 벗길 수 없다니?

기사의 가면이 특수한 아이템이라 강제로 벗길 수 없단 사실을 진은과 눈류 둘 다 알지 못했다.

'뭔가 온다.'

가면을 벗기기 위해 안간힘을 쓰던 진은은 서둘러 몸을 움직여 서 있던 곳을 벗어났다. 그러자 폭탄이 떨어진 듯 굉음과 함께 지면이 박살났다.

콰콰콰쾅!

"오빠!!"

공격을 한 사람은 바로 황급히 달려온 라일라였다.

"으으윽!!"

그사이 눈류 역시 스턴 상태를 힘겹게 풀며 몸을 움직이기 시작했다. 그러자 돌처럼 굳은 것 같은 몸이 천천히 움직인다.

'미, 믿을 수 없군.'

그 모습에 혀를 내두르는 진은. 아무리 레전드라 할지라도 4차 전직을 끝낸 자신의 정신 계열 스킬을 벌써 풀어내다니! 정말 놀라운 수준이었다.

"진은, 무슨 일이야?"

그때 누군가가 어깨를 쳐서 돌아보니 라인이 있었고, 진은의 표정이 굳어졌다.

음성 채팅으로 지금까지 계속 말을 걸었던 라인. 하지만 사실을 숨겼다. 진하를 잊고 싶어하는 라인에게 진하인지 아닌지 확인하기 위해 이런다고 어떻게 말하겠는가?

"왜 그래? 말해봐."

라인은 급격하게 당황하는 진은을 추궁하다 고개를 돌려 눈류를 바라본다. 거의 죽기 직전에 살아난 가면의 기사는 누군가와 닮았다.

'아, 아니야. 그래, 아니야.'

진은의 말처럼 진하와 닮아 있었다. 비록 코 위로는 가려져 있지만 가까운 사람들은 비슷하다고 느낄 수 있었고, 자신이 모를 리 없었다. 하지만 진하는 아니었다. 아니, 아니어야 했다. 꼭 그래야만 했다.

'진하인지 확인하기 위해서 그런 거야? 하여튼……'

진은을 새침한 얼굴로 주시하던 라인은 고개를 저으며 음성 채팅을 시도하였다.

"바보야, 진하일 리가 없잖아. 진하 성격을 몰라서 그래? 그리고 진하가 이 게임을 한다고 치더라도 자신의 얼굴로 하겠어? 안 그래?"

"……"

틀린 말이 아니었다.

진은은 침통한 표정으로 자신을 공격한 미모의 소녀를 쳐다봤다. 아직도 차가운 얼굴로 노려보고 있다.

'정말 진하가 아닌가? 그리고 저 소녀는 여자 친구인가? 진하는 아직 은진을 못 잊어서 괴로워하고 있다 했는데……'

혼란스러웠다. 얼굴만 보면 확신이 들 것 같은데 가면이 벗겨지지도 않고, 본인이 벗지도 않았다. 그렇다고 확신할 수도 없는 상황에서 진하라고 단정 지을 수도 없는 노릇이었다.

"가자."

라인의 재촉에 어쩔 수 없이 발걸음을 돌리던 진은은 눈류를 향해 사과를 했다.

"제가 착각을 한 듯합니다. 죄송합니다."

답답했고, 확인하고 싶지만 라인도 있기에 체념하는 척 돌아서는 진은.

'후배를 시켜 은하에게 연락을 해봐야겠어.'

결국 둘은 대회장을 빠져나갔다. SS급의 우승자로 상금과 상품을 아직 받지 못했지만 따로 받을 수 있었다.

털썩.

그 모습을 바라보던 눈류는 안도의 한숨과 함께 바닥에 주저앉았다.

계속 벗기려고 시도할까 봐 걱정돼 심장이 터질 것 같았다.

아니, 은진을 바로 앞에서 봤다는 사실 자체만으로도 다리에 힘이 풀려 버렸다.

그러자 울 것 같은 표정으로 옆에 따라 앉는 라일라.

"괜찮아요? 정말 괜찮아요?"

"그래."

눈류가 씨익 웃으며 안심시켰지만, 라일라의 얼굴에선 걱정이 사라지지 않는다.

“치료해 드릴게요.”

미처 포션을 사용하지도 않았고, 부상으로 인해 생명력이 1,000도 남아 있지 않던 눈류는 고개를 끄덕였다. 그러자 라일라의 치료가 시작되었다.

“오, 오빠?!”

라일라는 어이없는 표정으로 희미해지는 눈류를 바라봤다.

라일라는 모르고 있었다. 눈류의 성향이 어둠이었다는 것을, 그리고 눈류 역시 라일라가 신성력을 함께 발휘하여 치료하는 마법사라는 것을 잠시 잊고 있었다.

그 결과 모든 생명력을 회복해 주려던 라일라의 신성력 가득한 치료는 데미지가 되었고, 추가 20%의 효과와 함께 겨우 살아난 눈류를 죽게 만들었다.

―사망하셨습니다.

눈류는 오랜만에 듣는 사망 소리에 씁쓸히 웃으며 대회장에서 사라졌고, 원치 않게 카오가 된 라일라는 멍한 표정으로 한참이나 그 자리를 떠나지 못했다.

덜 익은 삼겹살 살인 미수 사건이 진심이 아니었냐는 의혹을 증폭시키며 말이다.

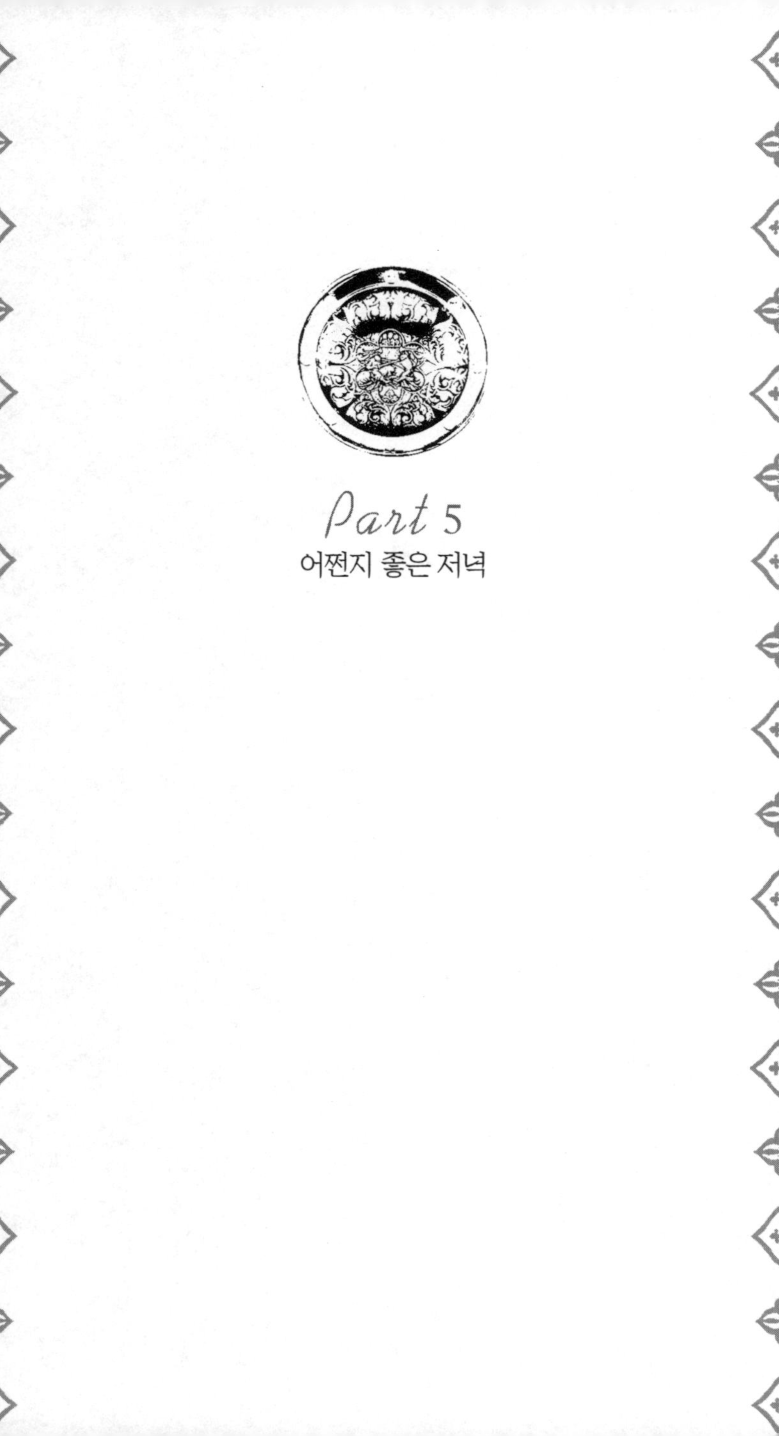

Part 5
어쩐지 좋은 저녁

The knight of mask

"흐읍!"

진하는 캡슐에서 빠져나와 길게 기지개를 켰다. 그러자 각 관절에서 우드득거리며 좋지 않은 멜로디가 들렸다.

"준비를 할까?"

재차 몸을 풀어준 뒤 샤워를 하기 위해 욕실로 향한다.

진하가 라스트 월드에서 빠져나와 샤워를 하는 것은 현재 서버 점검을 시작했기 때문이다. 간혹 이렇게 한 번씩 점검을 하였고, 그럴 때마다 걸리는 시간은 현실로 하루였다.

며칠 전부터 공지로 알려줬기에 오늘 길드원들과 만나기로 미리 약속을 한 상태였다. 그래서 카르마가 대회에 참석을 하지 못했다. 고속 지하철을 타고 서울로 오고 있었기에.

"하아! 오랜만에 씻으니 개운하구나."

운동을 할 때는 하루 두 번 샤워를 했다. 하지만 라스트 월드를 플레이하면서부터 일주일에 한두 번 씻는 정도였기에 온몸이 뽀송뽀송한 것 같은 기분을 느끼며 만족의 웃음을 지었다.

"정말 잘생겼어."

만약 거울에게 생각이라는 것이 있다면 당장 시비가 붙을 발언이지만, 진하는 정말 그렇게 생각하는 듯 아무렇지 않게 말하고는 욕실을 빠져나왔고, 거실에서 은하가 입에 샌드위치를 문 채 TV를 보고 있었다.

"어? 너, 언제 왔냐?"

박하 대신 도장을 봐준다고 시상식에도 참석하지 못한 은하였다.

"오빠 샤워할 때 왔는데. 그런데 오빠, 찬성 오빠 만났어?"

다 알고 있다는 표정으로 은하가 묻자 진하는 고개를 끄덕였다.

"그런데 어떻게 알았어?"

"저기."

은하의 예쁘장한 손가락이 가리킨 곳은 바로 TV.

TV에서는 진하와 찬성이 전투를 하던 장면이 나오고 있었다. 그것은 TV뿐 아니라 홈페이지에도 마찬가지였고, 많은 이들이 레전드와 레전드가 싸운 이유를 궁금해하고 있었다.

시상식에서 갑자기 전투를 벌였으며, 두 명의 여자가 난입함과 동시에 끝이 났다. 당연히 유저들 입장에서는 궁금할 수밖에.

"네, 지금까지 다크 쉐도우 진은님과 가면의 기사 눈류님의 전투를 보셨습니다. 사회자는 물론 라스트 월드 관계자들 역시 그 이유를 모른다고 하시는대요. 서버 점검으로 인해 진은님과 눈류님에게 인터뷰 신청은 할 수 없었지만, 저희도 정말 궁금하니 다음에 꼭 응해주세요. 알았죠? 헤헤."

여성 MC가 혓바닥을 살짝 내밀며 애교 섞인 목소리로 부탁하자 남성 MC가 말을 받았다.

"아무래도 둘이 알고 있는 사이가 아닐까요? 혹시 원수였다던가. 그런데 라스트 월드에서 만난 것이죠. 둘 다 레전드가 되어서."

"아주 소설을 쓰세요. 그럴 확률이 얼마나 된다고 생각해요?"

"하하, 말이 그렇다는 것이죠. 아니면 뭐, 게임에서 원수가 되었다던가, 또는 심심해서 실력을 겨뤄봤다던가… 여러 추측을 할 수 있겠군요."

MC들은 자신들의 생각을 토론하기 시작했고, 진하는 땅이 꺼지라 한숨을 내쉬었다. 라스트 월드. 정말 영향력을 무시할 수 없는 게임이다.

"그러게 참지 그랬어? 어차피 질 싸움을 왜 해가지고."

"후우, 나도 몰라. 그냥 그렇게 됐다."

"아참, 마치기 전에 시청자 분들을 위한 특별 서비스가 준비

됐습니다. 자, 10초간 화면이 나가니 모두 스샷을 준비하세요.”

프로그램이 마칠 때쯤 여성 MC의 말에 진하와 은하는 재차 TV로 시선을 돌렸다. 그리고 10초 동안 한 화면이 나왔는데.

“푸풉, 푸하하하! 미, 미치겠다. 저거 오빠야? 크큭.”

배를 잡고 뒹굴기 시작한 은하. 어이없는 얼굴로 넋이 나간 듯 TV에서 시선을 떼지 못하는 진하.

“왜 저, 저 장면을!!”

TV에서 스샷을 하라고 보여준 장면은 바로 진하가 소감을 말할 때 괴상한 얼굴로 웃음을 참는 모습이다.

“아, 어떻게 해? 크큭, 어쩜 저렇게 웃냐?”

눈을 반달처럼 만들고 이빨은 꽉 깨문 채 살짝 앞으로 내밀며 입술은 흐느적거리는 진하의 표정에 은하는 배를 잡고 뒹군다.

“아, 지금 인터넷 해야지. 분명 오빠의 저 장면이 돌아다니겠지? 그래도 다행이네. 가면을 착용하고 있어서. 크큭.”

비틀비틀.

진하는 현기증을 느끼며 바닥에 주저앉았다. 이럴 수는 없었다. 마치 인생이 무너지는 느낌.

‘크흑, 왜 나같이 착한 놈에게 이런 시련을?

진하는 원래 게임 머니에 집착하는 편이 아니었다. 이전 게임에서도 고레벨이 되니 자연적으로 돈을 벌게 된 것이지, 돈을 벌려고 미친 듯 게임을 하지는 않았다.

라스트 월드 역시 복수를 위해 시작했다. 물론 지금은 게임

자체가 즐거워지고 있지만 말이다. 하지만 복수를 하기 위해
선 돈이 필요했다. 돈이 있어야 포션도 사고 장비도 맞출 수
있다.

그리고 게임을 하는 사람들은 비록 현실 돈으로는 얼마 되
지 않더라도 게임에서 좋은 아이템을 먹거나 머니를 얻게 되
면 액수 이상으로 기뻐하는 현상이 있었다.

그것은 포션 값과 장비 값 걱정으로 지내던 진하 역시 마찬
가지였고, 하루 만에 사기를 친 것까지 합쳐서 1,150만 라르크
를 벌게 되니 자신도 모르게 짐승 모드가 된 것이다.

그나마 수많은 관중들 앞이기에 최대한 자제한 것이었는
데……

'하늘이 나를 질투하는구나.'

부전자전! 말도 안 되는 생각에 빠진 진하였다.

"오빠, 이거 어쩔래?"

혼자 망상에 빠져 있던 진하는 라스트 월드 홈페이지를 보
던 은하의 말에 화면을 쳐다봤다.

"게이 월드가 뭐야? 아, 미쳐. 크큭."

"……"

그곳에는 카르마와 진한 포옹을 하고 있는 장면이 게이 월
드란 게시물로 올라가 있었다. 조회수가 수십만.

"어떻게 된 사람이 가면 썼을 때랑 안 썼을 때 모두 스샷이
찍혀서 기사에 올라와 있냐? 오빠 같은 사람 흔하지 않은
데……"

진하는 아무런 말을 할 수 없었다. 자신도 모르는 사이 어느새 라스트 월드에서 유명인사가 되어 있었다. 그것도 좋은 일로 그러면 몰라. 온갖 악성 루머에 시달리고 있다.

대략 게이 월드 게시물에 코멘트만 봐도…….

나타:두 분 축하드립니다.
카메오:밤에는 누가 리드?
스트로우:빨아주세요.
시니is:2세를 기대합니다.

그 외에도 장난 반 진심 반으로 수많은 코멘트가 이어졌고, 넋이 가출을 하다못해 자살을 한 진하는 비틀비틀거리다 뒤통수를 부여잡고 쓰러지고 말았다.

이럴 수는 없었다. 자신이 무슨 죄를 그렇게 지었다고! 정말 이럴 수는 없었다.

"이거 만약 찬성 오빠가 보면……."

그때 한참이나 대놓고 웃던 은하가 정색을 하며 말하자 진하의 표정이 굳어진다. 맨얼굴이 찍힌 사진이다.

만약 찬성이가 보게 된다면? 안 그래도 의심을 하고 있는데? 입술을 잘근 깨무는 진하.

"아, 그리고 전에 내가 말한 찬성 오빠 친한 동생 있지?"

"어."

"오빠 샤워하는 동안 전화왔더라."

“뭐라고?”

“요즘 오빠 뭐 하냐며 묻던데?”

자신과 친하지 않는 사람이 그렇게 물을 이유가 없었다. 그 말인즉 찬성이 시켰다는 것.

“그래서 뭐라고 했는데?”

“어? 글쎄, 히히.”

온몸에서 사악한 포스를 풍기며 실실 웃는 은하.

“이, 이게 왜 그래?”

“맨입으로? 내가 말 잘했는데… 이렇게 나오면 다시 전화를 하는 수밖에.”

“크윽.”

진하는 결국 뒷주머니에 곱게 위치한 지갑을 덜덜 떨리는 손으로 꺼냈다.

“어, 얼마?”

“으음… 한 장?”

“천 원?”

“죽을래?”

애써 애교 가득한 얼굴로 물었지만 은하는 돈에 있어선 냉정했고, 진하는 결국 마음으로 눈물을 삼키며 십만 원짜리 수표 한 장을 꺼냈다.

‘도, 동생한테 용돈을 줄 수도 있잖아? 그래, 진하야, 넌 할 수 있다.’

은하의 손이 돈을 집는다. 그리고 진하는 너그럽게 돈을 건네주었다… 라고 생각했다.

"오빠, 돈 찢어진다?"

수전증에 걸린 듯 바들바들 떠는 손으로 수표를 꼭 쥐고 있던 진하. 슬픈 표정으로 힘을 풀었다. 그러자 심청이가 되어 은하의 손으로 몸을 던지는 수표.

"땡큐. 잘 쓸게. 그리고 뭐라고 했냐면, 오빠는 요즘도 계속 술에 취해 산다고 했어. 아주 걱정스럽고 화난 어투로 말했으니 의심 안 할 거야."

"그래… 고맙다……."

필요할 땐 정말 영리한 동생이었다. 문제는 그에 대한 대가를 반드시 줘야 한다는 것이지만.

"그런데 은하야, 얼굴 바꾸는 방법 없을까? 너와의 통화로 찬성이가 의심을 덜하겠지만 혹시 모르니."

"으음, 방법이 있기는 한데, 퀘스트가 쉽지 않은데?"

심청이를 떠나보낸 슬픔에 젖어 있던 진하의 눈이 번쩍였다. 어려운 것은 자신에게 문제가 될 수 없었다. 자신이 누군가? 온갖 지독한 퀘스트를 깬 장본인이었다.

"각 왕국마다 얼굴 성형해 주는 NPC들이 있는데, 퀘스트가 어떻게 보면 쉽고 다르게 보면 정말 어려워. 뭐, 오빠가 바꾸고 싶다면 일단 해봐. 위치는 내일 접속하면 알려줄게."

"그래, 고맙다."

다행이었다. 만약 얼굴을 바꿀 수 없었다면 계속 걱정했을 것이다.

"그런데 시간 안 됐어?"

"아, 맞다. 너, 준비 안 해?"

함께 나가기로 했기에 진하가 물었다. 그러자 자리에서 일어서며 어깨를 으쓱하는 은하.

"샤워는 도장에서 했고, 옷은 이대로 입고 가면 돼."

새하얀 피부가 돋보이는 흰색 배꼽티에 반바지를 입은 상태. 어차피 날씨가 더웠기에 상관없는 옷차림이었고, 눈에 띄게 예뻤다.

곧 둘은 약속 시간이 다 되어 서둘러 이동했다.

"행님, 여깁니더!!"

바닥과 천장에서 시원한 공기가 흘러나오는 고깃집에 들어가자 기적이 큰 목소리로 외쳤다. 그곳에는 기적 외에도 은정과 선예, 칠호가 있었다. 칠호는 카르마의 본명이었다.

"형님!!"

기적 다음으로 칠호가 일어서더니 존경의 눈빛을 담아 90도로 허리를 숙이며 인사했다.

'드디어 존경의 대상인 형님을 만나다니! 크흑!'

칠호는 진심으로 진하와의 만남에 감격하고 있었다.

"제가 형님 때문에 서울까지 온 것 아니겠습니까? 반갑습니다!"

활짝 웃으며 품에 안기려는 칠호의 행동에 진하는 움찔하며 한 걸음 물러선다. 게이 월드 게시물이 떠오른 것! 온갖 소문은 게임으로도 충분했다.

"기적이보다 위험한 놈."

"혀, 형님."

이유를 알 수 없는 진하의 발언에 충격을 받고 휘청거리는 칠호. 아무리 기적을 형님으로 모시고 있지만 너무 심한 욕이었다.

칠호가 그렇게 패닉 상태에 빠져 있든 말든 진하는 은정과 선예에게 인사를 하고 자리에 앉았다. 그러자 얼굴이 붉게 물드는 선예. 공교롭게도 진하의 바로 옆자리였기 때문이다.

"괜찮아?"

그때 은하가 실소를 흘리며 말을 건넸고, 그 순간 칠호의 동공이 풀렸다.

아름다웠다. 가시가 있는 장미와도 같은 아름다움이었다. 연예인을 해도 될 만큼 예쁜 얼굴에 까칠한 성격. 자신의 이상형이었다.

"허어, 누님이 이렇게 예쁠 줄이야."

그 말에 모두는 공감하며 고개를 끄덕인다. 성격만 빼고 얼굴로만 본다면 예쁜 것이 사실이다.

"큭, 오빠 보다가 이제야 나를 봤냐? 하여튼 너무 충격받지 말고 그만 앉아."

은하의 말에 넵다 곁으로 가서 앉는 칠호. 그 모습에 모두가 웃음을 터뜨릴 때쯤, 기적이가 미리 시킨 삼겹살이 쟁반에 가득 실려 나왔다.

"오라버니, 저희 모두 커플 같네요? 히히."

막 고기를 굽던 은정이 진하 몰래 선예에게 윙크를 하며 말
했다. 자리 배치가 딱 그랬다.

기적과 은정, 은하와 칠호, 진하와 선예.

마치 커플처럼 남녀, 남녀, 남녀의 형식으로 앉아 있었고, 진
하는 그 말에 어깨를 으쓱하며 선예에게 말했다.

"돼지고기는 다 익혀 먹어야 해."

그러자 얼굴이 붉어진 채 울상이 되어 고개를 끄덕이는 선
예. 그런 모습이 귀엽다고 느끼는 진하였다.

"꺼어어억!"

고깃집에 들어온 지 한 시간 정도가 지났을 때 기적이 커다
란 배를 두드리며 트림을 하였고, 정말 사랑스러운 듯 그의 배
를 만지며 속삭이는 은정.

"오빠, 조금 먹어서 어떻게 해? 다이어트하는 거야?"

'요즘은 삼겹살 10인분 처먹는 것이 다이어트냐?'

하지만 기적의 대답은 더욱 가관이었으니,

"니 때문에 체중 좀 뺄라 안 하나. 나, 이쁘제?"

밥 잘 먹고 토하게 만드는 둘의 몰상식한 애교가 작렬하자
모두는 후식으로 나오는 과일도 먹지 않고 빠르게 카운터로 이
동했다. 살아야 했다. 그리고 위장을 든든하게 채워준 삼겹살
을 지켜야 했다. 비싼 돈 주고 밥을 먹었는데 토할 수는 없었다.

"행님, 어디 가십니꺼? 후식은예?"

"오빠가 너무 적게 먹어서 자리를 피해주나 보다. 오빠 다
먹어."

"그런가? 하긴 내가 적게 묵긴 무긋제?"

만약 이 세상에 법이 없었더라면, 아니, 적어도 현실이 아닌 아무리 죽여도 살아나는 라스트 월드였다면 둘은 처참하게 살해당했을지도 모르지만, 아쉽게도 지금은 현실이었고, 모두는 비장한 얼굴로 커플 타도를 외치며 가게를 빠져나왔다.

"꼭 가야 하냐?"

진하가 애써 태연한 척 묻자 모두가 두말하면 잔소리라는 듯 세차게 고개를 끄덕인다.

"오빠, 왜? 놀이기구 못 타? 설마, 애도 아니고."

움찔.

하지만 괜찮다는 듯 허세를 부리는 진하.

"노, 놀이기구 정도야. 가! 가자고!"

"그래? 그럼 제일 무서운 것 타자."

은하의 사악한 미소. 진하는 주먹이 바들바들 울었지만 참아야 했다.

'젠장, 왜 하필 놀이공원에 가자는 거야?

모두 밥을 먹고 난 뒤 어디로 갈까 의견을 모았고, 결정된 곳이 바로 놀이공원이었다. 하지만 진하에게 문제점이 있었으니, 바로 놀이기구를 무서워하는 것.

겁없는 진하가 무서워하는 것은 딱 두 가지였다. 바로 귀신과 놀이공원.

그렇다고 겁나서 못 간다고 하기에는 자존심이 너무 강한

진하였고, 결국 도살장에 끌려가는 짐승처럼 힘없이 일행의
뒤를 따라갔다.

톡톡.

뒤에서 계속 투덜거리며 일행을 따라가던 진하는 누군가가
팔을 두드려서 쳐다보니 선예가 미안한 표정으로 바라보고 있
었다.

허벅지를 가리는 청치마에 흰 배꼽티를 입은 선예는 귀여우
면서도 예뻤다.

"가고 싶지 않죠? 죄송해요. 저 때문에……."

마음으로는 느낌표 다섯 개를 찍으며 가기 싫다고 외쳤지만,
고개를 젓는 진하. 자신 때문에 분위기를 망치고 싶지 않았다.

"괜찮아. 나 놀이기구 조, 좋아해."

"정말요? 헤헤, 전 또 싫어하는 줄 알고."

진하의 말이라면 뭐든 믿는 선예이기에 밝아진 얼굴로 좋아
한다.

'애도 참 단순하군.'

이유를 알 수 없는 웃음이 나왔다.

"하아~"

놀이공원에 도착한 진하는 하염없이 높은 기구들을 둘러보
며 사색이 되었다. 보기만 해도 전율이 오는 공포.

이해할 수 없었다. 어떻게 저 높은 곳에서 떨어지고 왔다 갔
다 하는데 무섭지 않단 말인가!

'차라리 싸움을 하고 말지.'

"오빠, 자유이용권 끊었는데 뭐 먼저 탈까?"

참담한 표정의 진하에게 다 알고 있으면서도 장난기 가득한 목소리로 묻는 은하.

'으윽, 이 계집애가 정말?

"행님, 빨리 탑시더. 뭐 탈까예?"

"저는 형님과 은하 누님이 타시는 것이라면 뭐든지 함께하겠습니다."

별보다 반짝거리는 눈동자와 기대 가득한 얼굴의 기적과 칠호. 그 모습에 진하는 잠시 고민하다 해맑은 얼굴로 조심스럽게 말한다.

"범버카는 안 되겠지?"

곧 진하는 가장 무섭다는 놀이기구로 질질 끌려갔다.

죽음의 낭떠러지! 4년 전 개발된 놀이기구로, 500m 높이까지 올라갔다가 5초 만에 떨어졌고, 그 느낌을 잊지 못해 마니아들이 생길 정도였다.

진하 역시 강제로 한 번 탄 적이 있었는데, 기절을 했다.

덜덜덜덜.

태연한 척, 괜찮은 척, 아무렇지 않은 척 진하는 웃고 있다. 하지만 온몸이 떨리는 것은 막을 수 없었다.

"오, 오빠, 괜찮아요?"

그 모습을 보며 옆에 앉아 있던 선예가 불안한 표정으로 말했다. 왠지 곧 시체가 된 진하를 볼 것 같은 느낌이라고나 할까?

"우리 오빠는 용감해서 이런 것 따윈 안 무서워해. 그치?"

“그, 그럼!”

“해, 행님, 곧 오줌 싸실 것 같은데예.”

“……”

대답하기 곤란할 땐 무시하는 것이 최고였다.

진하는 주변의 걱정들을 싹 무시하며 안전벨트를 부여잡았다. 부러질 듯 말이다.

물론 너무나 솔직한 기적을 언제 한번 교육시켜야겠다고 소심한 다짐을 하면서.

“곧 올라갑니다. 모두 안전벨트를 확인해 주세요.”

그때 안내원의 목소리가 모두에게 들렸고, 다들 환호성을 지르며 기대했다. 식은땀이 비 오듯 흐르는 진하만을 제외한 채.

지이이이잉.

소름이 돋는 느낌과 함께 기구가 움직인다.

“으읍.”

이를 악무는 진하.

‘온갖 고생을 다한 나다. 겨우 이런 놀이기구에 무너지지 말자. 진하! 정신 차려!’

“이제 내려갑니다. 모두 표정 관리해 주세요!”

죽음의 낭떠러지는 각 자리 앞에 자동 사진기가 존재했으며, 그로 인해 하강할 때 사람들의 표정을 찍어 기념으로 필름을 주었다.

‘표, 표정.’

라스트 월드에서도 표정 관리가 힘들어 망신을 당한 진하.

입술을 깨문다. 이번에는 질 수 없다. 그것도 놀이기구한테!

진하가 굳게 결심하는 그 순간, 지옥의 낭떠러지 메인 코스인 하강이 시작됐다.

슈우우우웅!!

'난 놀이기구한테 지지 않…….'

지이이이잉. 츠츠츠.

"우와! 진짜 장난 아닌디? 잉? 행님?"

"오, 오빠? 괜찮아?"

"오라버니!"

"형님! 정신 차리세요!!"

"오빠, 괜찮으세요?"

짜릿한 기분을 만끽하며 사진기에서 필름을 챙겨 내리던 일행은 당황한 표정으로 흔들어 깨웠다.

동공이 풀린 채 벌어진 입에서 침을 질질 흘리는 진하를.

"오빠, 괜찮아요?"

날이 어두워진 저녁, 벤치에 앉아 겨우 정신을 차린 진하는 선예를 바라봤다. 그녀는 안쓰러운 표정으로 들고 있던 시원한 음료수를 진하에게 건넨다.

진하가 잠시 정신을 잃은 사이, 칠호의 제안으로 모두 짝을 지어 흩어진 상태였다. 은하 역시 살짝 말랐지만 큰 키에 잘생긴 편인 칠호가 싫지 않았고, 커플인 기적과 은정은 당연 찬성했기에 그렇게 하기로 결정된 것이다.

그리고 선예 역시 진하와 단둘이 있고 싶었기에 거절하지 않았다.

"못 타면 말을 하시지."

"어? 아, 아냐."

진하는 고개를 푸욱 숙였다. 한마디로 쪽팔렸다. 세상에 놀이기구를 타다 기절하다니! 그것도 두 번째다.

"헤헤, 귀여웠어요."

"어?"

자신의 귀를 의심하며 되묻는 진하. 짐승 모드가 되며 기절했는데 귀엽다니? 개념이 계시냐고 묻고 싶을 정도다.

"그냥… 귀엽던걸요. 언제나 강하게만 보이던 오빤데 그런 모습도 있으시고……."

선예는 자신이 말해놓고 부끄러움을 감추기 위해 서둘러 화제를 돌린다.

"저 때문에 죽은 것, 죄송해요……."

"서버 점검 전까지도 계속 사과하더니, 에휴. 괜찮아."

"그래도……."

"그런데 카오는 잘 풀었어?"

"네. 은정이가 도와줬어요."

악성 수치를 내리기 위해서는 자살을 하거나 몬스터에게 죽는 방법은 소용이 없었다. 오로지 다른 유저의 손에 죽어야 했다.

"괜찮으니 미안해하지 마. 네가 일부러 그런 것도 아니고, 너도 고생했잖아."

"다음부터는 신성력이 안 들어간 힐을 사용할게요."

선예의 현재 직업은 신성 클레릭. 신성력을 함께 사용하는 것보다는 효력이 좋지 않지만 마나로만 힐을 사용할 수도 있었다. 기본 직업은 마법사이니 말이다.

진하는 혀를 살짝 내밀며 헤헤거리는 선예의 머리를 쓰다듬어 주었다. 무서운 은하와 평생을 살아서인지 이렇게 착하고 수줍음이 많은 동생이 있어도 좋을 것 같았다.

화르르륵.

진하의 손길이 스치자 얼굴이 타오르듯 붉어진 선예는 곧 조심스럽게 말한다.

"오빠랑 가고 싶은 곳이 있는데… 같이 가줄 수 있으세요?"

"어디?"

"가보면 아는데……."

"그래? 그럼 가자."

"정말요?"

어린아이처럼 기뻐하는 모습을 보며 고개를 끄덕이는 진하.

어차피 이대로 보내기도 뭐 했고, 오랜만에 얻게 된 자유 시간, 즐겁게 보내고 싶었다. 그리고 선예와 함께라면 자신도 좋았다.

둘은 차를 타기 위해 이동했고, 잠시 뒤 그들이 도착한 곳은 한적한 호숫가였다.

"좋다."

진하는 시원한 바람을 깊숙이 들이마시며 진심을 담아 말했다.

평소에 바다를 좋아했다. 하지만 게임을 시작한 이후 그럴 여유가 없었다. 비록 바다는 아니지만 호수도 어차피 물. 진하는 오랜만에 시원함을 느끼며 잔잔한 호수를 바라봤다.

비록 어두워서 자세히 보이지는 않지만, 하늘에 떠 있는 별과 달을 품고 있는 호수는 참으로 아름다웠다.

"좋죠? 헤헤."

선예가 진하를 한참 동안 바라보다 호수로 시선을 돌린다. 그녀의 눈에 그리움이 간절하다.

"그런데 여기는 왜 온 거야? 한적한 곳에 일부러 올 정도면 무슨 이유가 있는 것 같은데?"

진하의 말에 잠시 침묵을 지키는 선예.

"사실은요……."

쓸쓸한 표정으로 힘겹게 웃으며 말문을 연다.

"오빠가 있었어요. 저를 너무나 아껴줬던 바보 같은 오빠가. 그런데 이 세상이 싫었는지 먼저 떠나 버렸어요. 이곳은 오빠가 잠들어 있는 곳이에요."

진하는 선예의 손을 잡아주었다. 그러자 따스한 체온이 느껴진다.

소중한 사람을 떠나보냈을 때의 아픔. 자신도 잘 알고 있었다. 병을 이기지 못한 어머니를 보내야 했으니…….

"힘내. 오빠가 있잖아. 그렇지? 선예가 걱정되어서 오빠가 나를 보냈으니 이제 힘든 일 있으면 오빠한테 말해."

위로하는 진하를 보며 활짝 웃는 선예의 눈동자가 촉촉이 젖어 있었다.

스으윽.

말없이 손으로 슬픔을 닦아준 진하는 호수로 고개를 돌렸고, 잠시 뒤 나직한 목소리로 말한다.

"나는 그렇게 생각해. 소중한 사람이 떠나면 또 다른 소중한 사람이 그 자리를 채워준다고. 그리고 떠난 사람을 위해서라도 더욱 웃으며 살아야 한다고. 얼마나 미안하겠어? 사랑하는 사람들을 놔두고 가야 하는데, 그 사람들이 자신을 잊지 못하고 슬픔에 빠져 산다면 떠난 사람이 얼마나 미안하고 가슴 아프겠어. 그냥 난 그렇게 생각해. 그래서 선예도 많이 힘들겠지만 먼저 떠난 오빠를 위해서라도 행복해져야 해. 그래야 오빠 분도 그곳에서 웃으며 지켜보지."

"……"

대답을 하지 못하며 울먹거리는 선예를 품에 안아주는 진하.

'이렇게 위로까지 잘하다니… 난 정말 선행상을 받아야 될 놈이다.'

착했다. 착해도 너무 착하다고 스스로를 평가하는 진하였다.

"진하 오빠는 참 많이 닮았어요."

"누구랑?"

품에서 눈물을 닦은 선예가 애써 밝은 모습으로 말한다.

"저희 오빠랑요."

"그래? 그럼 좋은 곳에 갔겠네. 나같이 좋은 남잔 드물거든."

"맞아요. 헤헤."

진하는 고개를 끄덕거렸다. 역시 사람 보는 눈이 좋은 선예였다.

"오빠랑 약속한 것이 있어요."

"뭔데?"

진하가 혼자 감탄을 하고 있을 때, 차분한 목소리로 말하는 선예.

"헤헤, 비밀이에요."

"그래? 흐음."

궁금했다. 속으로는 미칠 듯 궁금했지만 괜히 태연한 척하며 진하는 더 이상 묻지 않았다. 아무리 알고 싶어도 누구에게나 말하고 싶지 않은 것들이 있기 때문에.

그런 진하를 바라보던 선예는 호수에 있는 자신의 오빠에게 마음속으로 말한다.

'오빠, 나 약속 지켰어요. 소중한 사람이 생기면 오빠에게 꼭 보여준다고 한 그 약속… 지켰어요.'

그날 저녁, 달과 별이 유난히 밝게 빛났다.

타탓! 펑펑! 퍼펑!

서버 점검이 끝나기 전, 몸을 풀고 있는 진하의 발걸음이 가벼웠고, 주먹에는 힘이 실려 있었다.

샌드백을 친 횟수를 보여주듯 도복이 땀으로 흠뻑 젖어 있었으며, 거친 호흡을 다스리며 가부좌 자세로 바닥에 앉아 명상을 하였다.

라스트 월드를 시작한 후로 그동안 현실에서 여유가 많지 않았다. 아니, 거의 없었다는 표현이 정확했다.

그래서 조금이라도 틈만 나면 운동으로 육체를 단련시키고, 명상으로 내면을 다스렸다.

"하아!"

평소와는 달리 쉽게 정신 집중을 하지 못하며 눈을 떴고, 다시 일어나 샌드백을 주먹과 발로 가격하며 몸을 움직인다. 그런 진하의 머릿속에는 어제저녁 은하와 나눈 대화가 자꾸 아른거렸다.

"오빠, 선예 어떻게 생각해?"

선예를 데려다 주고 집에 돌아오니 먼저 도착해 있던 은하가 묘한 표정으로 물었고, 진하는 잠시 생각을 하다 대답했다.

"동생."

"정말 그것뿐이야?"

은하가 무슨 뜻으로 묻는 것인지 진하 역시 잘 알고 있었다. 처음에는 단지 너무나 소극적이고 수줍음이 많은 아이라 생각했지만, 자신 앞에서는 유독 그 정도가 심했고, 대하는 태도로 인해 알아차린 것이다.

싫지 않았다. 선예같이 착하고 예쁜 아이가 자신을 좋아해 주는데 싫을 리가 없었다. 하지만…….

"은하야, 물론 나도 선예가 좋아. 단, 동생으로 말이야. 아니, 여자로 좋다 할지라도 그 이상은 안 돼."

“왜?”

“선예와 나랑 나이 차이가 몇이냐?”

“음… 일곱 살.”

“알면서 그래?”

진하가 선예를 받아들일 수 없는 이유 중 첫 번째가 바로 나이였다. 무려 일곱 살의 차이. 누가 봐도 도둑놈이라고 부를 정도이며, 자신이 아니더라도 얼마든지 좋은 사람을 만날 수 있을 것이다.

“나이가 뭐가 중요하냐?”

은하의 말에 진하는 서글픈 웃음과 함께 가장 중요한 이유를 말했다.

“난 아직 은진을 잊지 못했다. 내 가슴속은 이미 가득 차 있는데 억지로 다른 사람을 넣을 순 없어. 그러면 난 선예에게도 상처를 줄 수밖에 없으니.”

그랬다. 진하가 선예의 마음을 알아도 거절할 수밖에 없는 가장 큰 이유는 바로 은진을 잊지 못한 것이다. 한 여자를 아직 가슴에 품고 있는데 어떻게 다른 여자를 품을 수 있겠는가? 더군다나 아직은 여자가 아닌 동생으로 느껴졌다.

파파파팡!!

“하악! 하악.”

입에서 단내가 나는 것을 느꼈지만 진하는 쉬지 않고 샌드백을 원수라도 되는 듯 때렸다.

‘나 힘들다고, 나 외롭다고 그 아이를 울게 할 순 없어.’

선예가 떠올랐다. 웃었고, 눈물을 흘린다. 하지만 자신은 바라만 본다. 그래야 했다. 그것이 자신과 선예 모두를 위한 길이었다.

"은진… 찬성."

진하의 입에서 잊으려고 해도 잊을 수 없는 둘의 이름이 튀어나왔다.

파파파팡!!

"은진… 찬성!"

파파파팡!!

"은진… 찬성!!"

퍼어억!! 텅텅텅!

외침과 함께한 진하의 발길을 이기지 못한 샌드백이 허공에서 떨어져 땅으로 추락했다.

"크크큭."

그와 동시에 바닥에 개처럼 엎드려 이를 악문 채 웃는 진하. 볼을 타고 슬픔이 흘러내렸다.

Part 6
인연의 사슬

"정보."

[멸망의 목걸이]

내구력:200/200 마법 방어력:100 마법 공격력:50 제한:C급, 지식 250, 정신 150

무게:2 옵션:화염 속성 마법 저항력 7%, 빙계 속성 추가 데미지 10%

[멸망의 귀고리]

내구력:180/180 마법 방어력:50 마법 공격력:50 제한:C급, 지식:200, 정신:120

무게:2 옵션:암흑 속성 추가 데미지 6%, 정신 계열 마법 저
항력 8%

[멸망의 팔찌]
내구력:180/180 마법 방어력:40 마법 공격력:30 제한:C급,
지식 190, 정신 130
무게:2 옵션:지식+30, 정신+30

[멸망의 반지]
내구력:160/160 마법 방어력:40 마법 공격력:30 제한:C급,
지식 130, 정신 120
무게:2 옵션:민첩+10, 암흑 속성 마법 저항력 6%

운동을 마친 뒤 서버가 열리자마자 접속한 눈류는 우승을
통해 얻게 된 액세서리 세트의 정보를 확인했다. C급 중 최상
템이라는 것을 보여주듯 옵션과 디자인이 뛰어났다.
멸망의 시리즈는 모든 세상을 파괴하고 싶었던 마도사 라펠
의 유물이다. 그래서 밤이 되면 능력치가 일정 상승하는 세트
효과가 있었다.
'아버지가 옵션을 달아주실까? 아니야.'
장인인 아버지를 통해 추가 옵션을 하나씩 더 달고 싶었지
만 체념한다. 소심한 사람이었고, 그 사실을 아들인 자신이 누
구보다 잘 알고 있지 않은가? 분명 마법 장비를 잃어버렸기에

지금은 해주지 않을 것이다.

'최소 한 달은 지나야 삐친 것이 풀리지. 에휴. 뭐, 이 정도만 해도 충분하니.'

최상급 마방 세트를 착용한 눈류는 사기 쳐서 얻게 된 고급 마방 세트를 나중에 팔기로 결심하며 샤인에게 음성 채팅을 시도하였다. 망혼의 섬에 가야 했다. 하지만 그전에 성형 퀘스트를 먼저 받을 생각이다.

굳이 진은과 라인이 아니더라도 이미 자신의 얼굴이 너무 알려진 상태였다. 그것도 좋지 않은 스샷들로 말이다. 그리고 현실과 똑같은 얼굴이기에 불편한 일들이 생길 수도 있었다.

'이게 다 잘난 나의 잘못이지. 크흑.'

자뻑에 한계가 없다는 것을 몸소 보여주던 눈류는 샤인의 음성이 들리자 반색하며 말한다.

"그 성형 NPC, 어디로 찾아가야 해?"

"어? 오빠가 잘 찾으려나 모르겠네. 일단 잘 들어. 크로티아 성에서 북쪽 성문으로 나가서 가다 보면 세 갈래 길이 나오거든? 거기서 왼쪽으로 간 다음 라렌 영지로 가. 그리고 라렌 영지에서 성으로 이동한 뒤 2층에 가면 북쪽으로 가는 마법진이 있거든. 참고로 이용비 조금 내야 해. 그럼 북쪽으로 가서 어둠의 협곡을 지나. 아, 협곡 말고 거기에서 마법진을 이용할 수도 있어. 베루 마을로 이동시켜 주는 NPC가 있으니 북쪽에서 바로 이동하면 돼. 그리고……."

처음엔 자신을 무시하는 말투에 '이 계집애가' 라고 생각했던 눈류는 다급히 외친다.

"하, 한 번에 가는 방법은 없냐?!"

"있는데? 대신 마법진 이용료가 3만 라르크야."

"으윽!"

3만 라르크! 비록 큰돈은 아니지만 아까운 것은 사실이다. 현재 장비 값을 벌기 위해 포션도 사용하지 않으며 사냥을 하고 있지 않은가?

'하지만 너무 복잡하다. 어쩔 수 없지.'

여러 길을 거쳐서 갈 경우 마법진 이용료는 줄어들겠지만 길 찾기도 힘들 것이며, 어쨌든 돈을 사용하게 되어 있었다.

"한 번에 가는 방법으로 가르쳐 줘."

"크로티아 성 3층에서 남쪽 방향으로 가면 마법진이 있어. 그리고 그 옆에 20대 여자 NPC가 있거든? 거기서 돈을 지불하고 크산을 만나러 간다고 해. 그럼 바로 이동돼. 그럼 나 애들이랑 사냥하러 간다. 수고!"

"그래."

음성 채팅을 종료한 눈류는 주변을 관람하듯 바라보며 크로티아 성으로 발걸음을 옮겼다.

서버 점검이 막 풀려서인지 평소에 비해 혼잡하지 않았다. 물론 평소와 비교해서였고, 거리엔 혼잡하지는 않지만 많은 유저들이 지나다니고 있었다.

갑옷을 입은 기사, 파이터, 전사도 보였고, 로브를 입은 마법사나 정령사도 있었다. 얇은 옷을 걸친 상인들과 아이템이나 예술품을 만드는 장인들도 드문드문 눈에 들어왔다.

'저들 역시 목적이 있겠지?

자신처럼 모두가 목적이 있을 것이다.

돈을 벌기 위해서, 친구를 사귀기 위해서, 게임이 하고 싶어서, 여흥을 즐기고파서, 그냥 심심해서 등등…….

목적을 이루기 위해 바쁘게 움직이는 유저들을 바라보며 눈류는 진은과 라인을 떠올렸다.

자신의 목적! 이 게임을 하게 된 가장 큰 이유!

'그들을 따라잡기 위해서는 두 배, 세 배 더 열심히 해야 한다. 만족하지 말자. 그 순간 추락한다.'

눈류는 다짐과 함께 뛰기 시작했고, 잠시 뒤 크로티아 성 3층에 도착했다.

"야, 어제 시합 봤냐? 대박이더라."

"그래? 아, 못 봤는데. 라월 홈페이지에 들어가서 봐야겠다."

"레벨 230 정령사! 파티 구해요."

"각종 잡템, 아이템 다 삽니다. 파세요, 팔아!"

"지식 올려주는 C급 지팡이 삽니다. 선 제시!"

1, 2층과 마찬가지로 3층 역시 유저들로 인해 분위기가 후끈했고, 눈류는 곧 남쪽을 향해 이동했다. 그때 바로 옆을 스쳐 지나가던 한 여성 유저가 고개를 갸웃거리며 어깨를 붙잡았다.

"저기요."

"네?"

붉은 눈동자와 머리카락을 소유한 예쁘장한 유저.

"아, 왠지 낯이 많이 익은데, 저 모르세요?"

눈류는 고개를 저었다. 자신이 아는 사람은 많지 않았다. 그렇다고 지나다니며 본 유저들까지 기억할 수는 없는 법이었고, 처음 본 사람이었다.

"어디서 봤… 아! 게이 월드!!"

고운 얼굴을 찡그리던 여성 유저는 기억난다는 듯 큰 목소리로 외쳤고, 그로 인해 주변에서도 고개를 돌려 쳐다봤다.

'젠장.'

"어디서 봤나 했더니 그분이셨네요. 히히, 예쁜 사랑 하세요!"

"……."

해명하고 싶었다. 자신을 바라보며 키득거리고 쑥덕거리는 유저들에게 스킬 어둠의 포효를 사용해서라도 큰 소리로 외치고 싶었다. 난 게이가 아니라고! 정말 아니라고!!

하지만 그래봐야 소용없다는 사실을 잘 알고 있다.

그렇게까지 한다면 분명 더욱 큰 오해를 불러올 수도 있었고, 오히려 기사만 제공하는 꼴이 될 것이다.

결국 가장 좋은 방법은 단 하나, 얼굴을 성형하는 것뿐.

'내가 기필코 얼굴을 바꾸고 만다!'

굳은 결심과 함께 눈류는 근처 잡화점과 빵집을 돌아다니며 비상 포션과 식량을 구입한 뒤 빠른 속도로 NPC를 찾았다.

"안녕하세요. 실피르라 해요. 어디를 가고 싶으신가요?"

은빛 머리카락을 휘날리며 맑은 웃음의 실피르를 바라보자 3만 라르크가 떠올랐고, 한숨과 함께 힘없는 목소리로 대답한다.

“크산에게 가고 싶습니다.”

“아, 다행스럽게 좌표가 있는 곳이군요. 마법진 이용료는 3만 라르크입니다.”

안타까운 심정으로 라르크를 건넨 눈류는 고인이 된 3만 라르크를 잊으며 붉은빛에 휩싸였고, 곧 모습을 감추었다.

“오오! 있구먼!”

늦잠을 자다 뒤늦게 깨어나 게임에 접속한 박하다는 친구 목록을 바라보다 진석과 만파를 발견한 뒤 기쁜 얼굴로 외쳤다.

“진석, 만파! 우리 아지트로 모이세!”

“오, 접속했구먼!”

“알겠네!”

음성 채팅이 아닌 길드 채팅으로 말하자, 진석과 만파 역시 사냥을 하다 말고 반기며 대답했다. 그들의 아지트란 바로 수도 크로티아에 있는 단골 술집이다.

“으하하.”

“셋 다 같은 날 쉬니 좋구먼.”

“그러게 말이야!”

바람이 머무는 곳.

박하다와 만파, 진석의 단골 술집 이름이었으며, 셋은 잔을 부딪쳤다. 이곳은 그들이 게임을 시작할 때부터 자주 오는 곳이었고, 명성과 더불어 친밀도가 올라 싼 가격에 이용할 수 있었다.

명성과 친밀도를 많이 쌓을 경우, 비밀 퀘스트를 얻거나 상점을 이용할 때 일부 할인이 되는 혜택이 있었다. 단, 친밀도의 경우는 제한적이다. 명성처럼 여러 곳에서 혜택을 받지 못하고, 현재 박하다처럼 이곳 술집에서만 해당이 되는 것이다.

"크하하! 우리 만취 길드를 위하여!"

"위하여!"

"위하여!"

셋은 기분 좋은 얼굴로 재차 술잔을 부딪쳤다. 만취 길드! 길드 속에 길드였고, 멤버는 단 셋이다. 술을 즐기고 사랑하는 그들이 재미로 만든 이름이었다.

"그런데 자네는 사냥 안 해도 되는가?"

진석의 질문에 박하다는 고개를 황급히 저으며 큰 소리로 외쳤다.

"오늘은 술만 먹기로 했지 않은가? 어차피 아들놈은 퀘스트 한다 하고, 딸이랑 애들은 파티 사냥을 하고 있다니 우리는 오늘 술만 마시세!"

"크큭, 그거 좋지!"

"여기 남자의 눈물 다섯 병 추가!"

순식간에 동이 난 술병들을 바라보던 박하다는 추가 주문을 하며 안주를 집어먹는다.

좋았다. 라스트 월드가 너무나 좋았다. 가장 먼저 부수입이 짭짤했고, 다음으로는 술을 마음껏 마실 수 있었다.

몸이 상하지도 않으니 걱정도 없었으며, 현실보다 훨씬 싼 가격에 세상 모든 술을 먹을 수 있었다. 더군다나 시간 역시 현실의 세 배지 않은가?

"캬아!"

술로 목을 축이며 이보다 더 좋을 수 없다고 생각하는 박하다였다.

─친구 라렐님이 접속하셨습니다.

─친구 아린님이 접속하셨습니다.

"오오! 오랜만에 둘이 접속했군."

그 순간 친구 접속 알림이 떴고, 박하다의 외침에 만파와 진석이 고개를 끄덕인다.

라렐과 아린은 가장 접속이 뜸한 길드원들이었고, 그로 인해 많이 친해지지도 못한 상태였으며, 검도 사범인 만파가 솔깃한 제의를 한다.

"남자들끼리 먹는 것보다 저 아이들을 불러 함께 마시는 것이 어떤가? 술을 마시면 친해지지 않는가?"

"그거 좋은 생각이야!"

만족한 표정으로 동의를 하는 진석. 하지만 박하다가 소리친다.

"다 늙어서 왜 그러는가?!"

움찔. 진석과 만파는 의아한 표정으로 박하다를 쳐다봤다. 평소라면 가장 먼저 박수를 치며 반겼을 놈이 정색을 하다니?

하지만 박하다의 이어지는 말에 '그럼 그렇지!' 하며 손뼉을 쳤다.

"아직도 안 부르고 뭐 하는가! 어서 부르게!"

“오늘은 레벨 업 좀 할까?”

“그러자.”

접속하자마자 길드창으로 길원들에게 인사를 한 푸른 머리의 라렐과 보라색 머리의 아린은 투지를 불태웠다.

같은 집에서 살고 있는 둘은 지난달에 취직을 하였고, 그래서 게임을 많이 하지 못했다. 하지만 오늘은 일주일에 한 번 있는 휴무. 이럴 때 바짝 레벨 업을 해야 한다.

“에? 아린, 만파 아저씨가 음성 채팅 시도했어. 잠만.”

라렐은 영문을 모르겠다는 얼굴로 음성 채팅을 수락하였다. 보통 할 말이 있으면 길드 채팅으로 하는 경우가 대부분인데 음성 채팅이라니?

“아저씨, 무슨 일이예요?”

“어, 라렐아! 지금 우리 술 마시고 있는데 왔다 가라.”

“네? 술이요?”

웃음을 터뜨리는 라렐. 술을 좋아해도 너무 좋아하는 아저씨들이었다.

“알겠어요. 잠깐 갈게요.”

나쁘지 않은 제안이었다. 친구 샤인의 아버지와 친구 분들이었고, 같은 길드원이었지만 자신들이 일을 한다고 많이 가까워지지 못했는데 이런 자리가 마련되었으니 거절할 이유가 없었다.

사냥 조금 못한다고 잘못되는 것도 없으니 말이다.

음성 채팅을 끝낸 라렐은 아린에게 말을 전달했고, 둘은 어른들이 계시는 술집을 찾아 움직였다.

"으하하하!!"

"크하하하!!"

"푸하하하!!"

라렐과 아린은 술집에 들어오자마자 금방 박하다를 비롯한 어른들을 찾을 수 있었다. 아주 쩌렁쩌렁한 목소리로 웃고 있었기 때문이다.

천진난만한 어른들이라 생각하며 둘은 자신들의 등장을 알렸다.

"저희 왔어요!"

"오, 어서 오너라."

"자, 자, 한잔 마셔!"

"그래, 술을 먹어야 친해지는 법!"

라렐과 아린의 이마에 식은땀이 맺혔다. 아저씨들 모두가 술에 취했을 것이라곤 미처 생각하지 못했다. 그렇다고 술을 거절하기도 뭐한 상황이다. 온갖 기대에 부푼 눈으로 바라보고 있지 않은가?

라렐과 아린은 서로를 바라보며 한숨을 내쉰 뒤 쓰디쓴 술을 넘기곤 인상을 찡그렸다. 목구멍이 타는 것 같은 느낌.

평소 술을 좋아하고 잘 마시는 자신들이 놀랄 정도라면 단 하나밖에 없었다. 남자들도 몇 잔 버티지 못한다는 남자의 눈물.

남자의 눈물이란 라스트 월드 대륙에서 세 번째로 도수가 높은 술이었고, 3대 술 중 가장 가격이 낮아 술을 좋아하는 유저들이 주로 찾았다.

"이야! 잘 마시는구나! 자자!"

그런 둘의 마음도 모르고 잘 마신다 생각하며 술잔을 가득 채워주는 박하다.

"어여 먹어! 자, 우리도 건배하세!"

손바닥을 펼치며 거절하려던 라렐과 아린은 어느새 잔을 든 어른들로 인해 체념한 표정으로 함께 잔을 들었고, 짠과 함께 목구멍으로 술을 넘겼다.

취하면 안 된다. 그럼 능력치가 저하된다. 하지만 안 마실 순 없다.

'지, 짐승의 광기가 보여!'

남자의 눈물을 얼마나 마셨는지 박하다와 진석, 만파의 눈은 이미 제정신을 잃은 상태였다. 만약 이런 상황에서 거절했다가는 어떤 봉변을 당할지 모른다.

그들의 하나 같은 장점이 바로 소심함이기 때문이다.

"으아! 아저씨, 한 잔 더 줘봐요!"

"히히, 저도요!"

결국 라렐과 아린은 합석한 지 20분도 지나지 않아 혀가 꼬부라졌다. 아무리 술을 잘 먹는다 할지라도 그녀들에게 남자의 눈물은 넘기 힘든 산이었고, 끝내 잡고 늘어지던 이성을 놓아버린 것이다.

"지, 지독하다. 남자의 눈물을 마치 물 마시듯……."

"저 여자들도 술이 상당한데?"

"무, 무섭군. 술을 바라보는 눈빛 좀 봐!"

주변에 있던 사람들은 기겁한 얼굴로 속삭인다. 그들이 비운 남자의 눈물만 해도 벌써 열다섯 병! 계산해 보면 한 명당 세 병씩 마셨다는 말인데, 아무리 술을 잘 마시는 사람도 두 병을 넘기지 못하는 것이 바로 남자의 눈물이다.

그런데 그것도 모자라 추가 주문까지 시키고 있지 않은가?

"크큭. 둘이 잘 마시네? 좋아, 너희들도 만취 길드 해라!"

초점이 맞지 않는 눈동자의 박하다가 큰 목소리로 외쳤다. 여자들 중 이렇게 술을 잘 먹는 애들을 본 적이 없었고, 아주 마음에 들었다.

"좋아요! 저희도 만취 길드!"

"저도 만취길드예요!"

"좋다! 그럼 새로운 멤버를 축하할 겸 우리 사냥이나 갈까?"

라렐과 아린의 승낙에 기분이 더욱 업된 박하다가 들뜬 목소리로 말하자, 모두가 만장일치로 고개를 끄덕이며 환호성을 내질렀다.

비록 정신이 오락가락할 정도로 취해 모든 스텟의 능력이 —20%가 된 상황이지만, 아무도 그 사실을 생각하지 못하고 있었다. 그들에게 지금 중요한 것은 화합을 위한 사냥.

술 취하면 용감하다, 아니, 술 취하면 무식해진다는 진리를 직접 보여주며, 다섯의 짐승들은 추가 주문한 남자의 눈물을 비운 뒤 침을 질질 흘리며 주점을 빠져나갔고, 그 모습에 지나가던 유저들은 흠칫 놀라며 자리를 피했다.

차르르르륵!

자동 사진기가 사방에서 쉬지 않고 한 여자를 찍고 있다. 유명 인사라도 되는 듯 모인 기자들의 수만 해도 20명이 넘었으며, 한 기자의 질문에 여자는 천사 같은 미소와 함께 대답한다.

"그동안 뭐 하고 지내셨나요?"

"휴식도 취하고 놀기도 했어요."

여자의 정체는 바로 혜성처럼 등장해 절정의 인기를 얻었던 가수 정혜란이었다. 현재 스물여섯 살이지만 소녀보다 어려 보이는 동안에 아름다우면서도 귀여운 얼굴, 타고난 가창력으로 큰 사랑을 받았으며, 순수하고 앙증맞은 이미지로 인해 가요계의 요정이라 불렸다.

하지만 작년 이맘때, 음주를 한 상태에서 교통사고를 냈고, 결국 자숙의 시간을 가져야 했다. 그리고 이제야 3집 앨범을 들고 기자회견을 연 것이다.

"뭐 하고 노셨는지 물어봐도 될까요?"

"으음… 게임을 많이 했어요."

"게임요? 어떤 게임인가요?"

"라스트 월드요."

"정말요? 평소 혜란 씨의 이미지는 게임을 하기보단 십자수를 하거나 요리를 하실 것 같은데, 의외인걸요?"

"풉, 아니에요. 저도 게임 좋아해요. 이래 보여도 무서운 여자랍니다."

"하하하!"

혜란이 보듬어주고 싶은 주먹을 내밀며 장난 투로 말하자 모두 웃음을 터뜨렸다.

"연예인 분들도 라스트 월드를 많이 하는군요. 사실 저도 하고 있습니다. 하하, 혜란 씨, 직업과 레벨이 어떻게 되나요?"

"직업은 마법사 계열이고 레벨은 200 중반이에요."

"오우, 그 정도면 고레벨에 속하시는데… 싸우면서 무섭지 않았나요? 청순, 요정의 대표인 혜란 씨가 몬스터를 없앤다라……. 쉽게 상상하기 힘들군요."

한번 정해진 이미지란 무서운 것이다. 특히 연예인들의 경우는 더욱 심하다. 혜란 역시 그 사실을 잘 알기에 재치있게 답변하였다.

잠시 뒤, 기자회견이 끝나자 혜란은 귀찮다는 듯 말한다.

"기자들 상대하는 것이 제일 피곤해."

그러자 매니저는 실소를 흘리며 등을 토닥여 줬다.

연예인 중 방송과 실제 모습이 똑같은 사람은 거의 드물었다. 혜란 역시 천사, 요정이라 불리지만 실제 성격은 도도하면서도 차가운 편이다.

"오늘은 일단 쉬어. 내일부터는 발바닥에 불나게 바빠질 테니."

"알았어. 집에 데려다 줘. 게임이나 해야지."

라스트 월드에 접속할 생각을 하자 목소리에 생기가 도는 혜란이다.

지이이잉.

"타하아압!!"

"야야, 빨리 잡아!!"

"이봐! 우리 몬스터라고!"

혼잡한 던전의 한 방. 풀파 두 팀이 사냥에 열중하고 있었고, 그 모습을 막 들어온 소녀가 바라봤다.

어깨까지 내려오는 회색 머리카락과 눈을 떼기 힘든 미모, 찢어진 천으로 만든 것 같은 노출이 심한 옷과 펄럭거리는 검은 날개. 바로 월하였다.

"카, 카오다!"

"나 저년 알아! 월하. 유명한 카오다."

"이야, 우리가 착하게 살아서 경험치랑 득템을 주신 것인가?"

'귀찮아.'

이마에서 붉은빛을 발하는 월하의 시선이 잠긴다. 언제나 이랬다. 몬스터, 유저들과 싸웠고, 죽였다. 다른 누가 아닌 스스로가 원해서 걸어온 길. 하지만 가끔 지금처럼 사람을 죽이는 일이 귀찮을 때도 있었다.

흔히 카오를 잡게 되면 악성 수치에 따라 일정 명성이 올라간다. 그와 함께 카오가 소지하고 있는 라르크 5분의 1을 얻게 되며, 경험치와 장비 역시 획득할 수 있다.

일반 유저가 사망을 하면 착용하지 않은 장비나 잡템들을 떨어뜨리는 반면, 카오는 착용하고 있는 장비도 떨어뜨리기 때문이다.

그래서 유저들에게 카오는 이벤트 몬스터였으며, 그냥 보낼 수 없는 유혹이었다.

"잡자."

"그래!"

홀 안에 자리를 잡고 있던 풀파 두 팀이 서로를 쳐다보며 동의를 하였다. 아무리 월하가 카오로 유명하고 강하다 할지라도 자신들의 인원은 총 20. 절대 질 수 없는 싸움이다.

"공격!"

노란색 로브를 걸친 한 여법사가 외치는 순간, 월하는 창의 형식을 갖춘 자신의 지팡이를 똑바로 세웠다. 시간을 끌어야 했다. 아무리 실력에 자신이 있다 할지라도 20명을 상대로 이길 순 없는 법이었으며, 모이기로 한 동료들이 도착할 때까지 버텨야 했다.

'곧 오겠지. 샤이닝 쉴드.'

"죽어라! 파이널 필드!"

"썬더 볼트!"

"하압! 블러드 피니쉬!"

각종 스킬이 은빛을 발하는 월하의 실드를 공격했다.

콰콰쾅!

한 번, 두 번, 세 번, 네 번. 쉬지 않고 스킬을 발휘하는 유저들. 마법사, 주술사, 기사, 전사, 파이터들은 물론 생산 계열 유저도 힘을 합쳤다.

그러자 월하 역시 긴장하며 이가 부서질 듯 꽉 물었다. 아무리 샤이닝 실드가 고급 보호막일지라도 한계가 존재했다. 벌써 세 번이나 연속으로 실드를 발휘한 상태.

‘이것들은 왜 안 와?

지이이잉!

그때였다. 아홉 명의 존재가 모습을 나타냈고, 상황을 파악하더니 풀 파티원들 곁으로 갔다.

“카오군요!”

“그렇습니다. 하지만 저희로 충분하니 도움은 사절입니다.”

푸른 머리의 기사 패라가 경계하며 답했다. 월하는 현재 막는 것조차 힘겨워 보였고, 마나가 떨어지는 순간 죽는다. 그런데 다른 파티도 끼게 된다면? 어차피 승리가 확실한 상황에서 아까운 경험치와 라르크, 아이템 등만 나누게 되는 꼴이다.

패라의 확고한 대답과 함께 짧은 금발에 검은색의 무거워 보이는 갑옷과 방패를 착용한 남자가 비열한 미소를 지었다.

“도울 생각은 전혀 없습니다.”

“그렇다면 다행이… 헉!”

파아아앗!! 퍼퍼펑!!

콰콰콰쾅!! 쩌저저저적!!

“크아아악!!”

"으으윽! 뭐, 뭐냐?!"

새롭게 나타난 유저들의 이마에서 빛이 난다는 사실을 뒤늦게 알아차린 패라의 목이 육체에서 떨어짐과 동시에, 사방에서 폭발 소리와 비명이 들렸다. 뒤늦게 나타난 아홉 명의 유저가 기존 파티를 기습한 것이다.

"늦었군."

"아아, 미안. 그래도 갑작스런 연락을 받은 것치곤 빨리 왔잖아? 크큭."

자신을 향한 공격이 중단되자 실드를 푼 월하의 말에 금발의 남자가 낄낄거렸다. 그의 정체는 바로 월하와 일행이었던 크로우.

"언니, 이제 바쁘잖아?"

고개를 빼꼼히 내민 제일라가 귀여운 표정을 지으며 묻자, 여전히 무뚝뚝한 얼굴로 고개를 끄덕인다.

"게임 시간으로 3일은 풀로 할 수 있어."

"그래? 히히, 좋다. 이제 게임에서 자주 못 보는 줄 알았어."

"틈나면 접속할게."

"크큭, 그래. 나랑 제일라가 길드를 잘 이끌고 있을 테니 우리만 믿어!"

월하는 크로우의 자신만만한 얘기를 들으며 시선을 돌렸다. 어느덧 자신을 공격하던 풀 파티원들의 수가 반밖에 남지 않았다. 언제 죽을지 모르는 싸움에서 방심을 하고 남을 믿는다는 것은 죽음을 불러일으킨다.

그들 역시 그랬기에 일방적으로 패한 것이다.

"헬 파이어."

마나 포션을 흡수한 월하의 눈빛이 무섭게 변했다. 기분 나빴다. 공격을 당했다. 감히 자신을 죽이려고 했다. 죽인다. 처절하게. 고통스럽게!

"크아아악!!"

백색의 화염구가 작렬하자 한 유저가 끔찍한 비명을 지르며 뒹굴었다.

지옥의 불꽃 헬 파이어! 8서클의 고레벨 마법이며, 마법 방어력이 대단하지 않으면 작렬하는 순간 타오르며 죽음에 이르게 된다. 숨이 멈출 때까지 절대 꺼지지 않는 마법.

"언제 봐도 소름 끼친다니까."

제일라가 도톰한 입술로 휘파람을 불며 감탄한다. 레벨 200이 넘는다고 모든 마법사들이 헬 파이어를 배우는 것은 아니다. 직업과 성향에 따라 마스터할 수 있는 마법이 다르기 때문이며, 제일라 역시 월하를 통해 처음으로 보게 되었다.

그런데 볼 때마다 위력에 진저리를 쳤다.

"끝이군. 헬 파이어!"

화르르륵!

마지막 한 명까지 불꽃에 재가 되는 것을 감상하던 크로우가 몬스터들이 리젠되자 밝은 목소리로 외쳤다.

"이제 여기는 우리 방이다. 모두 파티 맺고 사냥 시작."

길드 인마! 살인마의 준말이었으며, 그들에게 다른 유저들은 몬스터와 똑같았고, 함께란 없었다.

크로아 서쪽 외곽에 위치한 버려진 숲. 짙은 안개가 사방에 자욱했고, 으스스한 분위기를 물씬 풍기는 이곳은 파라온의 안식처였다.

파라온이란, 마계와 손을 잡고 인간계를 지배하려 했던 흑마법사였다. 인간으로서는 드물게 마왕 급과 계약을 맺은 파라온은 이곳 버려진 숲에 머무르며 다크 몬스터들을 창조했다.

다크 몬스터 군단! 그들의 위력은 상상을 초월했고, 사대왕국을 위협했다. 몬스터들은 인간들의 마나와 비슷한 어둠의 마기를 사용할 수 있게 되었고, 수만의 병사들로도 막을 수 없었다. 결국 적이 몬스터들이라고 가볍게 보던 각 왕국의 마나를 깨달은 능력자들까지 전쟁에 참여하게 되었으며, 보름이라는 시간이 걸린 다음에서야 몬스터 군단을 소멸시킬 수 있었다.

저벅, 저벅, 저벅.

버려진 숲에 다섯으로 이루어진 파티가 등장했다. 모두 술이 취했는지 비틀거리며 몸을 움직였고, 주변 유저들은 후닥닥 자리를 피했다.

'어떻게 이런 술 냄새를 풍기는 것이지?

'도대체 얼마나 마신 거야?!'

지독하고 참을 수 없는 악취! 다섯 명이 한 번 호흡을 할 때

마다 술 냄새가 진동했다. 더군다나 풀린 눈에서는 광기가 비
췄고, 일심동체 혹은 전염이 된 것인지 하나같이 침까지 흘리
고 있었다.

만약 날이 어두웠다면 유저들이 몬스터라 착각할 정도.

그들은 바로 술에 만취해 아직도 깨지 못한 레전드 길드원
들이었다.

그리고 이날의 모습으로 인해 짐승 모드는 전염이 될 수도
있다는 학설이 제기됐다.

"으하하! 우리들의 능력을 보여주자! 모두 출동!"

박하다는 비틀거리며 햄머를 꺼내 들었다. 옵션 두 개를 욕
심내다 아이템을 세 개나 파괴했고, 결국 추가 옵션이 하나만
달린 무기였다.

크오오!!

레벨 200대의 얼굴이 두 개인 트윈 오우거가 광분한 얼굴로
붉은 몽둥이를 휘두른다. 그러자 재빠르게 피하며 스킬과 함
께 무릎 뒤 관절을 찍어버리는 박하다.

빠각!!

트윈 오우거의 관절이 부러졌다.

털썩!

한쪽 무릎을 굽히고 마는 트윈 오우거. 동시에 박하다의 햄
머가 푸른 기운에 휩싸인다.

흔히 장인들이나 예술가들은 전투에 약하다고 한다. 하지만
예외인 자가 있었으니, 바로 박하다였다. 격투 세계 챔피언!

그의 신체 능력은 라스트 월드에서 가장 뛰어났고, 지식 부분에서 유저 최초로 ─를 받는 영광을 이루었다. 그 뒤를 이어 ─를 받은 자가 기적이었으며, 둘보단 괜찮지만 눈류는 0이었다. 결국 셋 다 상식에 있어서는 절대 무식!

그런 박하다이기에 제작 장인이란 직업이었지만 공격 스킬이 여럿 존재했고, 다른 장인들에 비해 전투 능력이 뛰어났다. 괜히 눈류의 아버지겠는가?

"크크크! 죽어!!"

누가 몬스터이고 유저인지 구분이 되지 않는 상황을 만들어내며 박하다는 트윈 오우거의 붉은 육체를 햄머로 쉬지 않고 찍었다. 누가 본다면 아이템을 만들고 있는 줄 알 것이다.

파직, 파직, 파직!

트윈 오우거의 육체가 쥐포로 변해갈 때 진석이 움직였다.

극진 가라데에 평생을 바쳐 온 진석의 직업은 특기를 살린 냉한의 파이터였고, 3차를 완료할 동안 빙계의 힘을 얻게 되었다.

파파파파팍!! 쩌저저적!

환영을 보는 것처럼 빠른 속도의 움직임. 한 번 공격에 일곱, 여덟 번이 나가는 발─길질─엔 푸른 빙계의 기운이 실려 있었기에 새롭게 나타난 트윈 오우거는 부분 부분이 얼어버렸다.

"크하하하! 이 몸이 최고다, 박하다!"

"크흑, 그놈의 발 재주로 날 이길 수 있다고? 으하하! 나를 봐라! 온몸이 무기다!"

크허어엉!!

오우거가 운다는 사실을 아냐고 묻는다면 대부분 헛소리라 생각할 것이다. 하지만 지금 그 모습이 현실이 되었으니, 얼어버리고 발에 처맞는 것도 부족해서 박하다의 이빨에 물어뜯기고 있는 트윈 오우거가 그 주인공이다.

"크큭, 현실에선 이가 안 좋지만 이곳에서의 난 이마저 튼튼하다!"

세계 챔피언 박하다. 그에게 유일한 약점이 존재했으니, 바로 이가 유난히 약하다는 것. 그래서 이 년 전부터는 틀니를 착용하고 살아왔다.

"흐흐, 자네들만 재미 보는가? 나도 있네!"

검도에 인생을 걸었던 회색 경갑을 입은 만파가 몸을 날렸다. 혼의 전사라는 직업답게 검 데미지가 뛰어난 그는 수십 개의 붉은 기운을 발휘하며 트윈 오우거의 몸에서 출혈을 일으켰다.

"검으론 내가 최고지!"

"크흑!"

"으음!!"

만파의 호언장담에 진석과 박하다 모두 침묵을 지킨다. 무투로는 자신들이 최고라 생각하지만 검에선 만파에게 밀리는 것이 사실이었다.

그렇게 세 늙은이들이 각자가 최고라며 실력을 발휘할 때,

붙잡힌 트윈 오우거는 태어나 처음으로 신에게 기도했다.

'제발 저를 죽여주소! 크허어엉!!'

울음이 나왔다. 그냥 자살하고 싶었다. 하지만 그럴 여유가 존재하지 않았다. 쉬지 않고 공격하는 세 인간. 하나같이 아팠고, 뼛속까지 통증이 밀려왔다. 그런데 무슨 영문에서인지 자신은 죽지 않고 있다.

크아아앙!!

재차 죽음을 기도하며 울부짖는 트윈 오우거.

그때서야 술에게 정신을 지배당한 박하다와 만파, 진석은 이상한 점을 깨달았다. 자신들이 이렇게 공격을 하는데 죽지 않다니? 도대체 왜?

"허억! 설마 보스인가?!"

박하다의 탄성!

"그렇군!"

"그것으로밖에는 설명이 안 돼! 으하하! 죽이자!"

퍼퍼퍼퍽! 스윽! 스윽! 쩌저저적!!

마나 포션을 흡수하면서까지 셋은 스킬을 쉬지 않고 발휘한다. 보스 몬스터! 발견하기도 쉽지 않지만, 소문대로 잡기도 힘들었고 높은 경험치와 득템을 기대하게 했으며, 다른 이에게 빼앗기면 안 된다는 생각이 머릿속을 지배했다.

'경험치와 득템은……'

'우리 것이다!'

'딴 놈이 잡기 전에 죽이자!'

이성이 사라진 지금 그들의 눈동자에는 라르크와 득템이 새겨졌다. 하지만 애석하게도 이젠 몽둥이도 놓고 체념한 표정으로 두들겨 맞고 있는 트윈 오우거는 보스가 아니었다.

그런데 왜 아직도 죽지 않고 살아 있냐? 그 이유, 아직까지 단 한 번에 죽을 수 있는 급소를 공격당하지 않았고, 결정적인 것은 바로 두 명의 여자 때문이었다.

박하다와 진석, 만파를 호위하고 있는 라렐과 아린. 그녀들은 감탄하며 재차 힐을 주었다.

"정말 강한데?"

"그러게. 딸꾹!"

라렐은 직업이 버프 지배자인만큼 버프에 탁월한 능력을 선보이지만, 힐도 가능했다. 그리고 직업이 신성한 수호인 아린의 회복, 치료 능력은 두말할 필요도 없었다.

하나 문제는 그녀들이 술에 너무 취해 있다는 것이다. 오죽하면 눈이 침침하고 헛것이 보일 정도. 더군다나 이곳은 짙은 안개가 자욱했다.

그 모든 것들이 합쳐져서 그녀들이 힐을 주고 있는 상대가 바로 트윈 오우거였다. 하필이면 일반 오우거와는 달리 트윈 오우거의 경우 덩치가 사람과 비슷했다.

만약 그녀들이 시야 위쪽에 있는 파티창만 확인하더라도 당하고 있는 존재가 트윈 오우거란 사실을 알 수 있었겠지만 어쩌겠는가. 그녀들은 이미 술에 만취한 상태였고, 하필 만취 길드원들에게 걸린 트윈 오우거는 자신의 운명을 탓할 수밖에.

쿠어어어엉!!

결국 두들겨 맞으면서도 죽기만을 바라던 트윈 오우거. 끝내 참지 못하고 극한의 인내심을 발휘했다. 맞으면서도 몽둥이를 집어 자결한 것.

"우와와!"

"드디어 죽었군!"

"우린 이제 대박일세!!"

그러자 함성을 지르는 셋. 수없이 패는 사이 트윈 오우거의 몸에 자꾸 흰빛이 반짝였지만, 보스 몬스터라 폼으로 만든 빛이라 생각했다.

"아까 그 빛나게 하는 아이템을 주지 않을까? 그럼 레어일 것인데……."

아직 몸에서 빛이 나게 하는 등의 아이템은 나오지 않은 상황. 만약 그런 것이 생긴다면 폼을 좋아하는 유저들에게 아주 비싸게 팔 수 있을 것이다.

박하다는 기대를 가득 품으며 알림 말을 들었다. 그와 동시에 찌그러지는 얼굴.

"뭐야? 라르크도 작고, 아이템도 겨우 트윈 오우거의 조각? 장난해?!"

셋, 아니, 뒤에서 열심히 힐을 주었던 라렐과 아린까지 총 다섯은 분노했다. 힘들게 잡았다. 너무나 힘들게. 그런데 보상은 일반 트윈 오우거와 비슷한 수준.

"감히……."

"우리를……."
"능멸하다니……."
"죽어……."
"버려!"
짜기라도 한 듯 한 명씩 돌아가며 말했고, 자신들의 스킬 중 최고의 데미지를 가진 놈을 골라 발휘하였다.
퍼퍼펑! 파지직! 뿌드드득!! 쩌저저적!! 콰콰쾅!!
시체가 되어서도 불쌍한 트윈 오우거였다.

버려진 숲 북쪽 사거리에 위치한 배신자의 던전.
결국 사대왕국연합에 패배를 한 파라온이 후퇴를 한 곳이다.
파라온은 만약의 사태를 대비해 동굴을 미로 형식처럼 만들어놓은 상태였으며 사대왕국연합에 몬스터 군단이 모두 소멸되자 마왕에게조차 버림받았고, 파라온은 뒤도 돌아보지 않고 후퇴를 하였다.
하나, 아무리 미로라 할지라도 끝은 존재하는 법이다.
결국 2주의 기나긴 추적 끝에 사대왕국연합의 정예 100명은 파라온이 몸을 숨긴 곳을 찾아냈고, 파라온은 비참한 최후를 맞이하게 되었다.
그 후 파라온의 마지막 안식처는 마족과 손을 잡은 배신자의 던전이라 불리게 되었고, 파라온의 영향인지 알 수는 없지만 마계의 몬스터들이 득실거리게 되었다.
총 7층으로 이루어진 배신자의 던전은 레벨 150~300까지

고른 분포로 사냥을 할 수 있는 곳이다.

"혼돈의 창!!"

파파파팟!

어두컴컴한 배신자의 던전 5층. 에시가 스킬 명을 외치자 끝이 뾰족하게 세 갈래로 나눠진 창이 분신을 만들어내며 움직였다.

키에에엑!

카라아아악!!

그러자 지축을 울리며 접근하던 그린 에로우 세 마리가 노란색 피를 흘리며 바닥에 철썩 넘어진다.

"좋아, 빨리 나와라."

사냥 속도에 만족을 느끼는 에시.

흔히 창 계열의 직업은 일 대 일 스킬보다 일 대 다수의 스킬을 많이 소유하고 있었고, 범위 공격에 대가였다.

에시의 현재 레벨은 270. 6층에서 솔로 플레잉이 가능하지만, 앵벌이를 위해 5층에 머무르고 있었다. 그가 노리는 것은 그린 에로우가 준다는 환마의 창.

하지만 벌써 일주일이란 시간 동안 획득을 하지 못한 상태다.

"제발 좀 내놔라!"

에시는 간절하게 외치며 다시 리젠된 그린 에로우를 향해 창을 발출하였다. 그때, 광소와 함께 다섯의 남녀가 등장했다. 그들은 눈이 붉게 충혈된 상태였으며, 모두 망토와 문신을 한 상태였다.

'문신이라……. 실용성보다 뽀대를 택했군.'

에시는 망토와 투구를 착용한 상태. 일반적으로 망토가 날개보다 능력치가 조금 더 높았고, 문신보다 투구가 높았다. 그리고 투구는 치명적인 일격을 막아주기도 한다. 하지만 문신은 얼굴과 머리를 가려줄 수 없기에 치명타를 허용할 확률이 높았고, 실제로 그런 경우도 많았다.

"으하하! 아직도 알딸딸하구나!"

"그러게요. 호호."

"박하, 자네가 술이 약해서 그런 거네."

"만파, 네놈은 휘청거리면서 말이 많구나."

"아저씨들, 그만 싸우세요. 히히."

연신 무엇이 그렇게 좋고, 즐거운지 박하와 파티원들은 크게 웃으며 떠들어댔다. 비록 남자의 눈물 때문에 아직도 술이 깨지는 않았지만, 한 시간 전 트윈 오우거와 전투를 할 때보단 정신이 맑아진 상태.

보통 숲에서 배신자의 던전까지 걸리는 시간은 20분이지만, 정신이 오락가락하는 그들이었기에 길을 잃고 헤매다가 한 시간이나 걸린 것이었으며, 그래서 정신을 많이 차린 상태였다.

"자! 보스 몬스터를 잡으러 가자!"

박하다가 햄머를 높이 치켜들며 외치자 길드원들은 크게 환호성을 질렀다. 모두 200 초반의 중레벨 유저이지만, 다섯으로 배신자의 던전 보스 몬스터를 잡기는 힘들었다. 하지만 협동

심을 기르기 위해선 강한 몬스터와 싸워야 한다는 박하다의 주장 때문에 그런 결심을 한 것이다.

크르르륵!

뾰족한 화살같이 생긴 마계 몬스터인 그린 에로우가 리젠되며 레전드 길드원들에게 접근했다. 원래대로면 이곳에서 계속 사냥을 하고 있던 에시가 잡아야 되지만, 다섯이라는 숫자에, 그리고 몬스터가 먼저 공격한 것이기에 차마 놔두고 가란 말을 하지 못했다.

하지만 운명은 왜 이따위란 말인가?

─환마의 창을 습득하셨습니다.

"오오! 환마의 창을 먹었어요!"

아린의 감격에 찬 목소리에 파티원들은 모두 고개를 돌렸고, 에시의 얼굴에는 절망의 그림자가 드리웠다.

일주일 동안 이 자리에서 쉬지 않고 사냥을 했지 않은가? 환마의 창 하나만 바라보고 말이다. 그런데 지나가면서 잡은 파티가 습득하다니!

눈시울이 뜨거워졌다. 환마의 창이 다시 나오기 위해서는 적어도 일주일, 이주일, 아니, 그 이상이 걸리지 모르는 일이다. 억울했다. 분했다. 치사하지만 그냥 보낼 순 없다.

"이보세요!"

결국 자신의 사냥터라는 것을 밝히고 환마의 창을 돌려받아야겠다고 결심한 에시는 큰 목소리로 외쳤다.

하지만 곧 움찔하며 한 발자국 물러섰다.

기뻐서인가, 아니면 술이 깨지 않아서인가? 그 이유는 알 수 없다.

하지만 침을 질질 흘리며 썩은 미소를 짓고 있는 다섯의 남녀가 제정신이 아니라는 것은 확실했다.

"뭐지?"

박하다가 대표로 능글맞게 말하자 에시는 고개를 흔들었다.

'창을 돌려달라고 했다간 나는 죽는다!'

알 수 없는 살해 위협! 창을 얻지 못하는 것과 창을 얻지 못하고 죽는 것 중 에시는 현명한 판단을 내렸다.

그러자 박하다와 모두는 어색한 웃음의 에시를 미친놈이라 생각하며 들뜬 마음으로 6층으로 향했다.

뒤에서 에시가 울고 있다는 사실도 모른 채.

"으음, 어디로 가는 것이 좋겠나?"

박하다가 뒤늦게 위엄있는 척 말했다. 6층을 건너 7층으로 내려오면서 이미 모두가 술이 깬 상태였고, 능력치 저하도 정상으로 돌아왔다.

현재 그들의 시선이 닿은 곳에는 둥근 원의 형태로 여덟 개의 마법진이 형성되어 있었다.

바로 보스 몬스터가 나오는 방의 입구였다.

여덟 개 어디를 가도 보스 몬스터를 만날 수 있지만, 랜덤 형식으로 나타나기에 운이 중요했다. 만약 좋은 곳이 걸리면 보스 몬스터도 빨리 나타나고 유저들도 적을 것이며, 나쁜 곳이 걸리면 보스 몬스터를 기다리느라 시간을 다 보내게 되고 유저들도 많다.

박하다는 신중한 눈빛으로 길원들을 바라보다 고개를 끄덕인다. 자신감이 가득한 모습.

마치 자신만 믿으라는 것 같다.

신중한 표정의 박하다가 행동에 들어갔다.

"카악! 퉤!"

투욱.

"저기다!"

몰상식한 방법으로 자신들이 갈 곳을 찾은 박하다. 이제야 정신이 확실하게 든 라렐과 아린은 황당했지만 웃음을 터뜨리며 마법진 위에 올라섰다. 술에 취한 사이 짐승 모드가 되었다는 사실을 기억하지 못한 채.

"크허어억!!"

"치, 치사한 것들!!"

비명이 들렸다. 그리고 선혈이 난무했다. 몬스터의 피? 아니다. 사람의 혈흔이었다. 바로 눈앞에서 봤으니 확실했다.

레전드 길드원 모두는 눈살을 찌푸렸다. 보스 몬스터의 방에 들어오자마자 가장 먼저 본 것이 사람이 죽는 장면이었기 때문이다.

카오로 추정되는 아홉 명의 인물이 사람들을 죽이고 있다.

"치이! 저것들은 뭐야?"

방금 전 여마법사의 목을 따버린 크로우가 귀찮다는 듯 말했다. 아무리 자신들이라 할지라도 몬스터, 유저들을 동시에 다 처치할 수는 없었다.

이곳이 어디인가? 보스 몬스터의 방이다. 들어온 파티를 죽여도 또 다른 파티로 금방 채워졌고, 카오 집단인 그들에게는 최상의 환경이었다.

하지만 문제는 지금 막 보스 몬스터가 나타났다. 그런데 다섯으로 이루어진 파티가 또 들어온 것이다. 보스 몬스터를 상대하면서 파티를 죽인다? 힘들었다. 둘 중 하나는 먼저 끝내야 한다.

그리고 선택의 여지는 없었다.

'보스 몬스터를 잡으려면 오래 걸리고, 저놈들은 우리가 살인하는 장면을 목격했어. 분명 공격을 하거나 도망치겠지. 아니면 다른 유저들을 불러올 수도 있다. 일단 피해를 감수하더라도 없애야겠어.'

크로우가 월하를 바라봤다. 결정을 내리자는 뜻이었다.

끄덕.

월하가 고개를 끄덕였다. 승낙의 뜻. 곧 인마 길드 모두가 보스 몬스터의 공격을 무시한 채 박하다와 일행에게 달려들었다.

"크흑!! 이 어린 놈들이!"

"아린!!"

분위기가 심상치 않았다. 살인! 비록 현실과 그 무게가 다르지만 어쨌든 유저를 죽인 것이고, 목격한 자신들을 살려줄 확률은 높지 않다.

그래서 박하다를 비롯한 모두는 상황을 주시하고 있었으며,

준비를 마친 상태였다.

라렐의 외침에 아린은 서둘러 자신의 최대 스킬 중 하나를 발휘한다.

"신의 수호!!"

신성력이 가미된 방어막! 실드 부분에서도 탁월한 능력을 갖춘 아린의 투명한 방어막이 형성되자 라렐은 자신의 역할을 서둘렀다.

파티원들에게 동시 버프!

─더블 헤이스트로 인해 이동 속도가 30분간 20% 향상됩니다.

─블레스로 인해 공격 속도와 공격력이 30분간 20% 향상됩니다.

─저항의 숨결로 인해 모든 마법 저항력이 30분간 10% 향상됩니다.

파지지지직!!

"으윽! 라렐, 빨리!"

아무리 아린의 실드가 대단하다 할지라도 여러 명의 공격을 동시에 막을 수는 없었다. 결국 위력을 이기지 못한 실드는 파괴됐고, 현재 연속으로 두 번째 발휘한 것. 이마저도 위태로웠다.

─버서커 스피릿으로 인해 30분간 방어력이 5% 하락하고 공격력이 15% 향상됩니다.

라렐은 초조했다. 미리 버프를 시전하지 않은 것이 실수였다. 아니, 어차피 버프를 시전할 시간도 없었다.

현재 여덟 개의 버프가 들어간 상태. 남은 것은 2.

'이제 하나!'

파아앙!

그때 신의 수호가 재차 깨어졌고, 파티원들은 열 개의 최상 버프를 모두 받은 상황에서 전투를 치를 수 있게 되었다.

"타하압!!"

박하다의 햄머가 땅을 쳤다. 그러자 우르르! 하며 지면이 흔들거린다.

"이놈들!"

기사 둘과 맞서며 검을 휘두르는 만파. 하지만 전력의 차이가 심각했다.

"크흑, 모두 우리보다 레벨이 높은 것 같은데?"

길드 채팅으로 신음을 흘리며 진석이 외쳤다. 스스로의 실력에 자신감이 가득하던 셋이다. 상대가 레전드만 아니면 동레벨에선 자신들이 최고라 생각했다. 그러나 지금 맞서고 있는 적의 실력이 상당했다. 그 말은 레벨이 높다는 것밖에 되지 않는다.

'아저씨들이 각자 두 명씩 맡고 있어. 하지만 눈에 띄게 밀려. 어떻게 하지?'

아린과 함께 힐로 도움을 주던 라렐은 입술을 깨물었다. 현재 상황도 질 것이 뻔한데 세 명은 나서지도 않고 있는 상태였다. 만약 저들마저 힘을 합친다면? 끔찍했다. 무조건 죽을 것이다. 그렇다고 도망칠 수도 없었다. 전투 중에는 블링크 등을 제외한, 먼 거리 이동 마법이나 귀환서 사용이 불가하기 때문이었다.

적어도 그것들을 사용하기 위해서는 10초라는 시간 동안 공격을 하지도, 맞지도 않아야 했다.

'지금이라면 나와 아린은 피할 수 있어. 하지만 아저씨들은……'

라렐은 줄어가는 마나를 보며 고개를 저었다. 자신들만 갈 수 없다. 동료이기 때문에.

"크학!!"

"아저씨!!"

어느새 참여한 크로우의 검을 미처 방어하지 못한 박하다가 복부에서 피를 흘리며 비틀거렸다.

"이놈!!"

"감히!!"

그러자 진석과 만파가 분노한 얼굴로 크로우에게 달려든다. 자신들이 공격을 받든지 말든지 상관없다는 뜻이다.

평소에는 자주 다퉈도 언제나 깊은 우정이 자리 잡은 그들이기에 본능적인 행동이었다.

"괜찮아요?"

진석과 만파를 대신해 자신들 앞을 지키기 위해 온 박하다를 아린이 다급히 치료했다. 그때 온몸에 소름이 돋는 박하다.

'뭐냐?

동물적인 감각. 눈류처럼 스텟 심안은 없지만 오랜 시간 수련과 명상, 싸움을 하며 갈고닦은 감각이 위험하다고 외친다.

"크흑! 피해!"

움직였다. 드디어 월하가 움직였다. 그와 함께 진석과 만파 역시 크로우와 제일라를 이기지 못하고 큰 부상을 입었다.

"석화!!"

스킬과 함께 햄머를 휘두르는 박하다. 석화는 장인이 되며 얻은 스킬로, 맞으면 돌로 굳어버린다. 지속 시간은 30초. 문제는 그동안 공격도 할 수 없다는 것이지만 일단 한 명이라도 움직임을 없애야 했다.

사아악!!

하나 공중에서 한 바퀴 구르며 햄머를 가뿐하게 피한 월하.

"익스플로전."

퍼퍼퍼펑!!

"아아악!!"

마나를 모두 소비한 아린이 미처 방어도 하지 못하고 주저 앉았다. 복부 근처가 폭발을 일으키며 출혈이 심각했다.

"이년!! 크흑! 네놈들은 빠져라!!"

노한 박하다가 월하를 막으려 했지만, 크로우와 제일라로 인해 그럴 수 없게 되었고, 라렐의 안색이 공포에 질린다.

자신과 아린은 버프와 치료, 방어엔 특화된 직업이지만 전투력이 좋지 않다. 또한 지금은 모든 마나를 소비한 상태에 포션까지 오면서 다 사용했다.

"윈드 오브 디스페어."

차차차차차착!!

홀 안에 날카로운 바람이 형성되더니 라렐은 물론 아린, 그리고 쓰러져 있는 진석과 만파, 힘겹게 공격을 막고 있는 박하다까지 모두에게 데미지를 입히며 살을 베었다.

"커헉!"

결국 마지막으로 박하다마저 사지에서 피를 흘리며 무릎을 굽혔다. 그러나 눈빛은 죽지 않았다.

"크윽! 네놈들은 누구냐?"

힘겹게 말을 뱉는 박하다.

게임 세상이라는 것도 알고, 이곳에서는 자신이 가장 강하지 않다는 사실도 알고 있었다. 그리고 수많은 유저 중 비매너도 많다는 사실을 잘 안다.

그래도 직접 당해보니 기분이 더러웠다.

힘이 이 라스트 월드를 지배한다. 비록 지금은 졌지만 언젠가는 기회가 온다. 그것이 박하다의 생각이다.

"길드 인마."

월하가 짧게 답한다.

항상 그녀는 자신들의 정체를 숨기지 않았다. 도전하고 싶다면 얼마든지 와라! 이것이 게임 속 월하의 생각이었다.

"인마라……. 꼭 다시 만나자."

박하다의 차가운 음성이 끝나는 순간, 생명력이 거의 남지 않은 라렐이 분한 듯 외친다.

"누… 눈류 오빠랑 길드원들만 있었어도!"

'눈류?'

월하가 고개를 갸웃거린다. 왠지 낯익은 이름.

번쩍!

그때 누군가가 머릿속을 스쳐 지나간다.

월하 역시 TV를 시청하기에 화염의 섬에서 자신에게 죽은 남자가 가면의 기사라는 사실을 알고 있었다.

'분명 가면의 기사 이름이 눈류였어.'

우연이 겹치면 인연이라고 했다. 물론 악연이지만 말이다.

"기다리지."

푸우욱!! 촤아악.

월하의 답변과 함께 날카로운 지팡이 끝 부분이 박하다의 목을 관통했고, 곧 숨을 거두었다.

"하하, 아하하!"

크로우와 제일라는 놀란 표정으로 월하를 쳐다봤다. 자신들의 기억 속 월하는 표정 변화가 거의 없으며, 웃은 적도 드물었다. 그런데 저렇게 재미있다는 듯 소리 내 웃다니? 하지만 거기까지였다. 궁금해도 묻지 않는다. 그들이 월하를 상대하며 깨달은 교훈이다.

그렇게 인연은 복잡한 사슬이 되어 얽히기 시작했다.

Part 7
인내의 성형 퀘스트

The knight of mask

눈류는 허름한 목조 건물을 쳐다보며 한숨을 내쉬었다. 이곳이 어디인지는 알 수 없다. 크샨이 있는 곳으로 바로 이동했기 때문이다.

그런데 주변에는 건물 하나 없었고, 산속에 오두막 하나 딱 자리 잡고 있는 꼴이다.

'일단 가봐야겠군.'

그렇다고 딱히 다른 방법이 없기에 눈류는 발걸음을 옮겨 목조 건물의 낡은 문을 열고 들어갔다.

끼이이이익.

"계십니까?"

건물 안을 둘러보며 크샨을 찾는 눈류.

안은 겉보다 더욱 허름하였다. 거미의 집이라 생각될 정도로 거미줄이 곳곳에 자리 잡고 있는 상태였고, 가구들은 손으로 만지면 줄이 생길 정도로 먼지가 쌓여 있었다.

'정말 여기가 맞단 말인가?

의문이 들었다. 그래도 명색이 NPC이고, 퀘스트가 존재하는데 이렇게 폐허와도 같은 모습이라니? 그때 뒤에서 발소리가 들려 돌아본다.

"오오, 손님이군!"

크샨은 40대 중반으로 보였고, 갈색 머리카락은 어깨까지 기른 상태였다. 압박적인 것은 5대 5의 절묘한 가르마.

"어서 오게!"

멀뚱히 서 있는 눈류를 향해 의자를 건네는 크샨. 먼지가 수북했지만 눈류는 티 내지 않으며 앉았다.

현재 성형이 급한 것은 자신이다. 비록 믿음은 가지 않고 100% 무면허라는 확신이 생겼지만, 그래도 게임 속 NPC다. 믿어야 했다.

"성형을 하고 싶어서 왔습니다."

"오오, 그런가?"

크샨의 눈빛이 반짝인다. 그러자 속으로 움찔하는 눈류.

'저, 저 눈빛은 배고픈 짐승의 눈이다!

열정과 갈망에 불타오르는 눈.

눈류는 왠지 불안했지만 티내지 않는다. 자신 역시 레벨 업을 할 때 저런 눈빛이 되지 않는가?

"성형이라……. 쉽지 않을 것인데 괜찮겠나?"

크샨은 주먹을 꽉 쥐며 질문했다.

'괜찮다고 해! 괜찮다고 해!'

가난한 농부의 자식으로 태어나 공부는 고사하고 글자도 못 배운 자신이다. 하지만 천운으로 인해 한 마법사를 만나게 되었고, 그를 통해 성형 수술을 배우게 되었다.

그 후 한동안 잘나갔다. 온갖 직업을 가진 사람들이 소문을 듣고 자신을 찾아왔으며, 얼굴 혹은 몸매를 바꿔달라 부탁했다. 그런데 언제부터인가 그 많던 손님이 줄어들어 먹고살기가 힘들었다.

손님! 손님!

돈은 필요없었다. 바꿔주고 싶었다. 자신의 능력을 발휘해 성형을 해주고 싶었다. 그리고 기뻐하는 모습에서 만족을 얻고 싶었다.

하지만 아무리 노력해도 예전처럼 많은 사람이 오지 않았고, 자신의 조건을 견디지 못했다.

처음 마법사에게 성형을 배울 때 얻고 싶은 것이 있다면 그 이상의 노력을 받아야 한다는 말을 귀에 못이 박히도록 들었고, 실천했다.

그래서 성형을 해주는 대신 일정의 라르크와 조건을 내걸었는데 그것이 발목을 붙잡게 될 줄이야.

'두 달 만의 손님이군. 성형을 해준 것까지 계산하면 반년 만이다.'

놓칠 수 없었다. 성형을 하고 싶어서 손이 근질거렸다.

"괜찮습니다. 성형을 해주십시오."

눈류는 손가락을 꿈틀거리며 기대에 부푼 얼굴로 쳐다보는 크샨이 부담스러웠지만 승낙을 하였다.

[성형의 퀘스트]

오랜 시간 외로움에 치를 떨고 있는 크샨의 손을 풀어주자.

성형을 받기 위해선 미소, 화남, 슬픔, 침묵, 이 네 개의 표정을 지어야 한다.

제한:없음.

혜택:성형.

퀘스트 정보를 바라보던 눈류는 고개를 갸웃거렸다. 샤인의 말로는 분명 쉬우면서도 어렵다고 했다. 그런데 고작 네 개의 표정을 지으라니? 웃고, 울고, 화내고, 무표정, 이런 식으로 네 번만 지으면 끝난다는 것이 아닌가?

어려워도 도전을 해야 하는 판인데, 고민할 필요도 없었다.

―퀘스트를 수락하셨습니다.

"오! 역시 그럼 조건을 꼭 완수하고 돌아오게!"

"지금 완수하겠습니다."

어깨를 으쓱하며 눈류는 활짝 웃었다.

―미소 퀘스트가 시작됩니다. 남은 시간 14,399분 59초.

"에에?"

너무나 어이없는 알림 말! 눈류는 황당한 표정으로 돌변했다.

—미소 퀘스트를 실패하셨습니다.

'설마 이 긴 시간 동안 웃고 있어야 한단 말인가? 단 한 번의 표정 변화 없이? 그것도 하나도 아닌 네 개나!!'

끔찍하다. 성형을 하기 위해선 같은 표정으로 10일이나 있어야 했다. 그것도 네 개! 총 한 달 하고도 10일이다.

그동안 단 한 번도 표정의 변화가 있으면 안 된다. 만약 미소 퀘스트 중이라면 울어도 입은 웃어야 하고, 전투를 할 때도 마찬가지다.

정말 쉽다면 쉽고 어렵다면 너무나 어려운 퀘스트.

'하지만 지금 내 모습이 너무 알려져 있다.'

눈류는 머리가 지끈거리는 것을 느꼈다. 도대체 어찌 된 인생이 퀘스트를 하기만 하면 어려운 것만 걸리는지 영문을 알 수 없다. 하지만 다른 방법은 존재하지 않는다.

—미소 퀘스트가 시작됩니다. 남은 시간 14,399분 59초.

목조 건물을 빠져나오는 눈류의 얼굴엔 어색한 미소가 지어져 있다.

"아들아!!"

막 마법진을 이용해 돌아가기 직전 음성 채팅이 들어왔고, 박하다의 울먹거리는 소리가 들렸다.

이미 길드 채팅을 통해 무슨 일이 있다고 짐작한 눈류는 발걸음을 멈추고 대답한다.

"무슨 일이세요?"

"아들아!! 흐윽!"

"왜, 왜 그래요?"

평소 자신의 아버지는 나약한 모습을 잘 보이지 않았다. 그런데 이렇게 심히 울 정도라면 딱 한 가지, 금전적으로 손해를 봤을 때뿐이다.

"아버지가 억울하게 죽었다."

"네? 아버지가 왜요?"

"몰라. 갑자기 공격해서 날 죽였어. 나뿐만 아니라 진석, 만파, 라렐, 아린 다 죽었다. 크흑!"

인상이 찌푸려지지만 애써 웃음을 유지하는 눈류. 안도의 한숨을 내쉰다.

'표정이 위험했다. 그런데 PK를 했단 말인가?'

자신이 알기로 절대 먼저 시비를 걸 사람들이 아니었다.

"흐윽, 흐윽, 죽은 것도 화나는데 가는 길에 득템한 환마의 창도 떨어뜨렸다!"

절규, 분노! 박하다가 이렇게 서글피 우는 이유였다.

죽어서 가까운 마을에 부활한 다섯은 크로티아 성으로 이동했다. 다시 가봐야 이길 수 있는 상대들이 아니었고, 나중을 기약하기로 의견을 모았기 때문이다.

그런 그들이 찾아간 곳은 박하다의 단골 술집. 하지만 문제가 발생했다.

바로 아린이 죽으면서 하필 환마의 창을 떨어뜨린 것이다. 150만 라르크! 그나마 위안을 삼고 있던 득템까지 사라지자 박하다는 충격을 이기지 못하고 슬피 울었다.

죽은 것은 화가 나지만 갚아줄 수 있는 일이다. 하지만 잃어버린 돈은 찾을 수 없다. 슬펐다. 박하다에게는 세상에서 가장 슬픈 일이었다.

"일단 그리로 갈게요."

박하다에게 술집 위치를 확인한 눈류는 마법진 위에 올라섰고, 크로티아 성 3층에 도착해 아버지가 말한 술집을 찾기 위해 돌아다녔다.

'바람이 머무는 곳이라……. 이름 한번 운치있군.'

가게 이름을 보던 눈류. 누군가가 반가운 목소리로 불러 고개를 돌린다. 바로 루크였다.

"눈류님!"

"아, 루크님."

조금 전에 접속한 루크 역시 박하다에 의해 이곳을 찾게 된 것이다.

"페르탄님과 일리아님은?"

"조금 있다 접속할 것입니다. 그런데 눈류님."

"네?"

루크의 표정이 심상치 않다. 마치 못 볼 것을 봤다는 얼굴.

"도대체 왜 그렇게 웃고 계신 것인지……."

"아!"

루크가 움찔한 것은 바로 눈류의 어색한 미소 때문이었다. 그것뿐이면 말도 안 한다. 정말 억지로 웃고 있다는 듯 양 볼에 경련까지 일고 있지 않은가?

"성형 퀘스트 때문에 그렇니다."

"성형이요?"

"네. 제 맨얼굴이랑 가면 쓴 모습이 너무 알려져서요."

"그렇군요."

아직 게이 월드 사건을 모르는 루크이지만 그러려니 하며 고개를 끄덕였다.

"그럼 들어가시죠. 박하다님께서 기다리실 텐데."

"그러죠."

눈류와 루크는 곧 주점의 문을 활짝 열었다. 그러자 갇혀 있던 알코올 향기가 확 풍겨져 나왔고, 사람들의 수다가 들렸다.

그리고 두 사람의 눈에 박하다를 비롯한 모두가 보였으니…….

"으하하! 내 몸매는 어떠냐?!"

"아저씨, 최고!! 전 어때요?"

"오오! 좋구나!!"

순간적으로 표정에서 웃음이 지워지려 한 눈류는 힘겹게 유지하며 재차 바라봤다.

'수, 술 취했다.'

모두는 술에 만취한 상태였다. 그들의 길드 속 길드 명이 괜히 만취 길드가 아니란 것을 보여주기라도 하듯 의식조차 놓은 상태.

가장 심해 보이는 박하다와 라렐은 테이블 위에 올라가서 누드 쇼를 펼치고 있었다. 다행히 라렐의 경우는 아직 완전히 다 벗은 것이 아니지만 그래도 야한 수준이었고, 박하다는 아래 속옷을 제외하곤 모두 노출한 상태였다.

그 모습을 바라보며 아린은 병나발과 함께 박수를 치고 있었고, 진석과 만파는 옆에서 훌라춤을 추고 있다.

'쪼, 쪽팔린다!!'

현재 그들을 모든 유저가 지켜보고 있는 상황. 만약 여기서 아는 척을 한다면?

그럴 수 없었다. 안 그래도 많은 오해를 받고 수치스러운 소문이 많은 눈류였다.

'눈류님!'

'루크님!'

사람의 생각은 각자 다를 때가 많지만 때론 같은 경우도 있었고, 지금이 그랬다.

눈류와 루크는 눈빛을 마주치며 고개를 끄덕인다.

같은 길드원이라 할지라도 도저히 아는 척을 하기 힘들 상황이라며 서로가 동의한 것이다.

곧 둘은 조심스럽게 몸을 돌렸다. 최대한 이 자리를 빠져나간다! 그것만이 머릿속을 지배했다.

하지만 세상이 언제 뜻대로 풀리는가? 그 순간 둘을 발견한 박하다가 큰 목소리로 외쳤다.

"아들!!"

그러자 둘에게 쏠리는 수많은 시선.

눈류는 애써 미소를 유지한 채 안타까운 표정으로 루크를 쳐다봤다. 그 시선에 뭔가 불길한 느낌이 무럭무럭 피어오르는 루크.

저런 눈빛은 자신이 받는 것이 아닌, 보내야 하는 상황이다. 그런데 왜 저리 쳐다본다 말인가?

그때 길드 채팅으로 들리는 눈류의 메시지.

"의리는 곧 희생입니다."

"네? 눈류님, 무슨……?"

"저를 용서하세요!"

"커헉!!"

루크는 울 것 같은 모습으로 고개를 돌린다.

하지만 자신을 밀쳐 버리고 사라진 눈류는 그림자도 보이지 않았다.

그리고 설상가상! 술에 만취한 박하다가 루크를 품에 안으며 한탄한다.

"크흐흑, 죽은 것도 모자라 장비를 잃어버리기까지!!"

"……."

정확한 상황을 모르는 대다수 유저들이 루크를 보며 생각했다.

'아들이 꽤 늙었구나!'

졸지에 노안의 아들이 되어버린 루크다.

촤악! 촤악!

끝을 알 수 없는 바다를 바라보며 한 남자가 항구에 서 있다. 왠지 분위기 있고 고독해 보이는 남자. 하지만 돌아서는 순간 모든 이미지가 깨져 버린다.

바로 어색한 미소를 유지하고 있는 눈류였다.

'젠장, 볼이 저리는 것 같다.'

루크를 희생양 삼아 배를 타기 위해 항구로 온 눈류는 볼을 매만지며 한숨을 내쉰다. 남은 시간을 볼 때마다 진저리가 쳐진다.

이제 몇십 분 지났음에도 포기하고 싶을 정도. 괴로움 가득한 인생이었다.

'일단 표를 끊자.'

마법진과 배 중 한참이나 고민하던 눈류는 배를 결심한 상태. 그 이유는 간단했다. 돈을 아껴야 했다. 돈이 없어서 포션 사냥도 못하는 판이 아닌가? B급 장비를 살 돈을 모아야 했다.

비록 배를 타고 가면 꽤 오랜 시간이 걸리지만 어쩔 수 없었다. 현실에 맞게 행동해야 했으며, 그 시간 동안 잠을 자두는 것도 나쁘지 않았다.

'망혼의 섬이니 발키리 왕국에 가야 하는군.'

화염의 섬은 크로아 왕국과 가장 가까웠고, 빙하의 섬은 마르코 왕국. 어둠의 섬은 발라트 왕국과 근접해 있었다.

'그런데 빛의 왕국과 망혼의 섬이라……. 아이러니한데?'

실소를 흘리며 표를 끊은 눈류는 움직이지 않고 바다를 쳐다봤다. 아직 배가 출발하기까지 10분이 남은 상황이었기 때문이다.

―루크님이 음성 채팅을 신청하셨습니다. 수락하시겠습니까?

그때 루크에게서 온 음성 채팅. 눈류는 단호히 대답한다.

"거절."

―거절하셨습니다.

'분명 나를 죽이고 싶으시겠지.'

왠지 루크의 모습이 상상되는 눈류. 몸을 부르르 떨며 마음 속으로 명복을 빈다.

"눈류님!!"

"크윽."

음성 채팅을 거부하자 길드 채팅으로 말하는 루크.

"저한테 어떻게……."

아무리 사람 좋은 루크라 할지라도 이번 일은 그냥 넘어갈 수 없다. 술 취한 다섯 짐승에게 붙잡혀 겪은 온갖 수모와 치욕을 생각하면……. 지금 이 순간에도 당하고 있었다.

"루크님."

"네, 말씀해 보세요!"

"인연이 된다면 또 봅시다."

"누, 눈류님!!"

루크의 괴성을 들으며 길드 채팅 자체를 거절해 버린 눈류. 재차 명복을 빈다.

"소문 들었어? 이번에 공성전을 방어했다던대."

"응, 들었어. 그리고 랭킹 6위인 카멜 길드가 트로우 길드에게 도전한대.”

“그거 흥미진진한데?”

“그럼 뭐 하냐? 아, 우리 길드는 성 하나 못 먹고 뭐야. 그럼 게임도 편해지는데.”

“하하, 어느 세월에 그들을 따라가냐? 폐인들 집단이잖아.”

“그건 그렇지. 크큭.”

배에 탑승한 눈류는 수다에 귀를 집중했다. 이렇게 사람들이 많은 곳에 있으면 여러 정보를 얻게 된다.

‘길드라…….’

라스트 월드에서는 여러 가지 전쟁이 있다.

일단 가장 먼저 길드전이 존재했다. 길드전의 경우는 랭킹에 상관없이 레벨이 1단계를 넘으면 가능했다.

길드전을 치르기 위해서는 길드 마스터들의 동의가 있어야 하고, 방식 역시 공정하게 결정하여 통보를 한다. 그렇게 해서 이긴 길드는 일주일 동안 경험치 10% 상승의 혜택을 얻음과 동시에, 적 길드보다 랭킹이 낮았다면 상대의 랭킹을 얻게 되고, 진 길드는 일주일 동안 경험치 10% 하락의 패널티와 함께 길드 랭킹이 한 단계 하락한다.

그 위론 공성전이 존재했다.

왕국에는 수많은 영지가 있고, 성이 존재하며, 길드가 전쟁을 통해 승리를 할 경우 성을 얻게 된다. 그럼 여러 가지 혜택이 있는데, 일단 명성이 상승하고 그 성에서 얻는 수입의 일부를 얻게 된다. 그러면 수입을 통해 길드 세력을 더 키우기도

하며, 길원과 나눠 개인의 이득을 취한다. 또 성 안에서 파는 물품들을 싸게 구입할 수 있게 된다.

단, 여기에는 조건이 붙는다. 길드 랭킹 10위까지만 공성전을 신청할 수 있고, NPC들과 싸우거나 기존 성을 차지하고 있는 길드와 대결해서 빼앗을 수 있다.

그 말인즉, 랭킹 10위가 되지 못하면 공성전은 치를 수 없다는 뜻이다.

길드 랭킹은 속해 있는 유저들의 레벨을 합산하여 결정하는데, 랭킹을 올리기 위해서는 한 단계 높은 길드에게 길드전을 신청해야 한다. 그럼 길드 신청을 받은 길드는 거부할 수 없고, 신청한 길드가 이길 경우 계속 그 위의 길드와 전쟁을 치르며 올라갈 수 있지만, 먼저 신청한 길드가 진다면 한 달 동안 길드전을 신청할 수 없게 되어 때를 기다려야 한다.

그 외에는 랭킹에 상관없이 치러 한 번에 높은 도약을 노릴 수 있지만, 드문 경우였다. 보통 높은 위치의 길드는 레벨 차이가 심한 도전을 받아주지 않는다.

그리고 성을 차지한 길드끼리도 전쟁을 치러 빼앗을 수 있는데, 대부분 선호하지 않는 방식이다. 왜냐하면 10위까지 랭크된 길드들이 서로를 호시탐탐 노리기 때문이다. 아무리 강한 길드라 할지라도 과욕을 부리면 지키기가 힘들어지고, 전력을 나눠야 한다.

길드가 성을 차지할 경우 멤버가 300명에, 성이 두 개라면 각 성에 150명씩 나눠서 명단을 등록해야 했고, 같은 길드라 할지라도 성에 명단이 올라가지 않으면 공성전에는 참여할 수가 없다.

물론 공성전의 경우 용병들을 고용해 부족한 전력을 보강시킬 수도 있지만, 그 역시 금전적으로 피해가 큰 편이며, 잘 알지 않는 이상 실력을 확신할 수 없기에 한두 개의 성에서 만족하고 있다.

또 그 위로 가면 대륙 전쟁이 있다. 보통 이 같은 경우는 드물지만 없는 것은 아니다.

일단 가장 먼저 다른 왕국 소속의 길드 전쟁이다. 이 경우, 전쟁을 일으킨 최초의 길드가 제한 수를 정하게 되는데, 그 선안에서 본인이 원할 경우 어떤 길드에 속해 있든 참가할 수 있다. 단, 길드가 없는 유저는 참가할 수 없으며 같은 왕국 길드만 도울 수 있다.

보통 길드를 처음 만들 때 왕국을 설정한다. 현재 눈류가 속해 있는 레전드 길드도 크로아 왕국에 속해 있는 상태다.

그다음으로 라스트 월드 시나리오 전쟁이다. 말 그대로 왕국과 왕국의 전쟁 혹은 마족과의 전쟁, 성향 전쟁이다. 이 경우는 참가 제한이 없다.

보통 유저들은 자유로운 몸이다. 말 그대로 길드처럼 왕국에 속한 몸이 아니라는 것이다. 그렇기에 왕국과 왕국의 전쟁이 벌어지면 자신이 원하는 곳을 택해 참여할 수 있다. 성향 전쟁은 모든 유저들에겐 성향이 존재하는데, 한마디로 빛과 어둠의 대결이었다.

성향 전쟁의 경우는 이벤트 형식으로 짧게 진행이 되며, 반대 성향의 유저를 많이 죽여야 승리한다. 그리고 성향이 중립이거나 혼돈 등 한곳으로 치우치지 않은 유저의 경우, 원하는 성향을 선택할 수 있었으며, 모든 전쟁에는 각자 패널티와 혜택이 존재한다.

그 외엔 차원 간의 전쟁. 유저들이 처음 캐릭터를 만들 때 설정한 국적 전쟁이 있지만 아직 도입되지 않은 상황이다.

'길드전… 나중에 여유가 생기면 해봐야겠군.'

이전 게임에서 길드, 공성전 경험이 몇 번 있는 눈류였다. 하지만 라스트 월드에선 접해보지 못했기에 아쉬움이 컸다.

온라인과 비교도 안 되는 이펙트와 현실감! 만약 이곳에서 공성전을 치른다면? 생각만 해도 가슴이 두근거렸다.

'명성도 더 올릴 수 있지.'

PK이나 길드, 공성전의 경우 적 유저를 죽이면 명성이 1 올라가고 경험치와 라르크, 운이 좋으면 아이템도 얻게 된다.

'아직은 아니다. 아직은.'

눈류는 흔들거리는 배 안에서 눈을 감았다. 공성전도 나쁘지 않지만, 그래도 몬스터를 사냥하는 것보단 경험치나 얻게 되는 아이템 면에서 부족했다. 공성전은 말 그대로 승리했을 때 혜택을 보고 하는 것이었으며, 어차피 하고 싶어도 할 수 없는 상황이다.

샤인의 레벨이 200대라 길드 레벨 역시 2. 공성전을 치르려면 적어도 수백 명을 모집할 수 있는 길드 레벨 3은 되어야 했다. 더군다나 용병들도 모아야 했기에 라르크 역시 많이 필요했다.

'일단 300을 찍자. 그리고 진은, 라인과의 관계를 청산하고… 공성전 등은 그다음에 생각하자.'

시원한 바람을 느끼며 생각에 잠겼던 눈류는 로그아웃을 하였다.

어차피 배 안에서 할 일은 없다. 차라리 그 시간 동안 현실에서 부족한 잠을 청하는 것이 도움이 되었기에 캡슐에서 나와 알람을 맞춘 뒤 깊은 잠에 빠져들었다.

잠시 후 벨소리가 들려 부스스한 꼴로 잠에서 깨어난 진하.

휴대폰을 바라보니 알람이 아닌 전화가 온 것이었다.

"여보세요?"

"오빠?"

선예의 목소리.

"어, 왜?"

"그냥 목소리 듣고 싶어서요. 게임에선 대답이 없으셔서……."

"아, 길드 채팅은 거절 상태이고, 나, 배 타는 중이라 음성 못 받았어."

"배요?"

궁금한 듯 묻는 선예의 모습이 그려지는 진하.

"장비 퀘스트 때문에 망혼의 섬에 가는 중이야."

"그래요? 음, 제가 도와드리고 싶은데……."

"기사랑 관련된 퀘스트라 어차피 나 혼자 해야 할걸? 마음만 받을게."

"그럼 어쩔 수 없죠."

선예는 진심으로 아쉬움을 담아 말끝을 흐렸다.

"그런데 루크님이랑 다 아직 있어?"

"아, 저희도 아버님의 협박에 결국 주점에 들렀는데요, 한참 술 마시다가 아저씨들은 도장 가야 하신다며 가셨고, 루크님은 우셨는지 눈이 빨개진 채로 오빠가 밉다고 하시며 가셨어요. 그러자 페르탄님과 일리아님이 루크님을 따라 나가셨고요. 라렐 언니랑 아린 언니도 술 깨기 힘들다고 갔어요. 지금은 샤인 언니랑 카르마 오빠만 있어요."

'페르탄과 일리아가 그사이에 왔나 보군.'

진하는 곧 재미있다는 어투로 말을 던진다.

"그런데 아버님?"

"네, 네?"

자신이 말해놓고 당황하는 선예. 진하는 실소를 흘린다. 왜 그렇게 부르는지 알고 있지만 장난을 친 것이다.

"아, 아버님이 그렇게 부르라 해서……."

"알아. 그냥 놀려봤어. 그런데 기적이랑 레몬이는?"

"아… 둘은 데이트하러 간다고."

"하여튼 염장 놈들."

"헤헤, 그래도 예쁘잖아요."

'…너 정말 착하구나.'

언제 날 잡아서 선예에게 악한 마음을 심어줘야겠다고 다짐한 진하는 잠시 뒤 전화를 끊었고, 샤워를 한 후 시간에 맞춰 캡슐에 들어갔다.

그런 진하의 머릿속으로 전화를 끊기 전, 선예의 마지막 말이 떠오른다.

"힘든 일 있으시면 저에게 말하셔야 해요? 제가 다 도와드릴게요."

부려먹을 사람은 카르마 하나로 족하다고 생각하며 진하는 라스트 월드에 접속했다.

차아아악!

푸른빛을 가득 머금고 있던 하늘이 차차 흐려지더니 소나기를 유저들에게 선사했다. 빗줄기는 조금씩 거세졌고, 지나는 손으로 머리를 가린 채 한 건물 입구로 뛰었다.

예상치 못한 비였기에 홀딱 젖은 지나는 로브에 묻은 물기를 털며 고개를 들었다. 잠시 거세졌던 빗줄기가 다시 약해졌고, 곧 그칠 것 같다.

"저기요."

그때 중저음의 남자 목소리에 고개를 돌리는 지나.

'컥! 뭐, 뭐야?'

뒤로 물러서며 경계한다.

다른 이상한 점은 없었다. 단 한 가지만 빼고 말이다.

'어색해! 너무나 어색하게 웃고 있어!'

지나에게 말을 건 사람은 바로 미소 퀘스트를 진행하고 있는 눈류였다.

'왜 저렇게 보는 거야?'

눈류는 자신을 떨떠름하게 쳐다보는 지나의 태도에 기분이 살짝 상했지만 티를 내지 않으며 말문을 연다.

"망혼의 섬으로 가는 마법진이 어디에 있는지 알고 계십니까?"

"마, 망혼의 섬이요? 티라트 성 2층에 있어요."

"티라트 성은 어디에 있는지……."

"이쪽 길을 통해 쭈욱 가시다가 광장 분수에서 우측 방향이에요."

"아, 고맙습니다."

고개를 숙여 고마움을 표시한 눈류는 티라트 성을 찾아 움직였다.

'이상한 여자군.'

자신의 미소 퀘스트를 망각하고 괴상한 표정의 지나를 이상한 사람이라 결론 지은 눈류였다.

망혼의 섬.

죽음을 관장하는 여신 비네가 세상을 떠들썩하게 한 사악한 망령들을 가두어놓은 곳으로, 온통 음침하고 으스스한 분위기를 자아냈다.

‘들어가고 싶지 않군.’

망혼의 섬 입구 자체부터 회색빛으로 물들어 있었으며, 정체를 알 수 없는 가루가 허공을 떠돌아다녔다. 햇빛도 달도 없는 회색빛 지대. 영혼의 울부짖음 같은 바람 소리가 귀를 파고든다.

‘그래도 들어가야지.’

섬의 풍경과 유저들을 바라보던 눈류는 어깨를 으쓱하며 입구 마법진에 올라섰다. 어디를 가야 하고, 어떻게 해야 되는지 알 수 없지만 일단 들어가는 방법밖에 없었고, 그런 눈류의 생각은 적중했다.

마법진에 올라서자 들리는 퀘스트 알림.

결박으로 인해 이 세상을 떠나지 못하는 죽은 자의 부탁을 들어줘야 한다.

―비밀 퀘스트 존으로 이동됩니다. 승낙하시겠습니까?

망설이지 않고 승낙한 눈류는 붕 뜨는 느낌과 함께 한 치 앞도 보이지 않는 곳에 도착했다.

‘비밀 퀘스트 존이라…….’

어디인지, 무엇이 나오는지도 알 수 없다. 자신만 발견할 수 있고 올 수 있는 곳이기에.

“자네가 기사의 후예인가?”

그때, 알 수 없는 공포를 동반한 유리 긁는 것 같은 음성이 눈류의 머릿속으로 파고들었다.

‘보인다.’

안대를 착용한 것처럼 아무것도 보이지 않던 눈에 한 존재가 나타났다. 패시브 스킬 어둠의 눈이 있기에 가능한 일이었다.

존재는 어둠과 같은 흑마를 타고 있었으며, 단단해 보이는 검은 갑옷으로 전신을 감싸고 있었다. 그리고 눈류의 키보다 큰 검을 한 손에 들고 있었는데, 무겁지 않은지 너무나 가뿐해 보였다. 마지막으로 투구 속에서 빛나는 붉은 두 눈동자.

‘데스 나이트!’

존재의 정체는 바로 마계의 기사였다.

“네, 제가 기사의 후예입니다.”

“기사의 무구를 얻는 일은 절대 쉽지 않다. 도전하겠는가?”

“네, 하겠습니다.”

“혼자 하겠는가, 동료와 함께하겠는가?”

잠시 생각에 잠기는 눈류.

‘이번 퀘스트는 파티 플레이가 가능한가?’

그런 의문을 안다는 듯 데스 나이트가 재차 말한다.

“세 명의 동료와 함께 도전할 수 있다. 어떻게 하겠나?”

반가운 소리였다. 무엇이든 혼자보단 여럿이 하는 것이 나았다. 더군다나 세 명이다. 직업을 잘 조합할 경우 큰 힘이 될 수 있었다.

“동료와 함께하겠습니다.”

“그렇다면 동료를 모아 다시 찾아와라.”

지이이이잉.

말이 끝나자 눈류는 빛과 함께 퀘스트 존에서 사라졌고, 어둠에 동화되던 데스 나이트는 어이없다는 듯 중얼거렸다.

"표정 한번 괴상한 놈이군."

"망혼의 섬 사자의 숲 갈 파티원 구합니다. 레벨 150 이상!"

"야, 그런데 주술사 구했냐?"

"아니. 생각보다 없네."

"공유터에도 없어?"

"어. 일단 지금 글은 올려놨는데 신청이 없다."

"망혼의 섬은 주술사가 좋은데……."

다시 망혼의 섬 입구로 나온 눈류에게 대기하고 있는 유저들의 대화가 들렸다.

'주술사라……. 하긴.'

망혼의 섬은 동양식으로 설명하면 귀신들이다. 단, 게임 플레이를 위해 육체가 존재했고, 물리 타격이 허용되었다.

그러니 신관들보단 주술사가 더욱 큰 힘을 발휘한다. 만약 마계 몬스터라면 신관의 힘이 더 크게 작용하겠지만 말이다.

간단하게 주술사는 무당, 신관들은 스님이나 신부로 볼 수 있고, 망혼은 혼령, 마계의 몬스터는 요괴 등으로 비유할 수 있다. 비슷한 것 같지만 속성 면에서 조금씩 차이가 있었기에 나타나는 현상이었다. 그리고 공유터란 게임 속 정보 게시판으로, 도움창에서 공유 버튼을 클릭하면 눈앞에 정사각형의 큰 화면이 나타난다.

화면에는 여러 가지 정보가 있는데, 수다를 떠는 유저 게시판이 있었고, 그다음으론 파티 게시판이 존재했다.

그래서 파티를 급하게 모집한다던가, 구하는 유저들은 그곳에 글을 남겨서 빠르게 정보를 교환한다.

그 외에는 자신의 공략을 올린 노하우 게시판과 아이템을 사고파는 상점 게시판, 길드 게시판 등이 있었고, 많은 유저들이 사냥을 하거나 놀다가도 자주 이용했다.

그리고 공유터에 글을 남기는 방법은 간단했다. 자신이 원하는 게시판에 들어가 글쓰기 버튼을 클릭한 다음 손가락으로 적으면 된다.

그럼 손가락이 볼펜이 된 듯 글이 적히고, 아무리 악필이라 할지라도 교정이 되어 등록된다.

"그런데 저놈은 왜 웃어?"

"그러게. 제정신이 아닌 것 같은데? 웃는 것도 이상하잖아."

'망할 놈의 성형 퀘스트!'

잠시 자신의 얼굴을 망각하고 있던 눈류는 미소를 유지하면서 인상을 일그러뜨렸다.

지들 딴에는 안 들리게 한다고 귓속말로 한 것이지만 모든 감각이 극도로 발단된 눈류이기에 위치가 가까워 들으려고 마음만 먹는다면 얼마든지 알 수 있었다.

'일단 사람들이 없는 곳으로 가서 생각하자.'

파티를 구해야 했다. 한 명도 아닌 세 명. 그것도 믿을 수 있는 유저여야 한다.

눈류는 사람들이 북적거리는 입구에서 주변을 이리저리 돌아봤고, 그나마 한적한 구석을 발견할 수 있었다.

"야, 그런데 그 소식 들었냐?"

"뭐?"

"이번에 레전드 아이템이 드랍됐다더라."

"아, 들었어."

'레전드?'

막 발걸음을 옮기려던 눈류의 눈동자가 이채를 발한다. 레전드 아이템! 아직 단 한 번도 드랍되지 않은 물건이다.

"그 리오스의 아이템이라던대? 등급은 S급이고 방패래."

리오스라면 눈류 역시 샤인에게 들은 적이 있는 존재였다.

라스트 월드에는 현재 20명의 레전드가 존재했고, 그들의 이름과 능력, 특성 등이 왕립 도서관에 기록으로 남아 있다.

아직 눈류는 도서관에 가본 적이 없지만, 샤인을 통해 대충 20명의 이름을 알고 있었다.

리오스라면 신을 자신의 몸에 받아들여 싸운다고 알려진 성기사였다. 공격력보단 방어력이 뛰어났으며, 특히 회복 계열의 신성력이 대단했다고 한다.

그런 리오스의 실력은 20인 중에서 중간 정도의 위치였고, 신을 믿는 것을 넘어 맹신하는 수준이었기에 악으로 판단될 경우 과감히 처치하는 잔인함도 갖춘 자였다.

'리오스의 아이템이라……. 역시 모두가 받는 것은 아니었어.'

눈류가 평소 궁금했던 것 중 하나가 바로 '다른 레전드 모두가 아이템을 받는 것인가?' 였다.

레전드에게는 고유의 아이템이 존재한다. 물론 그 아이템을 낀다고 특수한 효과가 있는 것은 아니지만, 가면의 기사처럼 레전드 직업과 아이템이 존재했고, 성능이 뛰어나다.

현재 눈류가 얻은 것은 기사의 가면과 문신. 그리고 앞으로 얻게 될 기사의 건틀렛이 있었다. 물론 이것은 현재까지이다.

3차, 4차 전직을 하면서 또 아이템을 얻을 수 있을지, 아니면 다른 장비 퀘스트가 기다리고 있는지 알 수 없다.

그렇기에 눈류는 레전드의 장비를 모두가 받는 것인지 아닌지 확신할 수 없었다.

가면의 기사가 최상의 직업이라 자신만 특혜인지, 아니면 다른 레전드 역시 전직 때 아이템을 받거나 퀘스트를 하는지 말이다.

직업을 공개한 유저들이 장비를 확인시켜 줬다면 고민이 사라졌겠지만, 그런 것도 아니기에 애매한 부분이었다.

하지만 지금의 정보로 인해 추측의 폭이 줄어들었다.

이제 남은 것은 둘 중 하나였다.

가면의 기사만 특혜로 주는 것이던가, 아니면 다른 레전드들 역시 받지만 모두는 아닌, 이렇게 두 가지로 예상할 수 있었다.

'나에게는 좋은 소식이군.'

현재 차원 판타지에서 나타난 레전드는 자신을 포함한 총 여섯이었다.

가면의 기사, 다크 쉐도우, 소울 브레이커, 절망의 여신, 다크 스나이퍼, 대마법사.

이 중 다크 쉐도우와 소울 브레이커, 다크 스나이퍼는 스스로 자신의 정체를 공개했고, 비밀로 하려 했지만 눈류 역시 많이 공개가 된 상태이며, 절망의 여신과 대마법사는 아직 밝혀지지 않은 상황이다.

하지만 눈류는 절망의 여신이 누구인지 짐작하고 있다.

'월하.'

그녀밖에 없다. 아무리 2차 전직 전이었고 레벨의 차이가 심했지만, 자신보다 월등히 강했던 능력과 온몸으로 느껴지던 두려움.

더군다나 세라와 만났을 때 똑같은 느낌을 받지 않았던가?

'분명 그때 알려지지 않은 레전드는 절망의 여신밖에 없었다.'

절망의 여신! 가면의 기사와 함께 최상위에 랭크되어 있는 레전드로서 그 능력에 대해선 확실히 파악되지 않았으며, 어쩌면 대마법사보다 위험성이 더 큰 존재일지도 모른다.

뛰어난 마법 실력은 물론 무투 능력조차 대단하다고 알려진 여자.

제국이 네 개로 분열될 때 중립을 지키다 자취를 감췄다고 한다.

'과연 나와 같을까, 다를까?'

현재 눈류가 같은 레전드로서 걱정하는 존재는 셋이었다.

일단 만나지 못한 소울 브레이커는 제외였다. 라스트란 유저의 능력을 얼핏 TV에서 본 적은 있지만 직접 만나야 확실한 법이었고, 자신과 아무런 관계도 없었다. 그리고 진은 역시 제외였다. 지금은 비록 실력의 차이가 크지만 같은 급이 된다면 이길 자신이 있었다.

하나 다른 셋은 확신이 없었다. 가장 먼저 월하의 능력은 제대로 파악조차 못한 상태이다. 그리고 세라 역시 전투를 해본 결과 절대 자신의 아래가 아니었다. 마지막으로 누구인지는 알 수 없지만 대마법사 역시 만만한 상대가 아닐 것이다.

기사의 적이자 역시 최상급으로 알려진 레전드이기 때문이다.

'그들이 아이템을 받으면… 두렵군.'

눈류는 고개를 저었다. 세라의 경우만 해도 랜덤 스텟이 월등하게 높았다. 자신 역시 그동안 개고생을 통해 수많은 랜덤 스텟을 얻었고, 던전의 보상 등을 통해 3차 전직을 한 200대 초반 유저보다 높은 스텟을 보유하고 있는데 말이다.

'고민하지 말자. 어차피 결과는 강한 자가 이기는 법이고, 내가 강해지면 되는 것이다.'

재차 고개를 세차게 젓는 눈류.

월하와 진은에게는 패배했고, 세라는 그녀의 방심으로 겨우 이길 수 있었다. 그로 인해 자꾸 잡생각이 떠올랐지만 애써 떨쳐 낸다.

그들이 아이템을 받든 말든, 자신보다 높고 낮은 스텟을 얻든 말든 중요한 것은 노력에 달린 것이다. 레전드의 순위 역시 전설 속 그들의 순서이지 현재 레전드를 얻은 유저들과는 별개의 문제다.

어떤 직업이든 레벨과 얻은 랜덤 스텟의 수치, 스킬 조화와 활용도에 따라 실력은 달라질 수 있다.

'다시는 누구에게도 지지 말자.'

진지하지만 퀘스트로 인해 웃고 있다. 눈류는 주변 유저들에게 미친놈이란 인상을 팍팍 심어주며 한가한 구석으로 향했다.

"형님!"

"오빠!!"

"크흠."

루크는 난색을 표하며 헛기침을 한다. 억울했다. 자신도 피해자다. 그런데 죄인이 되어 있다.

"형님!!"

"오빠!!"

다시 들리는 페르탄과 일리아의 날카로운 외침. 루크의 이마에서 식은땀이 줄줄 흐른다.

루크가 이렇게 당하는 것은 바로 눈물의 술자리 때문이었다.

눈류로 인해 아들이란 오해까지 받으며 술자리에 참석한 루크는 어르신들의 강압에 평소 잘 마시지 못하는 술까지 먹어야 했다.

그런데 그들이 마시던 술이 무엇인가? 바로 3대 독한 술로 알려진 남자의 눈물이었다.

그러니 루크는 버틸 재간이 없었다. 현실에서의 주량이 게임에서도 똑같은 수치로 작용되기 때문에 단 한 잔만 마셨음에도 어지러웠고, 게임에서는 비밀로 하고 싶었던 술버릇이 나왔다.

최대한 먹지 않는다. 하지만 취하면 죽어라 마신다! 일명 술 마시면 개가 된다!

이것이 바로 루크의 술자리 철학이었고, 한 잔에 맛이 살짝 가자 어느새 병나발을 불기 시작했다.

하필 그때 불운하게도 페르탄과 일리아가 접속했으며, 그들은 루크의 희생양이 되어야 했다.

빠져나갈 수 없었다. 이미 술집에 들어선 순간부터 그들은 끈끈한 거미줄에 걸린 것이다.

루크가 눈류로 인해 박하다에게 붙잡힌 것처럼 말이다.

결국 페르탄과 일리아 역시 누드로 훌라춤을 추면서 술을 권하는 루크로 인해 주량을 넘게 마셔야 했고, 나중엔 모두가 뻗은 상태로 로그아웃을 하였다.

"치사하게 도망을 치시면 답니까!!"

페르탄이 화가 난 얼굴로 따졌다.

로그아웃과 함께 도망친 루크.

하지만 셋은 현실에서도 친하게 지내는 관계였기에 게임에서 빠져나온 페르탄은 전화를 하였다. 받지 않는다. 일리아와 함께 집까지 찾아갔다. 문도 안 열어준다.

　결국 둘은 실소를 흘리며 집으로 돌아갔다. 평소 착하기도 하지만 그 정도로 소심한 면도 있는 루크이기에 미안해서 그런다는 사실을 잘 알기 때문이다.

　그 후 둘은 쉬었다가 현실 시간으로 한 시간 전에 접속했다. 그런데 루크가 게임을 하고 있지 않은가? 결국 협박과 삐짐 모드를 동시에 동원하여 지금 만나게 된 것이다.

　“미안하다. 술이 너무 취해서.”

　“그러게 왜 못 먹는 술을 그렇게 마셨어?”

　“크흑. 어떻게 된 일이냐면!!”

　미안해하는 루크의 모습에 일리아가 웃음과 함께 물으며 옆에 앉자, 기다렸다는 듯 쉬지 않고 말하는 루크.

　‘어, 억울하긴 억울했나 보군.’

　‘루크 오빠가 저렇게 빨리 말을 하다니……’

　연설이라도 하는 것처럼 루크는 자신의 울분을 토해냈다.

　쉽게 흥분도 안 하지만, 이렇게 열변을 토하는 적도 거의 없는 루크였다.

　오해받을 수 있다. 그리고 술에 취해 망가질 수도 있다. 하지만, 하지만…….

　루크는 게임을 접속하기 전 보고 만 것이다. 라스트 월드 게시판에 올라와 있는 누드 쇼란 제목에 한 스샷을.

　비록 아래 속옷은 입고 얼굴이 살짝 모자이크 처리되었지만, 그래도 있을 수 없는 일이었다.

　서른다섯 살이나 먹도록 아직 여자도 못 사귀어본 자신의 알몸이 만인에게 공개되다니!

“눈류님이, 크흑…….”

“혀, 형님.”

“오빠…….”

장난으로 계속 다그치던 페르탄과 일리아는 이젠 진땀을 흘리며 루크를 위로했다. 아무래도 알몸의 충격이 꽤 큰 모양이었다.

“내 알몸이… 흐윽.”

“오빠, 괜찮아? 어차피 가짜 몸이잖아. 뭐 어때?”

“그래요, 형님. 그, 그럴 수도 있죠. 훌라춤도 귀, 귀여웠다고요.”

“…….”

나름 위해서 한 말이지만 훌라춤 발언에서 루크는 더욱 큰 충격을 받았는지 이젠 얼굴이 멍해졌고, 일리아는 눈치가 가출한 자신의 남자 친구를 쳐다봤다.

‘어쩜, 저렇게 눈치가 없어도 사랑스러울까?

정말 염장계의 레전드인 그들이었다.

“루크님.”

“누, 눈류님?”

“네, 접니다.”

“오호, 그러시군요. 이것참, 너무 반.가.운.데.요?”

‘크흑.’

눈류는 친구 정보창을 통해 루크와 일리아, 페르탄이 접속해 있는 것을 확인했다. 아무래도 자신이 배를 타는 사이에 접속한 것 같았고, 결국 길드 채팅과 음성 채팅 잠금을 푼 뒤 루크에게 말을 걸었다.

처음 보는 사람과 파티를 해서 갈 수는 없었다. 가면의 기사인 것도 문제였지만, 그보단 호흡이나 신뢰도 면에서 믿을 수 없었기 때문이다.

그렇다고 루크를 제외한 다른 길드원과 할 수도 없었다. 급이 다르기에 파티 자체가 불가능했다. 그럼 남은 길드원은 단 셋이었다. 바로 루크와 페르탄, 일리아였다. 그들은 자신과 급도 같았으며, 함께 전투를 치른 적도 있었다.

하지만 여기에도 문제가 있었으니, 바로 루크와의 관계였다. 자신이 직접 사지에 버렸지 않은가! 그런데 필요하다고 도와달라 하기가 참 난감했다.

'어쩔 수 없지.'

결국 눈류는 잠시 머리를 굴린 뒤 루크에게 말을 건넸고, 역시 살기가 뚝뚝 흘러넘치는 대답이 들려왔다.

'일단 유혹하자.'

눈류는 진심으로 미안한 듯 말한다.

"정말 죄송합니다. 그때는 저도 모르게……."

"그렇습니까? 그래서 채팅도 거절하셨나 보군요."

"저도 모르게 그만……. 제가 나쁜 놈이라 그런가 봅니다. 루크님에게 잘못을 저지르고 도망을 쳐버렸네요. 죄송합니다."

점점 가라앉는 목소리. 루크는 나약해지는 자신을 발견한다. 그 역시 소심해서 페르탄과 일리아를 피해 다녔지 않은가!

하지만 무너질 수 없었다. 누드 홀라춤 스샷은 너무나 억울했다.

"그, 그래도 그렇지, 제 입장은 어떻게 됩니까?"

'당황하는군. 좋았어.'

퀘스트 때문이 아닌 정말 만족의 웃음을 짓는 눈류. 잠긴 목소리로 말끝을 흐린다.

"죄송합니다. 죄송해요. 그래서 이렇게 채팅을 건 것입니다. 루크님에게 보답을 하고 싶어서."

"보답이요?"

"네. 제가 던전을 발견한 것 같습니다. 아시죠? 이미 두 번이나 찾은 놈이 바로 저라는 것을……."

이전 사실을 통해 확신을 심어주는 눈류.

"더, 던전이요?"

루크는 귀를 의심했다. 던전! 그 얼마나 찾기 힘든 곳인가? 그렇기에 던전을 발견할 경우 특별한 보상이 주어진다.

그런데 지금 던전을 찾았다니? 순간 정신이 혼미해졌다.

"아시죠? 파티를 맺은 상태에서 던전을 발견하면 모두가 혜택을 받게 된다는 사실을. 저는 사과도 하고 싶고, 그래서 루크님과 함께 가려 했는데, 싫으시면……."

미끼가 흔들거린다. 이미 물고기는 접근한 상태.

‘물어라. 물어라.’

루크의 당황한 답변이 들린다.

“무, 무슨 그런 섭섭한 말씀이십니까? 사과라뇨? 저희 사이가 겨우 이 정도밖에 되지 않습니까? 함께 목숨을 걸고 싸운 길드 아닙니까!”

‘물었군.’

눈류의 얼굴이 짐승 모드가 되었다. 사람들은 누구나 단순한 면이 존재했다. 특히 절실히 필요한 부분으로 유혹하면 뿌리치기 힘들다.

던전의 보상! 라스트 월드 유저라면 누구나 바라는 것이었고, 루크 역시 그중 하나였다.

공짜로 스텟 혹은 광 레벨 업을 할 수 있는데 누가 마다할 것인가?

“그렇게 생각해 주시니 정말 감사합니다.”

“하하, 감사는요. 그런데 지금 페르탄, 일리아와 함께 있는데 같이 가도 되겠습니까?”

“당연합니다. 저희는 공동 운명체 아닙니까!”

어차피 꺼낼 얘기를 루크가 대신 하자 반색하는 눈류.

“알겠습니다. 그런데 어디시죠?”

“지금 망혼의 섬에 있습니다.”

“망혼의 섬이요?”

위치를 듣더니 루크는 잠시 난감했지만 고개를 끄덕인다. 비록 도착하기까지 시간이 꽤 걸리고 배 이용료로 만 라르크가 필요했지만, 던전이었다.

팔자에 없는 추가 스텟을 얻을 수 있거나 경험치 혹은 대박 아이템을 얻을 확률이 높아진다.

루크는 눈류에게 잠시 양해를 구한 뒤 페르탄과 일리아에게 소식을 전했다. 그러자 역시 생각할 것도 없이 바로 동의하는 둘.

"알겠습니다. 저희가 그리로 가죠. 그런데 시간이 오래 걸리겠군요."

"루크님."

"네?"

"마법진을 이용해 와주셨으면 합니다."

"네에?"

발키리 왕국까지 마법진 이용료는 9만 라르크. 세 명이니 총 27만 라르크다. 그 가격은 절대 무시할 수 없는 수준.

"하지만 가격이……."

"그래도 어쩔 수 없습니다. 기다리는 사이에 다른 유저가 던전을 발견할 수도 있습니다. 그리고 저에겐 화염의 섬으로 갈 수 있는 스크롤이 있습니다. 예전에 샤인에게 받았던 것인데, 그로 인해 루크님은 올 때의 비용만 사용하시면 됩니다. 뭐, 정돈이 아까우시다면 저 혼자……."

"크윽! 아, 아닙니다. 알겠습니다. 그럼 곧 가겠습니다!"

사람은 항상 무엇인가를 놓고 결정할 땐 고민을 하게 된다. 하지만 상황이 급박해진다면? 놓칠 수 있다는 중압감에 빠른 선택을 할 수밖에 없다.

눈류는 그런 심리를 이용한 것이다.

'안 쓰고 있길 잘했군.'

현재 자신에게는 화염의 섬에 갈 수 있는 스크롤이 네 개 남은 상태였다.

'행운의 스크롤이지.'

비록 샤인의 뜻은 눈류를 골탕 먹이기 위함이었지만, 그로 인해 가면의 기사가 되었으니 눈류의 입장에선 축복이었다.

"자, 이젠 질렀으니 기다리면 되겠군."

손을 풀며 커다란 돌에 몸을 기대는 눈류.

던전은 사실 장담할 수 없었다. 하나 안 올 수도 있기에 처음부터 뿌리를 뽑자는 생각으로 한 발언이었고 그동안의 경험을 통해 항상 던전을 발견하였기에 한 말이지만 내심 불안했다.

'그렇지만 던전을 핑계 대지 않았더라면 마법진으로 오지 않았겠지. 뭐, 나중 일은 그때 생각하자.'

결국 배 째라였다.

"눈류님!!"

루크의 외침에 고개를 돌리는 눈류.

"커헉!"

"누, 눈류님, 표정이 왜 그래요?"

"……"

모든 정황을 알고 있는 루크를 제외한 페르탄과 일리아가 흠칫하며 슬슬 피한다.

사악한 미소! 어색한 미소! 공포를 부르는 미소!

눈류의 얼굴을 보며 둘이 공통적으로 한 생각이었고, 무슨 일이 있었는지 입가엔 침 자국까지 생겨 있었다.

'저, 저렇게 웃으면서 짐승 모드가 된 거야?'

'아, 보기만 해도 나까지 어색해지는 것 같아.'

그러자 루크가 상황을 설명한다.

"성형 퀘스트 중이시래."

"성형 퀘스트?"

"아, 얼굴이 너무 알려져서요."

"네."

그때서야 이해가 되는 듯 페르탄과 일리아는 눈류에게 가까이 다가갔다.

"저는 또 새로운 짐승 모드인 줄 알고."

"그러게요. 헤헤."

"괜찮습니다. 제가 오해하게 한 것이니."

괜찮다고 말하면서도 씁쓸한 표정.

'젠장, 얼마나 이러고 있어야 하는 것인지……'

아직도 시간은 무지막지하게 남아 있었다. 거기에 이것 하나가 아닌 총 네 번의 표정을 마스터해야 한다.

'내 잘못이지. 하아, 그놈의 상금이 뭔지. 앞으로는 조심해야겠어.'

순간적인 충동을 참지 못해 몇 번 성급하게 행동한 자신을

질책하며 눈류는 곧 셋과 파티를 맺었고, 망혼의 섬으로 들어
갔다.

"모든 조건이 충족되었다. 기사의 후예여, 너의 능력을 보여
라."

마법진에 오르자마자 들리는 데스 나이트의 목소리. 파티를
맺어서 동료로 함께 퀘스트를 하게 된 루크와 일리아, 페르탄
역시 들을 수 있었고, 셋은 어리둥절한 표정으로 눈류를 쳐다
보다 공간이 바뀌는 것을 느끼며 주변을 이리저리 둘러봤다.

황량한 공터와도 같은 공간. 그곳에는 몇 개의 거대한 기암
괴석이 존재했고, 정중앙에는 마법진이 새겨져 있었다.

그때 모두에게 알림창이 떴다.

[가면의 기사 비밀 퀘스트 3차]

죽은 자의 던전은 가면의 기사로 인해 아무도 찾을 수 없게
봉인된 상태이다. 그래서 그 어떤 정보도 남아 있지 않다.

던전을 돌파해서 능력을 입증하자.

제한:가면의 기사, 기사의 동료들, 포션 사용 불가.

혜택:기사의 건틀렛.

정보를 확인한 눈류는 속으로 환호가 나오는 것을 억지로
참았다. 아직 확신할 수는 없지만 새로운 던전을 발견했을 확
률이 컸다. 아무도 찾을 수 없게 봉인한 던전이라지 않은가?

"눈류님, 사실이었군요!"

“이야, 저희는 운이 좋은데요?”

“루크 오빠 말 들었을 땐 설마 했는데. 아싸!”

루크와 페르탄, 일리아 역시 100% 확신하지는 못했던 듯 기쁨을 표현했다. 그러자 애써 태연한 척 엄지손가락을 치켜세우는 눈류.

“제가 뭐라 했습니까? 저만 믿으라니까요.”

뻔뻔함의 결정체!

끄덕, 끄덕, 끄덕!

그 모습에 셋은 힘차게 고개를 끄덕인다. 이 순간 그들의 눈에 눈류는 평생 함께하고 싶은 동료였고, 이미 오딘 교단에서의 결심은 사라진 지 오래였다.

“그럼 미리 위치를 정하죠.”

눈류의 제안에 모두는 동의했다. 파티 플레이를 하기 위해선 유저들의 역할을 나누는 것이 중요했고, 자신의 임무를 확실하게 수행해야 했다.

혼자가 아닌 모두가 하나 되어야 하는 것이 파티이기 때문이다.

“결국 제가 공격과 몸빵 다 해야겠군요.”

모두의 예상처럼 눈류가 생명력, 마나, 공격력, 방어력을 포함한 전 스텟이 가장 뛰어났다.

“그럼 일단 첫 공격은 루크님이 하세요.”

“네?”

생각지 못한 말에 당황하는 루크.

“그럼 몬스터가 루크님을 공격할 것입니다. 위험하면 모르 겠지만 버틸 수 있다면 버티세요. 생명력이 반 이하만 남아도 됩니다. 그렇게 되면 이제 페르탄님이 몸빵을 하십니다. 방법 은 루크님과 동일합니다. 그럼 두 분의 생명력은 줄어 있겠지 요? 그때부터 제가 선두에 나서서 싸우겠습니다. 그럼 그사이 두 분은 생명력을 회복하세요. 그래서 루크님과 페르탄님의 생 명력이 모두 회복되면 다시 돌아가며 몸빵을 서시면 됩니다. 그러니 일리아님은 죽기 전이 아니면 두 분에게 힐을 사용하지 말고 저에게만 주셔야 하며, 마나를 아끼셔야 합니다. 저희는 포션을 사용할 수 없습니다. 생명력과 마나 관리가 관건이며, 이렇게 플레이할 경우 마나의 낭비를 조금 줄일 수 있습니다.”

잠시 의아한 표정이 되었던 셋은 설명을 듣고 나서야 감탄 한 표정으로 쳐다봤다. 게임이 익숙하지 않은 셋이었기에 방 어력이 높고 체력이 높은 사람이 몸빵을 하는 것이 당연하다 고 생각했다.

왜냐하면 체력이 낮은 사람이 할 경우, 힐을 하더라도 생명 력이 금방 닳기 때문이다. 그러니 같은 마나를 사용한다면 체 력이 높은 사람에게 하는 법인데, 이런 방법도 있었다니!

‘기적이와 자주 사용하던 방법이지.’

이전 게임에서 눈류는 법사가 없어도 기적과 둘이서 파티 사냥을 자주 했다. 기사들끼리의 파티 플레이? 남들이 들으면 웃을지 모르지만 그것은 착각이다. 기사와 법사도 나쁘지 않 지만, 기사와 기사 역시 괜찮았다. 왜냐하면 한 명이 먼저 생명력이 1/3 남을 때까지 몸빵을 하고, 위험하면 다른 기사가 몸빵을 한다.

이렇게 돌아가면서 할 경우, 다른 기사의 생명력이 위급할 때 정도면 회복을 하던 기사의 생명력이 상당히 채워진 상태다. 그럼 또다시 반복하는 것이다.

물론 이 플레이 역시 한 번씩 둘 다 위급한 상황이 나오며, 그럴 경우에는 한 명의 생명력이 다 찰 때까지 쉬어야 한다.

하지만 그것은 기사와 마법사 파티도 마찬가지다. 마법사 역시 마나가 떨어지면 휴식을 취해야 하니 말이다.

그래서 눈류는 이전 게임 때 아무도 없으면 기적과 둘이서 파티 플레이를 자주 했고, 그 방법을 지금 도입한 것이다.

"그럼 들어가 볼까요?"

모두는 붉은 빛의 마법진 위로 올라섰다. 아무것도 존재하지 않기에 던전으로 향하는 마법진이라 확신했다.

그러자 예상대로 넷의 신형은 커다란 동굴 안으로 이동되었다.

가면의 기사가 봉인한 죽은 자의 던전을 최초로 발견하셨습니다.

제한:가면의 기사, 기사의 동료들.

혜택:명성 +50. 모든 스텟 +30

"이야!!"

"아싸! 공짜 스텟!!"

"눈류님, 감사해요!!"

'그다지 좋지 않군.'

자리에서 팔짝팔짝 뛰며 기뻐하는 셋. 하지만 눈류는 아쉬움이 가득했다.

비록 자신이 직접 찾은 것이 아닌, 퀘스트로 자연적으로 찾게 된 곳이지만 보상이 이전에 비해 너무 좋지 않았다.

'어쩔 수 없지. 쉽게 발견했으니. 그리고 셋에게 한 약속을 지켰으니 그것으로 만족하자.'

"정보."

생명:14,100 마나:13,800

이름:눈류 레벨:105 성향:어둠 길드:레전드

칭호:없음 명성:675 직업:가면의 기사

근력:1,202(+719) 체력:226(+468) 민첩:285(+468) 지식:14(+460)

재치:22(+463) 정신:510(+467) 예술:10(+463) 상술:12(+465)

검폭:88(+460) 신속:140(+460) 투혼:198(+410) 가호:85(+410)

심안:60(+380) 마나:66(+380) 가면:85(+380) 암흑:6(+130)

저항:6(+130)

공격력:5,763(+351) 방어력:1,388(+520)
마공력:1,422(+270) 마방력:1,954(+360)
스텟 포인트:0 스킬 포인트:0 전투 숙련치:18.48%

─가면의 기사 비밀 퀘스트 3차가 시작됩니다. 완수하기 전까진 죽은 자의 던전을 벗어날 수 없습니다.

"에에?"

"케엑."

"커헉."

"……."

모두가 들떠 있는 그때 찬물과 같은 알림 말.

'그, 그래서 전체 알림이 뜨지 않은 것인가?'

원래 던전을 발견할 경우 모든 유저에게 일주일 뒤 개방된다는 소식을 알린다. 하지만 이번에는 그러지 않아서 의아했는데, 이런 이유가 있었다니…….

"지, 진짜 안 돼!"

혹시나 하는 마음에 텔레포트 마법을 사용해 본 일리아가 경악한 얼굴로 외친다.

"자, 잠만! 내가 귀환서를 사용해 볼게!"

곧 귀환서를 사용한 페르탄 역시 얼굴이 창백해졌다.

"크어억! 그럼 퀘스트 완료까진 마을도 못 간단 말입니까?"

　모두는 침묵했다. 벗어날 수 없다는 것은 심각한 문제였다.

　일단 모두가 준비한 음식과 물, 음료 등에는 한계가 존재한다. 또, 장비의 내구도가 닳게 되면 위급 상황이다.

　그나마 다행인 것은 넷 모두 고급 확장 보자기를 가지고 있어서 확보할 수 있는 아이템의 무게나 개수 걱정은 줄었지만 그것도 한계가 존재했다.

　"하아, 어쩔 수 없죠. 눈류님, 일단 저에게 내구도를 고치는 스킬이 존재합니다. 그리고 일리아에겐 요리 스킬이 있기 때문에 재료만 있다면 견딜 수 있을 겁니다. 최대한 빨리 퀘스트를 끝내는 것이 현재로선 최선이겠군요."

　천운! 눈류는 한시름 놓으며 고개를 끄덕였다. 다른 것은 몰라도 내구도 수리 스킬이 있다는 것은 정말 다행이었으며, 그리고 마법사인 일리아기에 물이나 불을 소환할 수 있다. 단, 재료가 문제인데, 그것 역시 정 어쩔 수 없으면 몬스터라도 이용해야 했다.

　"그런데 내구도 수리 스킬은 어떻게 배우셨습니까?"

　"아, 추가 스킬입니다."

　"그렇군요."

　추가 스킬이란, 유저가 직업 외에 배울 수 있는 것으로 단 하나만 가능했다. 하지만 많은 유저들이 익히지 않았다. 그 이유는 추가 스킬은 포인트가 장난 아니게 들기 때문이다.

　기존 직업 스킬은 한 단계 올리기 위해서 1포인트가 드는데 추가 스킬은 3포인트가 든다. 또한 추가 스킬 자체를 배우기 위해선 10포인트를 소비해야 한다. 그러니 공격이나 전투에 필요한 스킬에 올리지 수리나 요리, 이런 잡 스킬에는 올리지 않는 편이었다.

하지만 루크는 수리비가 많이 들진 않지만 조금이라도 돈을 아끼고 싶었기에 수리 스킬을 배웠고, 그것은 일리아도 마찬가지였다.

단, 일리아의 경우는 배우기만 한 상태이기에 음식의 맛은 장담할 수 없었다.

"일단 부딪쳐 보도록 하죠."

어쩔 수 없는 상황. 탈출구는 존재하지 않는다. 그렇다면 방법은 단 하나, 돌파하는 수밖에.

모두는 굳은 결심과 함께 끝을 알 수 없는 넓고 긴 던전 안으로 들어갔다.

Part 8
적은 가까이에 있다

The Knight of Mask

지이이잉.

일리아의 버프가 시작되었다. 그러자 하얗고 푸른, 붉은색의 빛무리가 파티원 모두를 감싸 안았다.

버프는 전투에서 상당히 중요한 부분을 차지한다. %능력치 상승! 전체 능력이 10,000인 유저가 있다면 10%로의 상승 버프만 받아도 1,000이나 추가 능력을 얻게 되니 어찌 중요하지 않겠는가. 그래서 PK를 제외한 모든 사냥과 전투에서는 가장 먼저 버프를 받아야 했고, 루크는 버프가 모두 들어온 것을 확인한 뒤 발걸음을 내밀었다.

계획대로 첫 번째 몸빵은 루크였기 때문이다.

"이거 으스스한걸요?"

한 3분쯤 걸었을까? 그때까지 몬스터는 나타나지 않았고, 페르탄이 자신도 모르게 중얼거렸다.

던전은 전체적으로 어두운 편이었으며 습기가 가득해 축축했다. 거기에 귀신들의 마을처럼 계속해서 음산한 소리가 들리니 무서울 수밖에 없었다.

그때, 눈류가 발걸음을 멈추며 앞에서 걸어가던 루크의 어깨를 붙잡았다.

"옵니다."

한계 이상의 감각 기관과 어둠에서는 놀라울 정도의 시력을 갖춘 눈류였기에 미리 알 수 있었다. 그리고 18.48%라는 경이적인 전투 숙련치 때문에 안 그래도 뛰어난 능력과 감각에 날개를 단 격이었다.

휘이이잉!!

바람이 분다. 아니, 바람이라고 느끼고 싶었다.

하지만 그것은 바람이 아닌 몬스터였다.

"타합!!"

눈류의 경고로 인해 모든 준비를 마치고 있던 루크가 몸을 날리며 스킬을 준비했다. 그것은 루크뿐 아니라 눈류와 페르탄도 마찬가지였다.

첫 번째 공격은 스킬! 정석적인 플레이였다.

시간이 지나면 마나가 다시 회복되기 때문에 무조건 아끼는 것은 미련한 행동이다. 처음에는 마나를 한 번 소비한 뒤, 그다음부터 회복과 조절해야 한다.

"죽어라!!"

루크의 주먹에서 발휘된 스킬은 한 마리의 새가 되어 몬스터를 덮쳤다.

다리가 없는 몬스터는 허공에 뜬 채 빠른 속도로 근접하다가 미처 피하지 못하고 공격을 당했다.

번쩍!!

푸른빛이 어두운 동굴을 잠시 환하게 밝혔다. 하지만 그와 함께 루크의 비명 소리가 터져 나왔다.

몬스터는 데미지를 입자마자 귀신같은 움직임으로 루크에게 달려들었다. 말 그대로 관통!!

육체가 있음에도 불구하고 몬스터의 신형은 루크의 몸을 그대로 지나갔고, 루크는 부들부들 떨다 휘청거렸다.

고통이라기보다는 형용할 수 없는 오싹함 때문이다.

"크윽!!"

루크의 육체가 비틀거렸다. 그러자 다크 소드를 발휘하고 있던 눈류가 다크 쉐도우를 사용하여 몬스터에게 접근했다.

'생각보다 빠르다.'

몬스터가 루크를 지나가던 그 순간의 속도는 눈류도 반응하지 못할 정도였다. 그래서 한 템포 늦게 스킬을 발휘했던 페르탄의 공격은 무위로 돌아간 상태.

촤아아악!!

어둠의 마나를 머금은 눈류의 검이 다리가 없는 몬스터의 가슴을 베어버렸다. 그러자 놀라운 일이 발생했다.

“커억!”

“허억!!”

‘육체는 있어도 망혼이라 이건가?’

다리는 없지만 몸통은 존재했다. 로브 같은 것으로 몸마저 가리고 있었지만 붉은 눈동자와 얼굴 역시 얼핏 보였다.

그리고 분명 가슴이 반으로 절단났다. 하나 죽지 않았으며, 잘린 부위 역시 언제 그랬냐는 듯 회복되었다.

망령! 몬스터이기에 육체가 있고 만질 수도 있지만, 치명상은 입힐 수 없는 존재였다. 아니, 치명상 자체가 존재하지 않았다.

그렇기에 망령을 잡기 위해서는 리치 같은 언데드 몬스터처럼 생명력을 0으로 만드는 수밖에 없었다.

“루크님, 서두르세요.”

눈류의 재촉에 잠시 정신을 놓았던 루크가 입술을 깨물며 달려들었다. 처음으로 느껴본 알 수 없는 기분에 자신도 모르게 얼이 빠졌던 것이다.

“크하아압!!”

다시는 그런 기분을 느끼고 싶지 않지만 지금은 파티 플레이. 자신이 싫다고 도망칠 수는 없었다.

루크의 주먹이 재차 몬스터의 얼굴을 노렸다. 처음과는 달리 스킬이 담겨 있지 않았지만, 눈류와 페르탄이 함께하기에 큰 걱정은 없었고, 얼마 지나지 않아 몬스터는 유리를 긁는 것 같은 소름 끼치는 소리와 함께 사라졌다.

─망혼의 가루를 습득하셨습니다.

─1,200라르크를 습득하셨습니다.

처음 발견된 던전의 몬스터였고 잡템이기에 그 가격은 알 수 없지만 라르크는 괜찮게 주는 편이었다.

"루크님, 괜찮으십니까?"

눈류의 걱정에 루크는 애써 고개를 끄덕이며 일어섰다. 비록 혼을 빼가는 듯한 느낌에 괴롭기는 했지만, 어차피 몬스터에게 당한다는 것 자체가 힘든 일이었다.

그리고 자신과 페르탄은 한 번씩 돌아가며 몸빵을 설 뿐, 가장 괴로울 사람은 바로 눈류였다.

"저는 괜찮습니다."

이젠 아무렇지도 않다는 듯 루크는 눈류를 쳐다보며 말하다 고개를 돌린다.

'무, 무섭다.'

전체적으로 어두운 분위기에서 미소 퀘스트를 진행하고 있는 눈류의 얼굴은 흡사 몬스터와 닮아 있었다.

"또 옵니다."

그런 루크의 반응을 지켜보며 괴로운가 보다라고 생각하던 눈류는 다시 들리는 인기척에 동료들을 향해 경고했다.

쿵쿵쿵!

조금 전의 소리 없던 몬스터와는 달리 지축을 울리며 접근하는 새로운 몬스터.

눈류는 답답했다. 죽은 자의 던전은 정보를 볼 수 없기 때문이었고, 곧 몬스터의 모습이 드러났다.

3m의 큰 키에 오우거 두 마리를 합친 듯한 체격. 얼굴은 온통 거무칙칙했으며 노란빛의 두 눈동자는 광기를 품고 있었다.

"으아!"

페르탄이 기가 죽는 듯 신음을 흘렸지만, 루크와 눈류는 매몰차게 쳐다봤다. 정해진 몸빵 순서를 바꿀 순 없다.

페르탄 역시 그 사실을 잘 알고 있기에 자신의 연인인 일리아를 향해 힘겹게 고개를 끄덕이더니 뛰어갔다.

퍼어어억!!

"케에에엑!!"

페르탄의 검이 몬스터의 허벅지를 베었다. 그러자 피도 흐르지 않는 검은 살점이 드러났고, 솥뚜껑만 한 주먹이 페르탄을 날려 버렸다.

루크 역시 조금 전 몸빵으로 생명력이 많이 줄어든 상태이지만 페르탄도 만만치 않았다.

마나를 아껴가며 잡아야 했기에 몬스터한테 네 번이나 맞아야 했다. 그것도 빠른 마나 회복을 선보이는 눈류가 블러드 밤을 한 번 사용했기 때문이다.

파아아아.

거대한 몬스터가 결국 최후를 맞이하자 뒤에서 지켜보던 일리아가 마법을 발휘해 눈류의 상처를 치료했다.

"괜찮아?"

그사이 루크는 얼굴이 떡이 된 페르탄에게 실소를 흘리며 말했다.

"형님도 언제 한번 맞아보세요."

볼멘소리로 투덜거리는 페르탄.

아팠다. 지금까지 상대한 몬스터들보다 훨씬 더 아팠다.

죽은 자의 던전 퀘스트 도중에는 20%가 아닌 30%의 체감을 느낀다. 그래서 동 레벨의 몬스터보다 더욱 아픈 것이지만 어느 누구도 그 사실을 모르고 있었다.

"아마 레벨이 100 후반인 것 같군요."

눈류는 몬스터의 능력과 들어오는 경험치로 계산한 뒤 동료들에게 알려주었다. 현재 파티의 레벨은 100대 초반. 가장 레벨이 높은 루크가 135였고, 낮은 눈류가 105였다.

그나마 이 레벨에서 100대 후반의 몬스터를 상대로 퀘스트하는 것도 눈류가 있기에 가능한 것이고, 몬스터의 레벨이 아직 100대라는 것도 한몫했다.

유저처럼 몬스터들 역시 고레벨일수록 위력이 뛰어났다. 레벨 100 초반인 눈류가 100 후반의 몬스터들을 스킬로 쉽게 해치우지만, 눈류가 300 레벨이 될 경우, 300대 후반의 몬스터 여러 마리를 해치울 수 없다. 몬스터들 역시 레벨이 높아질수록 더욱 강력해지기 때문이다.

'포션 사냥만 할 수 있었다면……'

눈류는 아쉬운 마음이 들었다. 자신은 능력도 뛰어나지만 스킬의 위력이 더욱 절대적이다.

그렇기에 100대 후반 몬스터들을 범위 스킬로 얼마든지 상대할 수 있었다.

하지만 스킬을 사용하지 못한다면 능력이 대폭 감소된다. 물론 다른 유저보다야 높은 몬스터를 사냥할 수 있지만 말이다.

'스텟 마나가 빨리 성장하기를 바랄 수밖에. 만약 추가 스텟도 스텟 포인트를 부여할 수 있다면 좋을 텐데.'

스텟 마나! 그나마 포션을 사용 못하는 눈류에게 큰 힘이 되어주었고, 언젠가는 분명히 포션이 없어도 포션 사냥을 하는 것과 같은 효력을 발휘하게 될 것이다. 하나 그 기간이 얼마나 걸릴지는 알 수 없었다.

추가 스텟이기에 포인트도 부여할 수 없었고, 레벨 업과 전직이나 던전, 퀘스트의 스텟 보상만이 유일한 방법이었다.

트트트트특.

재차 발걸음을 옮기던 일행은 보란 듯이 달려오는 몬스터들로 인해 긴장하며 자리를 잡았다.

한 마리, 두 마리, 세 마리⋯ 총 일곱 마리의 몬스터가 다가오고 있었다. 덩치가 큰 몬스터도 있었고, 처음에 나타났던 몬스터도 보였다.

머리가 두 개인 놈도 있었으며, 커다란 낫을 든 녀석도 눈에 들어왔다.

"모두 범위 스킬을 준비하세요!"

일곱 마리. 이 정도 수의 몬스터를 상대하기에는 범위 스킬이 가장 적절했기에 눈류는 쏜살같이 달려들었다.

자신이 몬스터들의 몸빵이 되어야 했기 때문이다.

"크아아아아아!!"

드드드드득!!

천지가 흔들거릴 만큼의 커다란 외침. 바로 어둠의 포효였다.

그러자 일곱 마리의 몬스터는 스턴 상태에 빠지며 움직임을 멈추었고, 눈류는 한가운데로 파고들어 검을 바닥에 꽂았다.

"다크 스톰!"

콰콰콰콰!!

어둠의 폭풍이 몬스터들과 일행을 휩쓸었다. 그러나 다크 스톰은 범위 스킬이었고, 일행은 적이 아닌 같은 편이었기에 아무런 영향을 받지 않았다.

그것은 어둠의 포효 역시 마찬가지였다.

적에게는 고막이 찢어지는 것 같은 통증과 스턴 상태를 선사하지만, 적이 아니면 단지 큰 외침으로 들릴 뿐이었다.

"타하아압!!"

눈류의 다크 스톰이 끝날 때쯤, 몬스터들은 정신을 차리며 달려들었다. 그와 함께 루크와 페르탄이 범위 스킬을 사용하며 힘을 합쳤다.

퍼퍼퍼펑!!

루크가 바닥을 향해 주먹을 내려치자 지면에서는 다섯 번의 폭발이 일어나며 몬스터들에게 데미지를 주었고, 페르탄 역시 날카로운 바람으로 여러 몬스터들에게 충격을 선사하였다.

그때 버프로 인해 줄어버린 마나를 회복하던 일리아가 움직였다.

일곱 마리의 몬스터가 동시에 눈류를 공격했기에 힐을 써야만 했다. 하염없이 줄어드는 생명력! 그나마 눈류였기에 버틸 수 있는 것이다.

"이런 개자식들!!"

눈류가 큰 목소리로 외치며 재차 다크 스톰을 발휘했다. 아팠다. 너무나 아팠다.

통증에 익숙하다 못해 이젠 즐기는 수준까지 도달한 자신임에도 아픈 것은 부정할 수 없었다.

하지만 웃어야 했다. 어쩌면 미소 퀘스트로 인해 더 힘든 것인지도 모른다. 계속 웃고 있어야 하니…….

'저, 정말…….'

'두렵다!!'

그 모습에 루크와 페르탄은 애써 고개를 돌리며 범위 스킬을 다시 발휘한다.

세상에! 아무리 퀘스트 때문이라지만 수없는 공격을 당해 피까지 흘리면서 입은 웃고 있다니!!

공포 영화에서 나올 것 같은 몬스터보다 더 무서운 존재는 바로 눈류라고 확신하는 루크와 페르탄이었다.

─레벨이 오르셨습니다.

─고정 스텟 근력 4가 상승하였습니다.

─키라스의 목걸이를 습득하셨습니다.

─1,100라르크를 습득하셨습니다.

"오!"

"완템!"

"아싸!!"

"정보."

일곱 마리를 다 해치우자 레벨 업과 함께 완템을 얻게 되었고, 눈류는 서둘러 정보를 확인했다.

몬스터의 정보는 확인할 수 없었지만 아이템은 가능했기 때문이다.

[키라스의 목걸이]

망자 키라스가 착용하고 있던 목걸이.

내구력:180/180 마법 방어력:80 마법 공격력:35 제한:C급, 지식 150, 정신 100, 성향 어둠.

무게:2 옵션:암흑 속성 마법 저항력 6%, 암흑 속성 추가 데미지 10%

"오~"

눈류는 예상외로 좋은 성능에 기분 좋은 소리를 냈다. C급 중에서도 고급에 속하는 능력치. 이 정도면 100만 라르크 정도의 값어치였고, 넷이서 나눈다 할지라도 25만 라르크였다.

"이야, 성능 좋은데요. 그런데 성향이 아쉽군요. 저희는 착용할 수 없으니."

루크는 입맛을 다셨다. 성향이 어둠만 아니었다면 당장 착용하고 싶은 능력치였다. 눈류를 제외한 셋은 중급 수준의 마방 세트를 착용하고 있었기 때문이다. 게다가 추가 옵션이 있는 세트도 아니었다.

"어쩔 수 없죠. 이 목걸이는 파티 끝나면 정산하기로 하고 다시 움직입시다."

눈류의 말에 모두는 고개를 끄덕인다. 새로운 던전이어서 그런지 아이템이 자주 나오는 편이었다. 더군다나 눈류와 함께하기에 레벨 업도 빨랐다.

그들로서는 최상의 사냥터!

일행은 곧 더욱 깊숙한 곳으로 몸을 움직였다.

─키스님이 인어의 해안에 위치한 황혼의 던전을 발견하셨습니다. 레벨 51∼150까지의 제한이 존재하며, 일주일 뒤 던전 입구로 이동되는 마법진 개설과 함께 개방됩니다.

'던전!'

17세쯤 되었을까? 황금빛 머리카락을 어깨까지 기른, 약간은 호리호리한 미소년이 주먹을 불끈 쥐었다.

"좋아."

키스는 스텟을 확인하더니 기쁨을 감추지 않으며 앞으로 걸어갔다. 그의 푸른색 로브와 지팡이로 인해 누가 봐도 마법사라는 사실을 알 수 있었다.

"이 게임의 스토리에 고마워해야 하는 것인가? 아이템 퀘스트도 땡큐인데 던전까지라……."

연신 싱글벙글 혼자 중얼거리며 걷던 키스.

곧 발걸음이 멈췄고, 지팡이를 높이 치켜세웠다. 던전 안 곳곳에 박혀 있는 푸른빛 마법 구슬로 인해 앞이 안 보이는 수준은 아니었지만 그래도 어두운 편이었다. 그런데 기척을 느낀 것이다.

어둠 속에서 무엇인가 다가온다.

"블루 나이트인가?"

키스의 눈빛이 반짝였다.

어둠 속에서 모습을 드러낸 것은 온통 푸른색 물결에 휩싸인, 늙은 노인의 모습을 한 블루 나이트였다.

그런 블루 나이트의 손에는 창이 들려 있었는데, 그다지 레벨이 높은 몬스터는 아니었다.

카아악!!

그때 블루 나이트가 물결을 뒤로 발출하며 순식간에 접근했다. 반동을 통해 더욱 빠른 스피드를 내는 것이다.

그런 블루 나이트의 손에는 날이 잘 선 창이 반짝였고, 키스는 침착하게 마법을 시전했다.

"콜 라이트닝."

우르르릉!!

그러자 아무것도 존재하지 않던 빈 허공에서 스파크가 일어나더니 블루 나이트에게 작렬했다.

파지지직!!

카아아악!!

블루 나이트의 입에서 처절한 비명이 터져 나왔다. 물의 힘으로 싸우는 몬스터! 그렇기에 전기가 더욱 잘 통해 전신에 데미지를 입었다.

끄르르륵.

결국 콜 라이트닝을 이겨내지 못한 블루 나이트는 라르크와 잡템을 키스에게 전하며 목숨을 잃었다.

현재 키스의 레벨 60.

블루 나이트를 단 한 번의 공격으로 보낼 수 있는 레벨이 절대 아니었다.

하지만 키스는 당연하다는 듯 연신 입가에 웃음을 머금은 채 던전의 끝을 찾아 움직였다.

키아아악!!

거대 해파리를 닮은 몬스터가 괴성과 함께 촉수를 날리며 키스를 노린다.

그러나 재빠르게 옆으로 구른 키스는 지팡이를 들어 올리며 마법을 시전했다.

"기가 라이데인!!"

파지지지직!!

눈이 부신 섬광의 선이 번쩍였다. 작은 물통에 수많은 미꾸라지들을 푼 것처럼 수십, 수백의 작은 전류들이 몬스터의 전신을 타격했다.

치이이이!

타는 냄새가 사방에 가득 차올랐고, 그 모습을 지켜보던 키스는 한숨을 내쉰다.

생각보다 어려웠다. 던전을 발견하고 퀘스트를 시작할 때 받게 된 제한 시간은 6일.

그런데 벌써 5일이 지났음에도 끝을 알 수 없었다. 더군다나 가지고 온 포션도 모두 사용한 상태.

'이러다가 퀘스트 실패하면 어쩌지?'

붉은빛 입술을 살짝 깨문 키스는 애써 마음을 달래며 재차 안으로 들어갔다.

보상을 놓칠 순 없었다. 아니, 앞날을 위해서라도 꼭 필요했다. 그렇기에 포기할 수 없다. 특별히 목표가 있어서 게임을 한 것은 아니지만, 한 번 시작하면 그 게임 안에서 최고가 되어야 직성이 풀리는 성격이다.

그리고 이번 퀘스트에서 받게 될 보상은 최고가 되기 위해서는 꼭 필요한 장비였다.

"그래도 몬스터들이 경험치를 많이 줘서 레벨 업은 잘되는구나."

마나를 확인한 키스는 낙관적으로 생각하기로 했다.

"치이!"

키스의 얼굴이 일그러진다. 예상보다 몬스터들이 너무 강했다. 그것도 한 마리가 아닌 세 마리가 달려든 상황이다.

뛰어야 했다. 현재 마나도 부족했지만, 생명력은 더욱 위급했다. 잘못해서 제대로 한 대 맞으면 죽을지도 모른다.

물론 지금까지의 경험으로 인해 죽어도 퀘스트 자리에서 부활한다는 것은 알지만 죽고 싶지 않았다.

"다 와간다."

푸른 던전 공간 속. 하얀빛이 보였다.

성인 남자 대여섯이 앉아서 수다를 떨 수 있을 정도의 크기였고, 키스는 황급히 몸을 굴려 흰빛에 안착했다.

그러자 몬스터들이 더 이상 덤벼들지 않고 앞에서 서성거렸다.

"하아, 안전지대가 있어서 다행이야."

안전지대란, 마법진과 다른 개념으로 특별 퀘스트에 나오는 공간이었다.

이곳에 들어서면 몬스터의 공격을 받지 않고, 특정 퀘스트에 따라 여러 가지 혜택이 존재했다.

키스가 앉아 있는 곳은 마나의 회복 속도가 빨라졌다.

"후우, 이제 다 채웠으니 나가볼까? 다 죽었다."

오늘로 벌써 6일째. 시간이 많지 않았다.

실패할 수도 있지만 어쩌면 성공할 수도 있다. 확신은 반반.

키스는 일정량의 마나가 회복되자마자 힐로 생명력을 채웠고, 다시 마나가 가득 차기를 기다린 뒤 안전지대를 빠져나왔다.

그때 앞에서 기다리고 있던 세 마리의 몬스터가 달려들었다.

한 마리는 물도마뱀같이 생겼으며 손에는 삼지창을 들고 있었고, 다른 한 마리는 상어의 몸체에 날개를 달고 있었다. 그리고 마지막 한 마리는 아름다운 인어의 모습이었는데 소름이 돋을 만큼 손톱이 길고 뾰족했다.

세 마리 다 레벨 100대인 수중 몬스터였지만 키스는 자신만만한 얼굴로 지팡이를 움직였다.

생명력과 마나가 가득 찬 지금 그에게 두려움이란 없었고, 곧 눈부신 마법이 발휘되었다.

콰콰콰쾅!!

빛의 광선! 단지 그렇게 표현할 수밖에 없었다.

광선과도 같은 한줄기 빛은 몬스터들에게 적중하였고, 전신이 산산조각나며 사지가 분해되었다.

레벨에 비해 너무나도 무섭고 강력한 위력의 스킬!

비록 마나 소모가 심각하지만 파괴력에 비하면 아깝지 않은 수준이었다.

'가자.'

키스는 재차 안전지대에 들어가 마나를 회복한 뒤 던전 깊숙이 들어갔고, 몇 시간 뒤 드디어 원하던 것을 손에 넣게 되었다.

피에 적신 것처럼 온통 붉은빛을 발하는 로브.

왠지 음산함이 가득 풍겼다. 하나 키스는 상관없는 듯 환호성을 지르며 아이템의 정보를 확인했다.

'대박이군.'

놀라웠다. 정말 생각 이상으로 놀라운 능력이었다. 비록 제한이 걸려 있기는 하지만 팔지 않으면 그만이었다.

키스는 곧 로브를 착용했다. 그러자 전신을 부드럽게 감싸
는 새 로브의 감촉이 느껴졌다.

"하하하!"

키스는 광소를 터뜨리며 던전을 빠져나갔다.

"뭐지?"

라인, 동료들과 술집에서 음주를 즐기던 진은은 의아한 표
정으로 길드원을 쳐다봤다.

"길드 가입을 원하는 유저가 있어서 찾아왔습니다."

"그런데?"

"그게 애매해서……."

"흐음, 말해봐."

"그게… 자신이 직접 말하겠다며 이곳에 왔습니다."

길드원의 대답과 함께 뒤쪽을 바라보는 진은.

온통 붉은색의, 그리고 붉은빛을 살짝 발하는 로브 차림의
소년이 보였다.

진은이 속해 있는 길드는 라스트 월드에서 꽤 유명한 곳이
었다. 길드 지배자! 현재 라스트 월드 길드 랭킹 2위를 유지하
고 있으며, 크로아 왕국에 성도 두 개나 가지고 있다.

그곳에서 진은의 위치는 부마스터. 능력으로만 따지면 길드
마스터지만 귀찮은 것을 싫어하는 진은은 끝내 그 자리를 거
절했고, 부마스터 자리도 억지로 앉은 상황이었다.

그런 이유로 지배자의 길드 마스터는 진은과 친분이 있으

며, 길드를 창설한 라이트라는 유저였다.

비록 레전드인 진은보다는 약하지만 라이트 역시 모르는 이가 없을 정도로 유명한 유저였다.

현재 레벨 307! 최상급의 고레벨인 라이트의 기세는 무시무시할 정도였고, 진은 역시 레전드만 아니었다면 라이트를 이길 수 없었을 것이다.

그런 지배자 길드의 인원은 총 250명인데, 아직도 300명을 채우지 못한 이유는 까다로운 조건 때문이었다.

일단 나이는 스무 살 이상. 레벨은 200이 넘어야 했으며, 직업과 스킬도 따지는 편이었다. 한마디로 아무나 뽑지 않는다는 것.

그렇게 엄격한 기준으로 테스트를 거친 뒤 마음에 들면 부마스터 밑에 있는 네 명의 안내자가 통과를 시켜 길드원이 될 수 있다.

하지만 가끔 애매한 유저가 있었다. 통과를 시켜야 할지, 아니면 돌려보내야 할지 모를 그런 유저 말이다.

그러면 안내자들은 진은에게 상황을 보고해서 결정에 따랐다.

"레벨이 100도 안 됩니다. 그리고 나이 역시 열일곱 살이고요."

술잔을 넘기는 진은은 음성 채팅으로 안내자의 목소리를 들으며 인상을 찌푸렸다. 애매한 것도 정도가 있는 법이다. 조건에 너무 맞지 않는데 자신에게까지 데리고 오다니?

그때 다시 음성 채팅 신청이 들어왔고, 진은은 잠시 소년을 바라보다 수락하였다.

"길드원으로 받아주셔서 감사합니다. 그럼 다음에 또 뵙도록 하겠습니다."

소년이 밝은 웃음과 함께 고개를 숙여 인사를 하더니 나가 버렸다.

그러자 라인이 궁금한 표정으로 물었다.

"왜 받아준 거야?"

진은이 재차 술로 목을 적시더니 말문을 연다.

"우리 길드의 힘을 얻어 이 세계에서 최강자가 되고 싶다더군. 물론 자신 역시 길드에 힘이 되어줄 것이라며……."

"에? 그렇게 안 보이는데 건방진 면이 있네?"

"어쩌면 자신의 능력을 잘 아는 것인지도 모르지."

"능력이라니?"

"나에게 그러더군. 랭킹 1위인 곳을 찾아가고 싶었지만 우리 길드에 온 이유가 있다고."

"뭔데?"

"나와 가면의 기사의 싸움을 봤기 때문이래."

"에에? 그 일이랑 지가 무슨 상관있다고?"

진은의 입가에 실소가 맺힌다. 그리고 음성 채팅으로 라인에게 말한다. 마스터를 통해 길드원이 되면 어차피 길원 모두가 알게 되겠지만 이곳은 다른 귀도 많기 때문이었다.

"라스트 월드 스토리상 가면의 기사와 적대 관계가 누구지?"

"으음… 그 마르크 공작이냐?"

"얼마 전에 레전드가 하나 탄생했지?"

"그래. 그, 그렇다면…?"

"맞아. 가면의 기사와 적으로 설정되어 있는 레전드 대마법
사. 그게 바로 소년의 직업이야."

─레벨이 오르셨습니다.

─고정 스텟 근력 4가 상승하였습니다.

─랜덤 스텟의 영향으로 근력과 체력이 1 상승하였습니다.

─900라르크를 습득하셨습니다.

"하아압!! 다크 스톰!!"

"크합! 킬 소닉!"

"소드 윈드 오브!!"

"더블 힐!!"

폐인! 누군가가 그들을 본다면 딱 그 말을 할 것이다.

정말 레벨 업에 미친 사람들처럼 눈류와 일행은 쉬지 않고
사냥을 계속하고 있었다.

그러기를 벌써 3일째! 현실 시간으로 하루가 지난 상태였
다.

'크윽!'

'언제까지!'

'해야 하는 거야?!'

어색한 웃음과 함께 선두에 서서 몬스터들을 척살하는 눈류

를 보며 루크와 페르탄, 일리아는 질린단 표정이 되었다.

화염의 섬을 비롯해서 이때까지 눈류의 사냥을 몇 번 보며 감탄한 적이 있었다. 어쩜 저렇게 단 한 번도 쉬지 않고 할 수 있는 것인가!

그런데 막상 함께 플레이를 하며 겪어보니 정말 죽을 맛이었다.

쉬고 싶었다. 아무리 피로도를 회복할 수 있다지만 앉아서 쉬기도 하고 수다도 떨며 잠깐이라도 놀고 싶었다.

하지만 눈류에게 그런 것은 존재하지 않았다.

오로지 사냥! 졸려도 사냥! 죽어도 사냥!!

오죽하면 견디다 못한 페르탄이 일부러 죽음을 맞이했겠는가! 하지만 잊고 있는 것이 있었다.

퀘스트를 깨기 전까지는 이 던전을 빠져나갈 수 없다는 것!

스스로 죽음을 맞이한 페르탄은 그 자리에서 부활하게 되자 한동안 허망하게 웃었다.

이 지독한 던전을 빠져나가기 위해서는 결국 퀘스트를 깨거나 포기하는 것, 이 두 가지 방법밖에 없는데 눈류는 절대 포기할 사람이 아니었다.

"누, 눈류님, 안전지대인데 좀 쉬었다가 하죠. 피로도 역시 많이 쌓였고…….."

눈앞에 흰빛으로 이루어진 안전지대가 보이자 루크는 황급히 외쳤다. 그러자 입맛을 다시며 고개를 끄덕이는 눈류.

그 모습에 눈류를 제외한 모두는 안전지대에 들어가자마자 대 자로 누우며 인벤토리에서 음식을 꺼냈다.

다행인 점은 비밀 퀘스트라 안전지대가 있었고, 안전지대마다 일정량의 물과 빵이 존재한다는 것이었다.

만약 이것마저 없었더라면 정말 모두는 몬스터를 먹어야 할지도 모르니…….

"하아, 시원하군요."

3일 동안 무한 사냥을 하며 이미 모두의 식량과 물이 떨어진 상황이었기에 루크는 허겁지겁 자신의 몫을 마시며 살 것 같다는 목소리로 말했다.

"으음, 일리아님, 요리할 줄 아시죠?"

눈류가 웃음을 유지하며 일리아에게 물었다.

그러자 눈동자에 생기가 돌며 고개를 끄덕이는 일리아.

'뭐, 뭐지?'

너무나 간절해지는 눈빛에 잠시 움찔하였지만, 눈류는 티 내지 않고 재차 질문한다.

"요리하는 데 시간이 오래 걸리나요?"

"어떤 요리요?"

"이 빵을 좀 요리하고 싶은데……."

"빵이면 금방이에요!"

"그래요?"

눈류는 잘됐다는 마음과 함께 빵을 내밀었다.

안전지대에는 물과 빵이 존재했는데, 문제는 빵의 맛이 극악하다는 점이었다. 처음에는 인벤토리에 있는 음식을 아낀다고 모두 한 입씩 베어 먹었다가 바로 뱉어버렸다.

그 정도로 빵은 맛이 없었고, 정말 배고파서 억지로 먹는 수준이었다.

그렇기에 눈류는 일리아에게 부탁한 것이다. 적어도 사람이 먹을 수 있는 맛을 느끼고 싶어서.

하지만 눈류는 한 가지 사실을 간과하고 있었다.

왜 일리아의 요리 스킬을 아는 루크와 페르탄이 맛이 없음에도 불구하고 그냥 빵을 먹고 있는지를…….

"정말이죠?"

너무나 반기는 일리아.

사실 일리아의 요리는 정말 형편없는 수준이었다. 더군다나 스킬 레벨1. 말 그대로 요리만 할 수 있는 것이다.

스킬 레벨을 올리고 숙련도를 마스터하면 맛도 점점 나아지겠지만, 처음 요리 스킬을 올린 뒤 루크와 페르탄에게 음식을 해주었다가 한동안 절교를 당한 후로는 아예 스킬 레벨을 올리지 않았다.

하나 그녀의 마음속에는 언제나 요리를 하고 싶다는 열정이 꿈틀거렸다.

그녀가 요리 스킬을 올린 것도 갖은 재료로 좀 더 좋은 효과를 보고 싶다는 이유도 있었지만, 그보단 현실에서 요리를 지지리도 못했기에 게임에서나마 배우고 싶은 마음 때문이었다.

하지만 게임에서도 요리를 만든다면 현실에서 음식을 안 먹고 말겠다는 페르탄의 강렬한 고집 때문에 포기하고 있었다.

그런데 오랜만… 아니, 먼저 원하는 것은 처음이었다.

그러니 반가울 수밖에!

"잠시만 기다려요!"

눈류는 고개를 끄덕이며 자리에 앉아 몸을 살짝 풀었다. 피곤하지는 않지만 자신 역시 쉬고 싶은 마음이 있었고, 어차피 생명력과 마나도 회복할 겸 기다리는 것이니 나쁘지 않았다.

그런데 자꾸 신경 쓰이는 점이 있었으니…….

'도대체 왜 저래?'

자꾸 자신을 안타깝게 쳐다보는 루크와 페르탄.

무슨 이유에서인지 둘은 촉촉이 젖은 눈길로 자신을 바라보며 고개를 흔들었다.

"도대체 왜 그러십니까?"

눈류의 물음에 루크와 페르탄은 서둘러 대답하고 싶었다.

살려야 했다. 아까운 청춘을 이렇게 죽게 놔둘 수 없었다. 그렇지만 일리아의 후환이 두려웠다. 만약 지금 못 먹게 한다면 현실에서 자신들이 똑같은 음식을 먹어야 될 것이다.

결국 루크와 페르탄은 힘겹게 웃으며 고개를 저었다.

'우리라도…….'

'살아야지!'

루크와 페르탄의 다짐! 눈류만 아무것도 모른 채 음식을 기다렸다.

지글지글.

요리 스킬을 배운 후 일리아는 인벤토리에 항상 냄비와 마법 화약, 여러 조미료를 들고 다녔다. 요리 스킬을 배우면서 요리 아이템만 넣을 수 있는 추가 인벤토리 공간이 생겼기에 가지고 있어도 전혀 문제가 없었기 때문이다.

화르르륵.

마법으로 화약에 불을 붙인 뒤 재차 마법으로 냄비에 물을 채우고 빵을 찢어 넣었다. 그리고 재료들로 간을 하자 맛있는 냄새가 풍겼다.

비록 별 볼일 없어 보이는 음식이지만 절대 상하지 않는 여러 야채와 재료가 들어가자 얼핏 보기에는 먹음직스런 수프가 완성되었다.

"와, 맛있겠는데요?"

눈류는 처음 보는 요리 스킬에 감탄했고, 일리아가 건네준 작은 스푼으로 너무나 행복한 표정을 지으며 맛을 보았다.

그 모습에 루크와 페르탄은 차마 보지 못하겠다는 듯 고개를 돌리고…….

"커헉!!"

어이없는 표정으로 일리아를 쳐다보는 눈류.

위험했다! 그렇게 몬스터에게 맞으면서도 힘겹게 유지했던 미소 퀘스트가 순간적으로 위험했다. 자신도 모르게 온갖 인상을 찌푸린 것이다. 그나마 본능적으로 입은 웃고 있었기에 퀘스트가 깨지지 않았다.

'세, 세상에…….'

정말 경악스러운 맛! 도대체 어떻게 하면 이전 빵보다 더 맛이 없는 것인가! 야채 등 여러 재료를 넣고도 말이다.

"왜요? 역시 맛이 이상한가요?"

곧 울 것 같은 표정의 일리아. 하지만 눈류가 누구인가? 여자라고 무조건 잘해주는 놈이 되지 못했다.

"솔직히 말할까요?"

"네."

"제가 뭘 잘못했습니까?"

눈류가 정색하며 묻자 일리아는 한숨을 내쉬었다. 역시 자신은 요리를 하면 안 된다.

사실 요리 스킬을 배우기만 하더라도 원래 재료보다는 맛나게 할 수 있었다. 그런데 문제는 일리아의 극악한 실력이었다.

맛있는 재료를 줘도 맛없게 만드는 천부적인 능력. 그 재능으로 인해 수많은 희생자를 배출하는 것이다.

"그래도… 다 먹겠습니다."

눈류는 애써 웃음을 유지하며 다시 수프를 입에 넣었다.

목구멍이 살려달라고 한다. 위장이 죽이라고 외친다. 하지만 눈류는 이미 결심을 굳힌 상태였다.

일리아가 불쌍해서, 미안해서 이러는 것이 아닌, 자신이 만들어 달라고 했기 때문이다.

자신이 해달라고 해놓고 맛없으니 버린다? 그럴 수는 없었다. 인간의 도리가 아니기 때문이다.

평소 다혈질이어서 남들에게 오해도 받지만 절대 다른 이에게 먼저 상처 주지는 않았다.

‘크윽! 주, 죽을 것 같다.’

눈류는 숟가락을 넘길 때마다 죽음의 사선을 넘나들었다. 그러나 먹을 수 있는 선까진 먹자고 다짐한 상황. 음식 따위한 테 질 수는 없었다.

자신이 누구인가? 어떤 고난도 다 이겨온 놈이다!!

‘속도 괴물이었어.’

‘미, 미각이 미치신 거 아냐?’

그런 눈류의 모습을 루크와 페르탄은 기겁하며 쳐다보고 있었다. 세상에! 온몸이 부들부들 떨리고 있다. 거기에 얼굴 가득 솟아오른 핏줄! 비록 가면으로 인해 눈 밑으로만 보였지 만 충분히 알 수 있었다. 그런데도 웃음을 유지하며 먹고 있 다.

사람 좋은 루크도 자신이 해달라고 했다가 다 먹은 적이 있 지만 두 번은 그럴 자신이 없었다.

현실에서 일리아가 만든 음식을 먹고 며칠 동안 고열과 설 사에 시달리지 않았던가!!

‘저, 정말 대단하시군.’

그나마 다행인 점은 여기가 라스트 월드 세상이라는 것이 고, 눈류 역시 그 사실을 잘 알고 있었다.

‘몸에는 이상없다! 몸에는 이상없다!’

주문을 외우듯 자기 자신을 세뇌하는 눈류.

아니, 설령 이상이 있다 할지라도 게임 세상이기에 큰 문제 는 되지 않았다.

그렇기에 눈류는 필살의 코 막기 스킬을 발휘하며 먹고 있었다. 코로 숨을 쉬지 않으니 맛은 덜 느껴졌고, 죽을 것 같지는 않았다.

결국 그렇게 모든 수프를 다 해치운 눈류는 붉어진 얼굴로 씩씩거리며 접시를 내려놨다. 그러자 자신을 위하는 모습에 감격한 일리아가 말한다.

"다음에 또 해드릴게요!"

그 말과 함께 자리에서 일어선 눈류. 진심으로 칼을 뽑아 들었다.

"누, 눈류님!!"

루크의 의침도 귀에 들어오지 않았다.

먹었다. 자살을 유혹하는 그 음식을 꾸역꾸역 다 먹었다. 자신이 만들어 달라고 했기에 미안해서라도 남기지 않았다.

그런데 또다시 만들어주겠다니?

눈류의 입장에서는 시비를 거는 것으로밖에 볼 수 없었고, 도전을 피하지 않는다.

"눈류님! 정신 차리세요!!"

칼을 뽑아 든 눈류가 살기까지 뿜어내자 페르탄 역시 루크와 합세하며 눈류를 말렸다.

일리아와 가까운 자신들이라 할지라도 그런 음식을 또 해준다고 하면 말없이 로그아웃을 할지도 모른다.

그래서 지금 눈류를 충분히 이해할 수 있었다. 하나 최악의 사태를 막기 위해 노력하는 것이다.

결국 루크와 페르탄의 협공으로 자신을 안정시킨 눈류는 미소 퀘스트를 잊지 않으며 말한다.

"일리아님, 제가 흥분을 한 것 같습니다. 죄송합니다. 하지만 다시는 그런 말씀하지 마세요."

생각만 해도 위장이 자결을 할 것 같은 발언. 눈류는 진저리를 쳤고, 그때 루크가 다가오더니 조심스럽게 말문을 연다.

"눈류님, 오늘 사냥은 여기서 끝내죠?"

지금처럼 던전 퀘스트를 하고 안전지대가 있을 경우, 흔히 안전지대에서 사냥을 멈추고 쉬었으며, 로그아웃을 할 때도 안전지대에서 하는 것이 정석이었다.

안전지대가 아닌 다른 곳에서 로그아웃을 한다면 재접속을 했을 때 위험하기 때문이다.

눈류 역시 그 사실을 잘 알고 있었지만 아쉬운 마음이 들었다.

현실 시간으로 하루 꼬박 플레이를 했지만 아직까지는 견딜 수 있었다.

'하지만 루크님과 다른 사람들은 아니겠지.'

결국 눈류는 루크의 말에 동의하였다.

자신의 욕심만 생각한다면 다음 안전지대에서 쉬고 싶지만, 그럴 수 없었다. 자신의 퀘스트로 모두가 고생하고 있는 것인데 어찌 그러겠는가.

"혹시 출근하거나 그러십니까?"

그때까지도 루크의 직업을 몰랐던 눈류가 질문했다.

만약 일을 하고 있다면 사실 곤란했다. 그렇다면 게임 접속 시간이 정해져 있게 되고, 그 시간 동안 자신은 전진을 하지 못한다.

혼자서 퀘스트를 깰 수는 없다. 만약 그런다면 시간이 얼마나 걸릴지 장담할 수 없었고, 모두가 현재 퀘스트를 함께하는 동료로 설정되어 있었기 때문이다. 모두가 함께 움직여야 했다.

"아뇨. 집에서 일을 하기에 한동안 게임만 할 수 있습니다."

"다행이군요."

눈류의 표정이 밝아졌다. 가장 큰 걱정거리가 사라졌기 때문이다.

루크는 집에서 글을 쓰는 작가였기 때문에 시간을 내려면 얼마든지 낼 수 있었다. 마감 기간만 지킨다면 먹고사는 데 지장이 없었다.

그리고 페르탄은 집이 잘살아 취직을 하지 않고 자신의 가게를 차리기 위해 공부 중이었으며, 일리아는 화려한 백조였다.

그렇기에 셋 다 모두 눈류를 돕는 일에 시간을 내려고 한다면 낼 수 있었고, 또 그럴 생각이었다.

하지만 졸음은 어쩔 수 없는 법이다.

아무리 참으려고 해도 현실에서 졸리면 게임을 플레이하다가도 졸게 되며, 현실에서 잠들면 게임에서도 잠든다.

사실 안전지대에 도착하기 전에도 눈류를 제외한 셋은 돌아가며 살짝살짝 졸았고, 그러한 이유로 일행은 몇 번씩 죽음을 경험한 상태다.

"그러면 현실 시간으로 아홉 시간 뒤에 만나죠."

"음, 아홉 시간이라……. 알겠습니다."

"네, 저희들도 괜찮아요."

눈류는 여섯 시간밖에 자지 않지만 모두가 자신처럼 잠을 적게 자는 것도, 캡슐을 먹으며 밥 먹는 시간을 줄이지도 않을 것이기에 일부러 아홉 시간을 제안했다.

그러자 루크랑 페르탄, 일리아 역시 나쁘지 않다는 듯 찬성했고, 곧 모두는 로그아웃을 하였다.

"으랏차차!!"

캡슐에서 빠져나온 진하는 길게 기지개를 켜며 몸 구석구석을 풀었다. 그러자 뭉쳐 있던 피로가 한번에 좌르륵 사라지는 기분이 들었으며, 주방으로 가 음료수를 한 캔 마시며 휴대폰을 집어 들었다.

언제나 게임을 끝내고 현실로 돌아오면 휴대폰을 확인했다.

"기적이네."

기적에게서 부재중 전화가 걸려왔다는 사실을 확인한 후 곧바로 전화 연결을 시도하는 진하.

"행님!!"

"어, 왜?"

"지금 나오셨습니꺼? 아까는 전화 안 받으시던데예."

"아, 퀘스트 하는 중이라서. 무슨 일인데?"

"행님, 그럼 자실 껍니꺼?"

"응, 한숨 자고 다시 게임해야지."

"그러면 지금 찜질방으로 오소. 은정이랑 선예랑 같이 있습니더."

"그래?"

너무 피곤할 때는 찜질방에서 잠을 청하며 피로를 풀던 진하이기에 흔쾌히 수락하였고, 가볍게 세수를 마친 뒤 셋이 기다리고 있다는 찜질방으로 향했다.

"여어."

찜질방에 들어가 휴게실을 찾아가자 기적과 은정, 선예가 자리에 앉아 놀고 있었다.

무엇이 그렇게 좋은지 기적과 은정은 서로의 어깨를 토닥거리고 있었고, 거의 넋이 나간 표정의 선예는 진하를 발견하자 살았다는 듯 안도의 미소를 지으며 다가왔다.

진하가 구원의 천사로 보이는 선예였다.

은정의 제안으로 함께 오기는 했지만 정말 혼자서 견디기가 너무나 힘들었다. 그런데 다른 이도 아닌, 좋아하는 진하가 왔으니 당연히 행복할 수밖에.

"오빠, 헤헤."

함께 호수를 다녀온 뒤 선예는 한결 가까워진 모습으로 진하를 반겼다. 그러자 진하 역시 고개를 끄덕이며 선예의 머리를 쓰다듬어 주었고, 자리에 앉아 잠시 대화를 나누다 메뉴판을 바라봤다.

하루 내내 게임만 했기에 알약의 효력이 떨어졌다. 하지만 그렇다고 시간도 있는데 맛없는 알약으로 배를 채우고 싶진 않았다.

"선예야, 뭐 먹고 싶은 것 있어?"

진하가 선예를 보며 묻자 기적이 새침한 표정으로 투덜거린다.

"행님, 지랑 은정이도 챙겨주세예."

"그, 그래. 니들도 뭐 먹고 싶은 것 있냐?"

울 것 같은 표정을 짓는 기적의 모습에 순간 때릴 뻔했지만 은정을 생각하며 애써 참은 진하가 되묻자, 기적은 신난 표정으로 메뉴판을 쳐다봤다.

"오빠, 같이 가요. 헤헤."

주문을 하러 가기 위해 진하가 일어서자 선예 역시 함께 일어서며 말했다.

'이런 내가 밉지도 않니.'

그 모습에 왠지 미안한 마음이 가득 들었지만 애써 티내지 않는 진하다.

다른 여자를 잊지 못하는 자신에게 변함없이 사랑을 주는 아이.

사랑할 수도, 사랑하지는 않지만 함께 있으면 챙겨주고 싶고 잘 대해주고 싶은 아이.

한가한 오후, 한 그루 나무 밑에 앉아 있을 때 다가오는 시원한 바람 같은 아이.

그것이 진하가 생각하는 선예였다.

"아이스크림 대자 한 통이랑, 튀김 버거 둘, 된장찌개 둘, 고기 냉면 하나, 치킨 한 마리, 밀크 쉐이크 넷……."

주문을 하는 진하도 실소가 나왔지만, 옆에서 듣고 있는 선예 역시 혀를 살짝 내민다.

이 모든 음식을 단 네 명이 먹기 위해서 시키는 것이다.

된장찌개와 쉐이크는 진하와 선예의 메뉴였고, 튀김 버거 하나는 은정의 메뉴였다. 그리고 나머지는 기적의 배를 채워 줄 희생양이었다.

얼마 뒤 기적과 은정까지 합세해 모두는 힘겹게 음식을 들고 자리로 돌아가 맛있게 먹으며 대화를 나누었다.

"그런데 행님, 무슨 퀘스트를 받았습니꺼?"

그러자 주변을 둘러보는 진하.

라스트 월드의 영향력이 워낙 대단하기에 언제나 조심해야 했다. 바로 옆에서 밥을 먹는 사람이 게임 속에서 자신을 알아 볼 수도 있지 않은가.

'내 죄다. 에휴.'

얼굴이 다 밝혀진 스스로를 자책하며 진하는 작은 목소리로 말한다.

"건틀렛 퀘스트."

"그, 그럼 기사 장비 퀘스트입니꺼?"

기적 역시 범죄를 모의하듯 조심스럽게 물었고, 진하는 고개를 끄덕였다.

"또 이전처럼 힘들어요?"

"어, 힘들… 풉."

선예의 말에 고개를 돌려 대답을 하던 진하는 도톰하고 붉은 입술에 묻은 쉐이크를 발견하고 웃음을 머금었으며, 한 손가락으로 닦아주었다. 그러자 얼굴이 새빨개지는 선예.

그때 누군가의 목소리가 들렸다.

"진하 아니냐?"

"누구… 어? 선배."

의아함에 돌아보자 180㎝ 정도의 키를 보유한 훤칠하게 생긴 남자가 반가운 얼굴로 내려다보고 있었고, 진하는 자리에서 일어서며 인사를 하였다.

학교 다닐 때 알고 지내던 선배를 오랜만에 만난 것이다.

"그래, 하나도 안 변했네. 잘 지냈냐?"

"네. 너희들도 인사해."

진하가 웃으며 말하자 기적과 은정, 선예도 자리에서 일어서며 인사를 한다.

"행님, 안녕하십니꺼. 진하 행님 동생 기적이라 합니더."

"안녕하세요. 기적 오빠의 여자 친구입니다."

"안녕하세요. 선예라고 해요."

"반갑습니다. 진하 선배 박재익입니다."

"선배, 앉으세요."

진하가 일행에게 양해를 구한 다음 재익을 자신의 옆자리에 앉혔고, 그 반대편 옆에는 선예가 앉았다.

"그래도 아직 나를 기억하네?"

"에이, 선배가 저를 그렇게 잘 챙겨줬는데 어떻게 잊어요."

"그런 놈이 군대 가면서 연락이 끊기냐?"

"그러게요."

일행은 그런 진하와 재익을 신기하다는 듯 바라봤다.

어른들에게는 당연히 저자세이지만 언제나 당당하고 까칠한 진하였다. 그런데 저런 모습을 보게 되다니?

마치 친형을 만난 듯 환하게 웃고 있었고, 누가 봐도 둘이 서로를 좋아하는구나 하고 생각할 수 있을 정도였다.

일행의 생각처럼 진하는 재익을 많이 좋아했다. 남자 대 남자로서 멋있는 사람이라 생각했으며, 자신이 사고를 치고 다니며 선배들조차 함부로 말을 하지 못할 때 유일하게 화를 내며 자신을 이끌었던 존재였다.

그 정도로 둘은 가까웠으며, 진하가 가족을 제외하고 소중히 생각하는 이들 중 하나였다.

그런데 군대를 가면서 미처 연락을 하지 못했고, 휴가를 나왔을 때는 재익의 전화번호가 바뀌어 있었다.

그리고 은진과의 일로 찾을 생각도 하지 못하고 있었는데 이렇게 다시 만나다니…….

진하는 오랜만에 정말 기분이 좋았다.

"아, 내가 요즘 라스트 월드를 하는데……."

한참 얘기를 하던 도중, 재익의 입에서 라스트 월드에 관한 말이 튀어나왔다.

"저희도 하는데예?"

"그래? 하하! 진하, 너도 해?"

"네, 저도 해요."

"이야! 아이디가 뭐야? 친구 등록하고 같이하자."

"그래요."

진하는 재익이라면 자신의 정체가 들통나도 상관없다고 생각했고, 아이디를 메모지에 적어주었다.

"아이디가 특이하… 커억! 이, 이 유저가 너였단 말이야?"

재익은 진하의 아이디를 쳐다보다가 경악한 얼굴로 외친다. 하지만 주위를 의식해서인지 아이디를 직접 말하지는 않았다.

"그렇게 됐어요."

"하하, 유명인이었군. 이거 더욱 친하게 지내야겠어!"

"선배도 참."

"전에는 게임한다고 아예 만나기도 힘들었는데 이제는 자주 볼 수 있겠다."

재익의 은근한 질책에 진하는 쑥스럽게 웃는다.

은진을 통해 게임을 시작하게 됐고, 한참 미쳐 지내던 그 시절, 은진과 함께한다고 재익을 많이 만나지 못했기 때문이다.

"그런데 저… 선예라고 했나?"

재익이 따스하게 웃으며 묻자 진하는 고개를 끄덕인다.

"예쁘네."

"네… 네?"

재익의 은근슬쩍 작업. 그러자 당황하는 선예.

"남자 친구 있으세요?"

정말 마음에 들었는지 재익이 궁금한 표정으로 묻는다.

"그게……."

말끝을 흐리며 진하를 쳐다보는 선예.

"제가 좋아하는 사람이에요."

"컥! 그, 그러냐?"

진하가 대신 대답하자 재익은 당황하며 식은땀을 흘렸다.

"미안하다. 그런 줄도 모르고, 선예 씨, 죄송해요."

"괘, 괜찮아요. 헤헤."

곧 재익은 자신의 실수를 사과했고, 선예는 웃으며 괜찮다고 말했다.

선예는 지금 너무나 행복했다. 비록 자신 때문에 거짓말을 한 것이겠지만 그래도 바보처럼 좋았다.

'뭐, 사실이니.'

여자로서든 동생으로서든 좋아하는 것은 사실이기에 자신은 거짓말을 하지 않았다고 생각하는 진하였다.

"그런데 선배는 레벨이 몇이에요?"

"나? 270이다."

"우와, 높네요."

"너희들은 몇인데?"

"진하 오빠는 레벨이 100대 초반이고, 저희는 200대 초반이에요."

사교성 좋은 은정이 나서며 대답했다.

"그래? 아직 진하랑은 파티 못하겠네. 그런데 길드는 있냐? 나, 길드 들어갈까 생각 중인데……. 얼마 전에 정말 동료의 필요성을 느꼈다."

"길드 있습니더! 행님도 가입하세예. 근디 뭔 일입니꺼?"

"아, 난 주로 솔로 플레이를 자주 하고 아는 사람도 별로 없거든. 그래서 혼자 배신자의 던전에서 환마의 창을 노리며 일주일 동안 열심히 사냥했는데 무지 안 나오더라고. 그런데 그때 한 파티가 들어와서 지나가다가 내 자리에서 환마의 창을 먹었어. 아, 진짜 억울하더라. 아저씨들과 여자였는데, 돌려달라고 하자니 뭔 표정이 그리 요상한지. 살기를 풀풀 풍기면서 웃고 있더라니까? 눈은 살짝 풀려 있었고. 결국 싸워봐야 인원수에 밀릴 것 같고, 아는 사람도 없으니 도움도 요청할 수 없고 해서 그냥 포기했지."

"아니, 뭐 그런 놈들이 있습니꺼! 던전에는 구역이란 것이 존재허는디 지나가다 무긋으면 돌려줘야지예!!"

기적이 흥분하며 외쳤다. 만약 남이 이런 일을 겪었다면 그럴 수도 있지 하고 생각했을 것이다. 그렇지만 진하의 절친한 선배가 아닌가? 그 말은 자신에게도 형님이고 선배였다. 그래서 편을 드는 것이다.

"됐다. 지난일 후회해 봐야 뭐 하냐."

"그래서 창은 드셨어요?"

진하의 말에 씁쓸히 고개를 젓는 재익.

"그날 이후 며칠 더 사냥했는데 안 나오더라. 에혀."

"흐음, 그 사람들, 아이디나 뭐 기억해요?"

남의 일에 끼기 싫어하는 진하마저 선배를 돕고 싶은 마음에 묻자 손사래를 치며 웃는 재익.

"괜찮다니까. 어차피 지난일 아니냐. 그런데 너희 길드에 내가 들어가도 괜찮아? 진하는 어쩔 수 없지만 다른 사람들은 레벨 200대니 같이 파티도 할 수 있겠는데."

"그럼요. 들어오세요."

"좋아. 그럼 내일쯤에 게임 접속할게."

"그래요. 은하 알죠? 제 여동생. 말해놓을 테니 접속하시면 음성 채팅 신청하세요. 저는 지금 퀘스트 중이라 음성 채팅 자체가 안 되거든요."

"그래? 알았어. 아참, 내 아디는 에시다."

재익은 일행과 은하의 라스트 월드 아이디를 받아 적은 뒤 자신의 아이디를 말하며 자리에서 일어섰고, 휴게실을 빠져나갔다.

그때만 해도 재익은 알 수 없었다.

적은 가까이에 있다는 사실을.

Part 9
기사의 건틀렛

"타합!!"

"일리아님, 조심하세요!"

파아아악!!

뒤에서 나타난 몬스터를 미처 발견하지 못한 일리아가 공격을 가하자 눈류가 빠르게 움직였다. 검은 마나가 가득 담긴 다크 소드. 비록 치명상이 없는 망혼의 몬스터이지만 다크 소드의 위력이 남다르기에 큰 충격을 받으며 비틀거렸다.

그사이 일리아는 자신의 상처를 치료했지만 힐은 사용하지 않았다.

마법사가 지금처럼 공격을 받는 일은 드물었다. 그렇기에 시간만 지나면 회복될 생명력에 마나를 사용하지 않는 것이다.

현재 모두에게 중요한 것은 바로 마나였기에.

"하아, 하아, 피곤하군요."

"루크님, 조금만 참으세요. 곧 안전지대가 나오지 않을까 합니다."

"알겠습니다."

힘겹게 몬스터 무리를 해치운 눈류와 일행은 땀을 닦으며 걸음을 재촉했다.

벌써 던전에 들어온 지 10일이 지났다. 그동안 수많은 몬스터를 죽이며 움직였지만 아직 끝이 보이지 않는 상태였다.

하지만 모두는 밝은 모습이었다. 그 이유는 일단 레벨 업이 빨랐다.

다른 던전에 비해 빠른 레벨 업! 모든 몬스터들이 자신들의 것이었고, 방해를 할 사람도 없었다. 그리고 눈류와 함께하기에 이전보다 비교가 안 되는 속도였다.

두 번째로는 아이템이었다. 그동안 꽤 많은 아이템들이 드랍되었는데, 잡템은 물론 완템의 수도 적지 않았다.

옵션이 없는 것도 많았지만 있는 것도 존재했고, 이것만 해도 가격이 꽤 나올 것이다. 놀라울 정도의 레벨 업 속도와 다른 던전 이상의 드랍율. 이 두 가지 이유로 인해 루크와 페르탄, 일리아는 힘들고 지쳤지만 의욕을 불태울 수 있었다.

하나 눈류의 입장에서는 달랐다.

레벨 업은 혼자서 할 때가 더욱 빨랐다. 가공할 만한 능력치와 무한 포션! 그러나 지금은 파티를 맺었고, 포션 사냥도 아니기에 이전과 비교하면 오히려 답답한 수준이었다.

그리고 장비 역시 가격은 꽤 되겠지만 1/4로 나눠야 한다.

'기사의 건틀렛.'

눈류가 힘을 내는 이유는 단지 기사의 건틀렛뿐이었다. 그래서 가능하다면 무리를 해서라도 빠르게 전진하고 있었다.

물론 가면 갈수록 강한 몬스터들이 나왔기에 처음보다는 속도가 떨어진 상태였다.

"저기, 안전지대가 보입니다."

막 몬스터 한 마리를 처치한 루크가 손가락으로 앞을 가리키며 외쳤다. 그곳에는 루크의 말처럼 하얀빛이 뿜어지는 네모난 공간이 존재했고, 일행은 맑게 웃으며 뛰었다.

눈류야 익숙하지만 루크와 일리아, 페르탄은 몬스터와 싸우면서 배고픔과 피로도를 회복하는 일이 쉽지 않았기에 천국과도 같은 곳이었다.

"배가 고프니 이 빵도 먹을 만하군요."

안전지대에 도착한 눈류가 빵과 물을 먹으며 중얼거리자 일행은 고개를 끄덕였다. 벌써 10일. 그동안 계속 빵만 먹다 보니 안 그래도 맛없는 빵에 질릴 만도 했지만, 너무나 힘겨운 싸움과 배고픔으로 인해 이제는 별 거부감 없이 먹을 수 있었다.

"눈류님, 표정 퀘스트는 몇 개나 남으셨죠?"

입 안 가득 빵을 씹으며 루크가 시선을 외면한 채 말했다.

볼 수 없었다. 아니, 보고 싶지 않았다. 아무리 눈류와 가깝다 할지라도 지금의 표정은 쳐다보기 너무나 힘들었다.

'차라리 미소 퀘스트가 낫지.'

루크는 몰래 한숨을 내쉰다.

미소 퀘스트도 무서웠다. 언제 어디서 무슨 일을 겪어도 얼굴 가득 자리 잡고 있던 어색한 미소. 특히 몬스터에게 당해 출혈이 있을 때 그 얼굴을 쳐다보면 마치 악마라도 보는 듯했다.

그럼에도 루크는 차라리 미소 퀘스트가 더 좋았다고 생각했다.

현재 눈류는 미소 퀘스트를 끝내고 화남 퀘스트를 시작했다. 그런데 이것 역시 가관이었다. 어쩔 수 없이 온통 얼굴을 찌푸리고 있는데, 무슨 말을 걸기가 무서운 수준이었다.

퀘스트라는 사실을 알면서도 두려움을 주는 표정.

그것은 빵을 먹으며 대화를 하는 지금 이 순간도 마찬가지였고, 그렇기에 루크는 시선을 회피하며 물었다.

'만약 가면마저 없었더라면…….'

루크는 알 수 없는 오한에 몸을 부르르 떨었다.

그러자 눈류가 실소를 흘리며 대답한다.

"아직 화남 퀘스트를 제외하더라도 두 개가 더 남아 있습니다."

눈류는 말을 끝냄과 동시에 재차 퍽퍽한 빵을 씹었다.

미소 퀘스트가 끝나자 너무나 신났지만, 곧바로 시작되는 화남 퀘스트로 인해 괴로운 것은 마찬가지였다.

아니, 오히려 힘들었다. 웃는 것과 얼굴 전체를 찌푸려야 되는 것. 차라리 전자가 나았다.

"그럼 다시 가도록 하죠."

모두가 배고픔과 피로도, 생명력, 마나를 회복하자 눈류가 자리에서 일어서며 말했다. 원하지 않게 리더가 된 꼴이었고, 일행은 조금 더 쉬고 싶었지만 고개를 끄덕였다.

어차피 그들 역시 레벨 업과 득템에 맛이 들린 상태였다.

"하압! 다크 스톰!!"

말을 탄 망혼의 몬스터들이 검은 폭풍에 휩쓸리며 높이 떠버렸고, 루크와 페르탄의 범위 스킬이 합세하자 곧 희미하게 변하며 사라졌다.

"헤이스트!!"

"킬 블레스!!"

바쁜 것은 일리아도 마찬가지였다. 눈류의 생명력이 반 이상 줄어들면 힐을 해야 했고, 가끔씩 루크와 페르탄이 위급한 경우에는 전체 힐을 사용해야 했다. 그리고 버프가 다 떨어지면 전투 중이라 할지라도 빠르게 걸어야 한다.

―1,500라르크를 습득하셨습니다.

―랜덤 스텟의 영향으로 근력과 체력이 1 상승하였습니다.

―망혼의 병사 상갑을 습득하셨습니다.

"완템!"

일리아의 버프를 받으며 몬스터들을 모두 해치운 눈류는 생명력과 마나를 회복하는 동안 잠시 서서 아이템의 정보를 확인했다.

[망혼의 병사 상갑]

망혼의 병사가 착용하는 상갑.

내구력:200/200 방어력:130 제한:C급, 체력300, 근력100,
성향 어둠

무게:5 옵션:근력 +10, 회피 +20

"나쁜 수준은 아니네요."

정보를 확인한 눈류가 좋지도 않지만 나쁘지도 않은 옵션을
말하자 제한을 바라보던 페르탄이 아쉬움을 한숨으로 표현했다.

병사의 상갑을 비롯해서 자신이 착용한 세트보다 나은 장비
들이 이미 몇 개나 드랍되었다. 그러나 모두 성향이 어둠이었
고, 성향이 빛인 자신은 입을 수 없었다.

'에휴! 뭐, 팔면 돈으로 들어오니⋯⋯.'

트드드드득.

상갑의 능력치를 확인하던 그때 지축이 흔들렸다.

'하나, 둘, 셋⋯ 너, 너무 많다.'

눈을 감고 적을 느끼려던 눈류의 표정이 심하게 일그러졌
다.

얼핏 느껴지는 몬스터만 해도 그 수가 20을 넘었다. 이 정도
의 수라면 마나가 풀로 가득 차지 않는 이상 필패였다.

아니, 마나가 100%인 상태라 할지라도 승리는 장담하기 힘
들었다.

‘어쩔 수 없다.’

눈류는 황급히 왼쪽에 위치한 큰 바위로 몸을 숨기며 일행을 불렀다. 일단 몬스터들이 지나가기를 바라며 마나 회복을 할 수밖에 없었다.

후다다닥!

눈류의 손짓에 상황을 파악한 일행들은 황급히 바위로 이동했고, 곧 들소 떼가 지나가는 듯한 굉음과 함께 흙먼지가 사방에 퍼졌다.

투다다다다다닥!!

‘커헉! 며, 몇 마리야?’

눈류는 빠르게 몬스터의 수를 체크했다. 자신이 한 마리도 놓치지 않았다면 총 스물일곱 마리. 이 정도 수라면 소규모의 몬스터 군단이었다.

키아아아악!!

크르르르.

커엉! 커엉!

초조한 마음으로 몬스터들이 지난간 곳을 주시하며 마나를 확인하던 눈류의 귀로 그들의 외침이 들렸다.

비록 자신은 알아들을 수 없지만 서로 대화를 나누는 것 같았고, 눈류는 이를 악물었다.

“모두 마나가 얼마나 회복되었습니까?”

“저는 80% 정도.”

“저는 70%요.”

“전 65%입니다.”

“……..”

심각했다. 하필 마법사인 일리아의 마나가 가장 부족했다. 조금 전 버프를 사용했기 때문이다.

‘힐은 기대하지 말아야겠다.’

공격이 최선의 방어. 지금으로서는 다른 방법이 존재하지 않았다.

이전 안전지대로 돌아갈 수도 없다. 그 길에 몬스터 군단이 있으니. 그렇다고 보이지도 않는 안전지대를 목표로 무작정 뛸 수도 없는 법이다.

‘온다, 온다.’

눈류의 이마에 식은땀이 맺힌다.

“모두 잘 들으세요. 희미하지만 저들의 대화 소리가 들렸고, 지금 다시 돌아옵니다.”

일행은 긴장한 얼굴이다. 그들도 느끼는 것이다, 가까워지는 굉음을.

“세 분은 뒤로 물러나 계세요. 제가 최대한의 데미지를 주며 끌고 가겠습니다. 단, 몬스터들이 없는 곳에 계셔야 합니다. 다른 몬스터들까지 합세하면 저희는 죽습니다.”

던전을 탐험하며 이미 몇 번이나 죽었다. 그나마 다행인 사실은 모든 생명력과 마나가 100% 회복된 상태에서 부활한다는 것인데, 가능하다면 죽고 싶지 않았다.

“그리고 일리아님도 이번에는 공격에 합세해 주세요. 제가 죽기 직전이 아니면 힐을 사용하지 마세요. 모두 무조건 범위 스킬입니다. 수가 너무 많습니다. 한 마리씩 죽이다가는 모두 죽습니다. 공격을 무수히 받더라도 한번에 데미지를 입혀야 해요. 그럼 시작하죠.”

눈류의 말을 이해한 일행들은 빠르게 뒤로 이동했다.

드드드드드득!!

몬스터들이 눈류의 시야에 들어왔고, 일행들 역시 위치를 잡았다.

‘가능할까?

적이 많다. 하지만 모두의 생명력은 한정되어 있을 것이다.

‘죽느냐 사느냐, 둘 중 하나군.’

드드드드득!!

말을 탄 몬스터, 다리가 없는 몬스터, 도끼를 든 몬스터 등등 스물일곱 마리의 적이 눈류의 지척까지 다가오는 순간이었다.

“어둠의 포효! 크아아악!!”

쩌러러렁!

눈류의 거침없는 목소리의 폭격! 몬스터들이 휘청거리며 스턴 상태에 빠져들었다. 하지만 일부는 마법 방어력이 높은지 걸리지 않았다.

“다크 스톰!”

공격을 두 번이나 허용하며 정중앙으로 파고든 눈류의 검이 지면에 박힌다.

콰가가가각!

그러자 휘몰아치는 마나의 폭풍!

"썬더 필드!"

그때 일리아 역시 공격 마법을 시전하였다. 버프와 치료, 전투의 중간 형태인 일리아의 직업은 데미지도 나쁘지 않았다.

파지지지직!!

몬스터들이 스턴에서 깨어남과 동시에 사방을 가득 메우는 전류. 적이 아닌 눈류는 전혀 피해를 받지 않았고, 다크 실드와 함께 재차 다크 스톰을 발휘했다.

위이이잉! 쿼쿼거거거! 쾅쾅!!

눈류에게 들어오던 공격이 다크 실드에 막히는 순간 마나의 폭풍이 다시 몬스터들을 휩쓸었다.

그러나 다크 실드에도 한계가 있었고, 서둘러 다크 쉐도우를 발휘해 뒤로 물러서는 눈류.

"괜찮으십니까?"

루크의 물음에 눈류는 웃으며 고개를 돌렸다. 멀쩡하다는 것을 보여주기 위함. 하지만 루크의 입장에서는 또 달랐으니…….

'허걱! 아, 안 괜찮으신가 보군.'

얼굴 가득 화난 표정으로 웃고 있다. 마치 늑대가 먹이를 발견했을 때의 모습.

"이제 공격을 받을 수도 있으니 생명 관리 잘하세요."

자신들을 향해 달려오는 몬스터들을 보며 눈류가 말하자 일행들은 스킬을 준비했다. 혼전. 말 그대로 혼전이 될 것이고, 자신들의 마나가 모두 떨어지는 동안 몬스터들이 죽지 않는다면 패배였다.

"타합!!"

가장 먼저 눈류가 몸빵을 위해 달려들며 어둠의 포효를 발휘했다. 그러자 다른 이들 역시 자신들이 사용할 수 있는 범위 스킬 중 최고들을 골라 시전한다.

파지지직!! 퍼퍼펑! 후우웅!

온갖 화려한 이펙트와 함께 여러 가지 기운이 몬스터들을 휩쓸었지만 적은 강했다.

"크으으윽!! 다, 다크 실드!"

자신에게 집중되는 공격으로 인해 눈류의 생명력이 주르륵 줄어들었다. 그 모습에 막 범위 스킬을 시전한 일리아가 아뿔싸 하는 표정으로 더블 힐을 눈류에게 사용했다.

"하아, 하아! 다크 스톰!"

쿼쿼쿼쿼!!

검은 폭풍과 함께 몬스터 반 이상이 휩쓸렸다. 그런데 남은 반 중 일부가 뒤로 파고들었다.

'젠장.'

일행의 공격을 받아 눈류에서 대상을 바꾼 것이다.

'어쩔 수 없지.'

뒤를 신경 쓸 기력 따윈 남아 있지 않다. 당장 눈앞에 있는 몬스터들도 처치할 자신이 없었다.

파파파팍! 콰직, 콰직!

"크으윽! 힐 주지 마세요!"

회복되었지만 또다시 급격하게 떨어지는 생명력을 보며 외친 눈류. 그 말에 일리아가 고개를 끄덕인다. 어쩔 수 없는 상황으로 인해 루크와 페르탄에게 힐을 사용했기에 마나가 거의 남아 있지 않았다.

'좋아.'

생명력을 확인한 눈류. 이빨을 꽉 문다. 죽음을 각오한 것이다.

"어둠의 절망!!"

급격하게 오르는 공격력!

"다크 스톰!"

키에에에!

쿠오오오!!

몬스터들이 더욱 강력해진 마나의 폭풍에 휩쓸렸다.

푸우우욱! 스팟! 푸욱!

스스로 배와 팔 등을 검으로 상처 입히는 눈류. 피가 폭풍과 함께 몬스터들의 신형이 덕지덕지 붙었다.

남은 생명력은 200!

"블러드 밤!!"

퍼퍼퍼퍼퍼펑!!

무수한 폭발음이 연이어 들렸다.

'제발, 제발!!'

하지만 눈류의 기대는 기대로 끝나 버리고 말았다.

몬스터 몇은 죽었지만 일부는 살아남은 것이다.

—사망하셨습니다.

결국 눈류와 일행은 공격을 이기지 못하고 죽음을 맞이해야
했으며, 부활한 다음에야 몬스터들을 모두 해치울 수 있었다.

"샤인아!!"

일이 생각보다 오래 걸려 예상보다 늦게 라스트 월드에 접
속한 에시는 샤인에게 음성 채팅을 신청하였다.

그러자 눈류에게 먼저 얘기를 들었던 샤인이 반가운 목소리
로 반긴다.

"우와, 진짜 오빠네. 이게 얼마만이야?"

"그러게. 오랜만이지? 예전에 집에 놀러 갔을 때는 꼬마더
니, 이제는 숙녀가 됐나?"

"오빠도. 그럼 오빠는 이제 아저씨겠네?"

"크흑."

여전한 말발! 에시는 함부로 입을 놀리지 말자고 다짐한다.

"나, 길드 가입하고 싶은데."

"음, 이리로 올래? 굳이 안 만나도 가입은 되지만 기왕이면
얼굴 보는 것이 좋잖아. 아빠랑 몇 명 같이 있어."

"그래? 아버님은 잘 계시지? 어디야?"

"크로티아 성 근처 술집인데 가게 이름이 바람이 머무는 곳
이야."

“알았어. 곧 갈게.”

에시는 기쁜 얼굴로 마법진을 찾아 걸었다. 기분이 좋았다.

오랜만에 반가운 이들을 만나게 되었으니 어찌 안 좋겠는 가. 더군다나 이젠 혼자서 사냥하지 않아도 됐다.

‘하여튼 성격을 고쳐야 해.’

에시가 그동안 아는 사람이 적은 이유가 바로 성격 때문이 었다.

자신의 마음에 든 사람하고만 가까워지며, 쉽게 남에게 다 가가지 않는다. 그렇지만 한번 친해지면 마음을 빨리 여는 장 점도 있었다.

“이제 솔로 플레이는 안녕이다!”

잠시 후, 크로티아 성에 모습을 드러낸 에시는 룰루랄라 콧 소리까지 내며 샤인이 말한 술집을 찾아 돌아다녔다.

“샤인아!!”

문을 열자 그윽한 술 향기가 코를 찔렀고, 에시는 반가움을 가득 담아 큰 목소리로 외쳤다.

그러자 입구 근처에서 술을 마시고 있던 샤인이 손을 흔든 다.

“어, 오빠! 여기야, 여기!”

“그래, 그래. 으하하!”

“아빠, 재익 오빠 기억해?”

“그래?”

샤인의 말과 함께 앞에 있던 박하다가 술에 취한 듯 발그레한 얼굴로 고개를 돌린다. 그러자 오랜만에 만나는 박하다를 보며 환하게 웃던 에시의 얼굴이 굳어버렸다.

"만파 아저씨, 진석 아저씨! 오빠 선배 분이에요. 저희 길드에 가입한대요."

"그놈의 선배면 우리에게도 아들이지. 으하하!"

점점 표정이 일그러지는 에시.

"라렐과 아린도 인사해."

"안녕하세요. 라렐입니다."

"안녕하세요. 아린입니다. 반가워요."

"……."

이제는 아예 울상이 되어버린 에시다.

'부, 분명…….'

에시는 재차 기억을 더듬는다. 제발 아니기를! 제발 아니기를 기도했다.

하지만 틀림없었다. 배신자의 던전에서 만난 그 악당들!!

그런데 그들이 하필 눈류의 아버지인 박하다였고, 레전드 길드원이라니……. 정말 운명도 너무 야속했다.

"저… 기억 안 나세요?"

에시가 맞은편 의자에 앉아 애써 웃음을 유지하며 물었다. 그러자 다섯 모두 술에 취한 상태로 고개를 젓는다.

"모르겠는데?"

한결같은 답변!

‘커헉! 아예 기억도 못하신다는 말인가!’

괜히 만취 길드가 아니었다. 아니, 술이 100% 깬 상태였다 할지라도 지나가다 한 번 본 얼굴을 기억하기란 쉽지 않았다.

에시야 환마의 창을 빼앗겼다고 생각하기에 똑똑히 기억하지만, 그들로서는 지나가다 스친 한 유저일 뿐이었다.

“에, 오빠, 게임에서 본 적 있어?”

그런 에시를 쳐다보며 샤인이 호기심 가득한 얼굴로 묻자 고개를 젓는 에시.

어차피 지난 일이고, 기억도 못하는데 굳이 따질 이유가 없었다. 더군다나 박하다가 누구인가! 세계 챔피언이자 소심함으로 따지자면 눈류 이상인 존재였다.

예전에 에시 역시 몇 번 집에 놀러 갔다가 너무나 처절하게 겪어봤다. 이럴 때는 차라리 비밀로 하는 것이 최선.

“아, 아니야. 착각했나 봐. 하여튼 반갑습니다. 에시입니다.”

“그래, 오랜만이다, 이놈아! 크하하!”

에시가 인사하자 박하다가 기쁜 얼굴로 잔을 내민다. 그리고 가득 따라지는 남자의 눈물.

아무것도 모른 채 에시는 남자의 눈물을 목구멍으로 넘겨버렸다.

‘허업!’

목구멍이 타는 듯한 느낌. 하지만 티를 낼 순 없다. 바로 앞에서 흐뭇한 얼굴로 바라보는 박하다 때문. 더군다나 여자인 라렐과 아린은 너무나 쉽게 마시지 않는가?

그녀들 역시 처음에는 괴로워하다가 이제야 익숙해진 것이지만, 그 사실을 모르는 에시로선 괴롭지만 참을 수밖에 없었다.

"역시 사내답군! 으하하!"

그 모습에 만파가 웃으며 다시 술잔을 가득 채워준다.

"그, 그럼요!"

꿀꺽꿀꺽.

"이야, 이번엔 내 술도 받아라!"

"아, 알겠습니다!"

꿀꺽꿀꺽.

"오빠 잘 마시네? 자, 한잔 받아."

"어? 어어."

꿀꺽꿀꺽.

"이야, 제 잔도 받으세요!"

"제 잔도요!"

"……."

에시가 자리에 앉은 지 30분도 안 되었을 때, 사람들은 볼 수 있었다.

반누드로 훌라춤을 추는 에시를.

만취 길드의 새로운 멤버가 탄생하는 순간이었다.

시간은 유수처럼 흘렀다.

던전에 갇히다시피 퀘스트를 진행한 지도 벌써 30일이 지났다. 그사이 일행은 여러 일을 겪게 되었다.

일단 눈류의 화남 퀘스트가 끝났고, 무표정 퀘스트도 끝냈다.

그나마 자신있는 표정이었지만 그 역시 쉽지 않았다. 어떤 일이 생겨도 무표정을 유지해야 했다.

기쁘든 슬프든 아프든 말이다.

특히 몬스터에게 맞았을 경우, 자연적으로 일그러지는 표정을 신경 쓰느라고 고생을 했다.

그렇게 힘겨운 무표정 퀘스트도 결국 완수하게 되었고, 이제는 눈물 퀘스트 중이었다.

그리고 현재 세 명의 인벤토리가 가득 찼다. 완템의 개수만 따져도 15개.

한 달이란 시간에 비하면 득템을 꽤 많이 한 것이다. 한 개당 50만 라르크라고 추정하면 전부 750만 라르크였다. 물론 옵션이 없는 것이 대부분이었기에 얼마나 나올지 확신할 수 없었지만 적어도 300만 라르크는 나올 것이라 일행들은 기대하고 있었다. 잡템들까지 칠 경우 그 이상이 나올 수도 있었다.

마지막으로는 빠른 레벨 업이었다.

아이템도 짭짤했지만 더 중요한 것은 바로 경험치였다.

현재 루크는 170이었고, 페르탄과 일리아는 160대였으며, 눈류는 150이었다. 한 달 내내 사냥만 했고, 죽어도 바로 그 자리에서 생명력과 마나가 100%인 상태로 부활했기에 가능한 일이었다.

"하아, 하아! 저기 몬스터 세 마리입니다!"

루크가 밝은 목소리로 외쳤다. 그러자 셋의 시선이 돌아갔고, 그 모습을 지켜보던 몬스터들이 움찔한다.

'뭐, 뭐냐?!'

'저, 저놈들, 몬스터였나?'

'분명 인간의 냄새였는데?!'

몬스터들은 어이없는 상황에 서로를 쳐다봤다.

언제부터인지, 무슨 이유인지도 모른다.

하지만 한 가지는 확실했다. 인간들은 더 이상 찾아오지 않았고, 자신들은 나갈 수 없었다.

한마디로 동굴에 갇혀 사는 인생이 되어버린 것이다.

그렇게 오랜 시간이 흐르자 이제는 권태로움을 넘어서 스트레스로 인한 건망증까지 생겨났다.

그래서 먼지 찜질로 자연 건망증을 치료하던 그때, 세 마리의 몬스터는 느꼈다.

피 냄새! 오랜만에 맡는 인간 냄새!

그러자 거부할 수 없는 충동이 일어났다.

살을 씹어 먹고 싶다! 피를 마시고 싶다! 인간을 죽이고 싶다!

망혼으로 이루어진 자신들이라 배고픔 따위는 없었지만, 살인과 인간의 육체에 대한 욕구는 버리지 못했다.

셋은 빠르게 움직였다. 다른 놈들이 잡기 전에 자신들이 죽이고 싶었다.

그런데 이게 무슨 일인가?

인간? 분명 인간이다. 그런데 뭔가 이상하다.

자신들을 보고서도 두려워하지 않았다. 아니, 오히려 반기고 있다. 그것도 넷 모두 침을 질질 흘리며 말이다. 그중 한 놈은 괴이한 표정까지 짓고 있었다.

'왜, 왠지······.'

'싸우면 우리가······.'

'죽을 것 같다!'

세 마리의 몬스터는 서둘러 각자의 마음을 눈빛으로 교환했다. 위험했다! 새로운 변종 몬스터, 인간을 위장한 괴물!

본능적으로 타고난 감각이 위험을 알렸다.

셋은 고개를 끄덕인다. 한 몬스터는 머리가 없었기에 배로 끄덕였다. 그리고,

"컥! 누, 눈류님, 저놈들이 튑니다!"

"다크 쉐도우!!"

츠파아아악!!

눈류의 신형이 쏜살같이 세 마리의 몬스터 사이로 파고들었다. 황당했다. 도망을 치다니!

"다크 스톰!!"

거친 폭풍이 일어난다. 그와 동시에 루크와 페르탄이 합세했고, 결국 세 마리는 건망증도 치유하지 못한 채 영원한 잠에 빠져들었다.

"크크크!!"

"으하하!!"

"오호호호!"

"으흐흐흐!"

몬스터들을 해치운 뒤 침을 흘리는 넷의 모습은 오랜 시간 함께 있으면 짐승 모드가 전염된다는 학설에 신빙성을 더해주었다.

그렇게 시간이 흘러 31일째가 되자 다시 득템을 하였고, 각자 두세 번씩 죽었다.

그리고 32일째가 되자 루크와 페르탄, 일리아가 지치기 시작했다. 퀘스트로 인해 혼자서도 10개월이나 버틴 눈류는 아무렇지 않았지만, 언제나 밖에서 사냥을 하던 그들은 달랐다.

어둡고 음산한 던전 안에서 30일 넘게 지내다 보니 몸은 물론 심적으로도 지쳐 가는 것이다.

33일째는 각자 세네 번씩 죽어야 했고, 34일째에는 옵션이 괜찮은 마법 반지를 얻게 되었다. 그리고 35일째가 되자 눈류를 제외한 셋은 제발 빨리 끝나기를 기도하며 플레이를 했고, 그렇게 36일, 37일, 38일, 39일이 빠르게 지나갔다.

그리고 대망의 40일째. 일행은 미친 듯이 큰 목소리로 외쳤다.

"드, 드디어!!"

"눈류님! 다 왔습니다!"

"루크 형님, 크흐흑! 저희들 이제 밖에 나갈 수 있는 것이죠?"

이산가족이라도 상봉한 것인가? 서로를 끌어안고 감격에 떠는 셋의 모습을 보며 눈류는 실소를 흘렸다.

솔직한 심정으로는 이곳에 더 있고 싶었다. 레벨 업이 느리다고 느끼는 것은 말 그대로 포션 사냥을 하지 않았기 때문이지, 다른 유저들에 비하면 상당히 빠른 레벨 업 속도였다. 더군다나 아무도 방해하지 않으니 얼마나 좋은가? 경험치는 물론 아이템까지 모두 자신들의 것이었다.

하지만 이제 다 온 것 같았고, 퀘스트를 완료하면 던전은 개방될 것이다.

일행들과는 달리, 눈류는 아쉬움이 가득 담긴 시선으로 앞을 쳐다봤다.

이젠 더 이상 몬스터가 나오지 않았으며, 다른 공간이 펼쳐져 있었다. 멀리서 봐도 알 수 있을 만큼 던전의 벽과 벽 사이를 연결하고 있는 붉은 선을 기준으로 거대한 공간이 펼쳐져 있었다.

"이제 가죠."

눈류는 감동의 눈물을 질질 흘리고 있는 셋을 이끌고 걸음을 옮겼다.

지이이잉.

붉은 레이저 같은 선을 넘어서는 순간 이상한 굉음이 모두에게 들렸다.

그와 함께 펼쳐지는 영상!

네모난 스크린에서는 낯익은 존재가 나타났다. 바로 데스 나이트였다.

"크크큭, 드디어 이 세상을 지배할 때가 왔도다."

'과거의 일을 보여주는 것인가?'

눈류는 더욱 집중해서 화면을 쳐다봤다.

"하지만 너무 성급한 것이 아닌지……."

이마에 두 개의 뿔이 솟아 있는 부하의 말에 데스 나이트는 버럭 호통을 친다.

"인간들 따위가 무섭다는 말인가!! 감히 나의 능력을 믿지 못하는가!"

"그, 그것이 아니옵니다. 하나 인간들 중 경계해야 할 자들이 있습니다."

"그래? 그놈들이 누구지?"

"전설이라 불리는 20명의 능력자들입니다. 그들은 현재 제국을 중심으로 힘을 합치고 있는 상황입니다. 비록 저희들의 군단이 강하다 할지라도 피해 역시 생각해야 합니다."

데스 나이트는 생각에 잠겼다.

인간계로 나오기 위해 100년이란 시간을 투자했다. 그런데 예상외로 강한 인간들이 존재했다. 그것도 한 명이 아닌 20명이나!

'그러나 인간들 따위가 감히 나를 이길 수는 없다!'

데스 나이트는 고지식하게 단정 지으며 출동 명령을 내렸다.

백 년이나 참았다. 더 이상 기다리고 싶지 않았다. 당장 인간의 피와 살점을 마시고 먹고 싶었다.

하나, 인간과 데스 나이트 군단의 전투는 데스 나이트의 참

패였다. 20명의 전설을 주축으로 한 인간들의 능력은 상상을 초월했고, 데스 나이트는 허겁지겁 도망을 쳐야 했다.

"으아아악!! 이놈들!!"

데스 나이트의 무시무시한 검이 휘둘러지자 충격을 이기지 못하고 벽면이 와르르 무너졌다.

분했다. 너무나 분했다.

능력도 능력이지만 수가 밀려서 진 것이라 생각했다.

"크으윽!! 뭉치지 않으면 벌레만도 못한 인간들이!!"

결국 데스 나이트는 다른 방법을 떠올렸다. 하나씩 처치하는 것. 20명의 전설들만 사라진다면 인간들은 아무것도 아니었다.

"황녀를 납치하라!"

결국 데스 나이트는 해선 안 될 짓을 벌이고 말았고, 그날 몇 명의 기사와 야외로 나왔던 황녀는 납치되고 말았다.

그때 가면의 기사는 북쪽에서 나타난 마계의 몬스터들로 인해 자리를 비울 수밖에 없는 상황이었다.

모든 것이 데스 나이트의 계략이었다.

지이이잉.

또다시 화면이 바뀌었다. 낯익은 곳, 바로 죽은 자의 던전이었다.

콰콰콰콰쾅!

가면의 기사가 검을 휘두르자 수십의 마계 몬스터가 목숨을 잃었다. 절대적인 무력! 범접할 수 없는 능력!

가면의 기사는 마치 보여주기라도 하듯 수백, 수천의 마계 몬스터들을 제압했고, 결국 데스 나이트와 대면하게 되었다.

차갑게 가라앉은 눈동자. 하지만 그 속에서는 분노가 타오르고 있었다.

쩌저저저적!!

데스 나이트와 가면의 기사의 대결이 시작되었다. 절대자들의 대립! 그 위력은 주변까지 함몰하게 만들 정도였다.

카아아악!!

데스 나이트의 거대한 검이 자신을 노리자 기사는 양손에 들린 검을 교차시키며 붉은 기운을 발출하였다.

콰아앙!

데스 나이트의 검이 파괴되었다.

믿을 수 없는 눈빛으로 기사를 쳐다본다. 이럴 수 없었다. 비록 자신이 고위 마족은 아니지만 인간에게 지다니……!!

있을 수 없는 일이었다.

그렇지만 이 모든 것은 현실이었고, 기사의 온몸에서 사지를 저리게 만드는 기운이 일렁거렸다.

드드드드드드.

던전 전체가 흔들렸다. 이성을 마비시키는 능력!!

결국 데스 나이트는 패배를 선언했다.

그러자 기사는 황녀를 구출한 뒤 데스 나이트와 함께 던전 자체를 봉인하였으며, 시간이 지나 죽음의 여신 비네스가 망혼들을 섬에 가두면서 던전 안에도 망혼들이 넘쳐 나게 된 것이다.

기사의 봉인이 아무리 뛰어나다 할지라도 신보다는 아래였
으니.

'그랬군. 왜 데스 나이트가 관계있나 했더니… 결박에서 빠
져나가기 위해서였어.'

스토리 감상을 끝낸 눈류와 일행들은 주변을 쳐다봤다. 알
수 없는 괴이한 조각상이 여럿 보였고, 그때 검은 안개가 한곳
으로 몰려들었다.

단상 가장 위에 있는 커다란 의자로 검은 안개가 모이기 시
작하더니 형상을 갖추었다.

"데스 나이트."

눈류가 나지막하게 중얼거리자 일행은 깜짝 놀라며 바라봤
다. 어디서도 데스 나이트는 나오지 않았다. 그들로서는 처음
보는 것이다.

"기사가 그랬지. 나의 죄를 참회하고 자신의 제안을 들어준
다면 결박은 해제될 것이라고. 가까이 오너라."

눈류는 긴장을 유지하며 거대한 데스 나이트 앞으로 걸어갔
다.

"이곳까지 왔다는 사실만으로도 너와 동료들의 능력을 입
증했다. 이것을 받아라."

데스 나이트가 손에 들린 장갑을 눈류에게 내밀었다.

검은색으로 이루어진 장갑은 부드러운 소재였는데, 은은한
빛을 풍기는 듯했다.

─가면의 기사 비밀 퀘스트를 완수하셨습니다.

―가면의 기사 건틀렛을 습득하셨습니다.

―명성이 30 상승하였습니다.

―전체 패시브 스킬이 5 상승하였습니다.

눈류는 주먹을 불끈 쥐었다. 퀘스트 완수는 예상하고 있었다. 하지만 명성과 더불어 전체 패시브 스킬 5 상승은 생각지 못했던 것이다.

"우와!"

"추가 보상이다!"

"아싸!"

그것은 루크와 페르탄, 일리아도 마찬가지였다.

"드디어 나도 마계로 돌아갈 수 있겠군. 다시는 인간들의 세상을 넘보지 않겠다."

지이이이잉!

―눈류님과 루크님, 페르탄님, 일리아님이 망혼의 섬에 존재하는 죽은 자의 던전을 발견하셨습니다. 레벨 100~250까지의 제한이 존재하며, 일주일 뒤 던전 입구로 이동되는 마법진 개설과 함께 개방됩니다.

데스 나이트가 다시 검은 연기로 화하며 사라지는 순간 알림 말과 함께 붉은색의 창이 떴고, 모두는 빛무리에 휩싸였다.

드디어 힘겹고 오랜 시간이 걸린 기사의 건틀렛 퀘스트가 끝난 것이다.

"크흐흐흑!!"

"형님! 드디어 밖에 나왔습니다!!"

"페르탄, 나 너무 행복해. 으흐흑."

"……."

퀘스트가 끝나자마자 모두는 망혼의 섬 입구로 이동되었다.

그러자 오랜만에 햇빛과 유저들을 보게 된 루크와 페르탄, 일리아가 울음을 터뜨렸다. 눈류는 별 감흥이 없었지만 그들은 달랐다.

마치 감옥에 한 달이나 갇혀 있다가 풀려난 기분이었고, 서로를 끌어안은 채 그동안의 서러움을 토해낸다.

"크흑, 한 달 동안 쉬지도 못하고 그 어두운 곳에서, 크흑."

페르탄의 말이었다.

"말도 마. 나는 샤워하고 싶어 죽는 줄 알았다고. 눈류님은 더러워도 상관없나 봐. 으흑."

일리아였다.

"그래도 레벨 업과 득템을 했잖니. 뭐… 힘들긴 했지. 그래도 너무 눈류님을 미워하지 말자. 비록 우리를 재우지 않고 지독하게 사냥만 했고, 마치 악마인 듯했지만… 그래도 미워 말자. 으흐흑."

눈류를 만난 이후 성격이 변해가는 루크의 말이었다.

'이 사람들이 진짜…….'

그 말들을 모두 들으며 눈류는 한마디 하고 싶었지만 애써 참았다. 틀린 말이 없기 때문이었으며 자신의 퀘스트 때문에 고생한 것도 사실이었으니.

그리고 가장 중요한 이유는, 지금 이 순간 아는 척을 하고
싶지 않았다.

나오자마자 울어버리는 셋으로 인해 이미 슬금슬금 멀어진
눈류였다.

"저, 저 사람들, 미쳤나 봐."

"그러게. 왜 저래?"

주변에 있던 유저들이 웅성거리며 셋을 힐끔거렸다.

'만약 저 자리에 있었다면? 그리고 아는 척을 한다면? 너무
나 쪽팔렸을 것이다!'

자신의 올바른 선택에 만족하며 눈류는 곧 정보창을 열었
다. 그동안의 고생을 확인하는 순간이다.

생명:15,500 마나:14,450

이름:눈류 레벨:160 성향:어둠 길드:레전드

칭호:없음 명성:705 직업:가면의 기사

근력:1,673(+719) 체력:257(+468) 민첩:305(+468) 지식:14
(+460)

재치:27(+463) 정신:520(+467) 예술:10(+463) 상
술:14(+465)

검폭:151(+460) 신속:210(+460) 투혼:265(+410) 가
호:147(+410)

심안:120(+380) 마나:131(+380) 가면:143(+380) 암

흑:65(+130)

　저항:64(+130)

　공격력:7,176(+351) 방어력:1,450(+520)

　마공력:1,422(+270) 마방력:1,974(+360)

　스텟 포인트:0 스킬 포인트:0 전투 숙련치:19.01%

'크흑.'

눈류의 얼굴이 감동으로 인해 부르르 떨린다. 밖으로 나오자마자 눈물 퀘스트마저 완수하였고, 가면도 벗었기에 이상하게 쳐다보는 이는 없었다.

만약 눈류만 부르르 떨면서 기뻐했다면 의아하게 볼 수 있었겠지만, 근처에서 셋이 쇼를 하고 있었기에 눈류에게는 득이 되었다.

'전투 숙련치와 랜덤 스텟이 골고루 올랐어!'

눈류로서는 만족스러운 결과였고, 곧 스킬창을 확인했다.

[패시브 스킬]

다크 파워 Lv. 66:검을 장착했을 시 데미지를 증가시킨다.

크리티컬 Lv. 66:크리티컬 성공 확률이 높아진다.

어둠의 가면 Lv. 59:빛이 어둠이란 가면에 가려질 때 공격력과 방어력이 상승된다.

빛의 가면 Lv. 59:어둠이 빛이란 가면에 가려질 때, 공격력과 방어력이 상승된다.

　증폭 Lv. 59:액티브 스킬의 위력이 증가된다.

　어둠의 눈 Lv. 37:어둠조차 관통할 수 있는 눈을 갖게 된다.

　어둠의 지배 Lv. 37:밤이 되면 모든 능력치가 상승된다.

[액티브 스킬]

　다크 소드 Lv. 220:검과 어둠의 마나가 하나되어 최대의 파괴력을 발휘한다. 소모 마나:4,200 제한:깨달음을 얻은 자, 어둠의 마나를 소유한 자.

　어둠의 절망 Lv. 60:생명이 1/3 남았을 때 사용 가능하며, 공격력을 극한으로 끌어올린다. 소모 마나:초당80 제한:깨달음을 얻은 자, 어둠의 마나를 소유한 자, 하루에 1번 사용 가능.

　다크 쉐도우 Lv. 60:어둠의 그림자와 하나되어 빠르게 이동한다. 소모 마나:510 이동 거리:20m 제한:어둠의 마나를 소유한 자.

　다크 스톰 Lv. 150:검을 지면에 꽂아 마나의 폭풍을 일으켜 다수의 적을 공격한다. 소모 마나:2,900 반경:15m 제한:깨달음을 얻은 자, 어둠의 마나를 소유한 자.

　다크 소울 Lv. 136:어둠의 마나와 혼을 검에 실어 날려 보낸다. 소모 생명:2,300 소모 마나:3,200 유효 반경:41m 제한:깨달음을 얻은 자, 어둠의 마나를 소유한 자.

　어둠의 포효 Lv. 30:어둠의 마나를 소리를 통해 발출시켜 다수의 적을 잠시 스턴 상태에 빠지게 하며, 득음할 경우 위력이 향상된다. 소모 마나:600 제한:어둠의 마나를 소유한 자.

블러드 밤 Lv. 51:자신의 피를 폭발시킨다. 소모 마나:1,700 제한:어둠의 마나를 소유한 자.

다크 실드 Lv. 41:어둠의 마나로 방어력을 극대화한다. 소모 마나:2,200 제한:어둠의 마나를 소유한 자.

예상하지 못한 패시브 스킬 5 상승! 그리고 주로 사용하는 스킬에, 스킬 포인트를 골고루 분배한 후였다.

"이제는……."

그토록 원했던 건틀렛의 차례! 눈류는 희망을 가득 품고 정보를 확인한다.

"정보."

[기사의 건틀렛]

가면의 기사가 착용하던 건틀렛.

내구력:3,500/3,500 공격력:50 방어력:60 제한:가면의 기사.

무게:0 옵션:근력 5% 상승, 마나 5% 상승, 가면 5% 상승, 심안 5% 상승, 저항 5% 상승.

'역시!!'

건틀렛은 기사의 장비인만큼 대박의 능력치였고, 한 개만 본다면 다른 기사의 장비보다 부족해 보이지만 장갑은 한 손

에 하나씩 총 두 개다. 그렇기에 다른 한쪽 역시 똑같은 능력
치를 보유하고 있으며, 총 다섯 개의 스텟을 10%씩 상승시켜
주는 효과였다.

정보를 모두 확인한 눈류는 행복한 표정을 지으며 고개를 돌
렸다. 그러자 이제는 입구를 뛰어다니며 까르륵 웃고 있는 셋!

그것도 부족한지 페르탄은 바다를 느끼고 싶다며 물에 빠져
들었다가 몬스터의 공격을 받고 서둘러 올라왔다.

'저, 저 사람들이 정말!'

아무리 40일 내내 던전에 갇혀 있었다고 할지라도 눈류는
이해하기 힘든 광경이었고, 동료라는 사실이 부끄러웠다.

하지만 버리고 갈 수도 없는 노릇이다. 장비를 팔아서 정산
을 해야 하기 때문에.

결국 길드 채팅으로 말을 건네는 눈류.

"크흠, 이만 정신 차리고 마을로 가죠. 주위 좀 쳐다봐요."

눈류가 말하고 나서야 셋은 주변을 둘러보다 흠칫하며 뛰었
다.

'커헉! 왜 하필 나한테!'

그러자 자연스럽게 눈류한테도 유저들의 시선이 모이고,

"빠, 빨리 이거 받으세요! 갑시다!"

눈류는 황급히 화염의 섬으로 가는 스크롤을 셋에게 건네주
었고, 바로 사용하였다. 그것은 뒤늦게 정신을 차린 셋도 마찬
가지.

그렇게 네 명은 순식간에 망혼의 섬을 떠났다. 쪽팔린다는

생각을 가득 품은 채.

"자, 싸게 팝니다! 사세요!!"

크로티아 성에 도착한 눈류와 일행은 장사를 시작했다. 박하다에게 판다면 빠르게 처분할 수 있겠지만, 이미 사기를 당해본 전적이 있었고 장사에 소질이 있다는 페르탄에게 맡긴 것이다.

그리고 잡템들은 상점가를 확인한 뒤 잡템을 전문적으로 구매하는 상인들에게 높은 가격에 팔았으며, 이제 완템 처리만 남은 상황이었다.

"하아! 다 팔았습니다."

잠시 후 페르탄과 일리아가 흐뭇한 얼굴로 눈류와 루크에게 다가왔다.

"잡템까지 합쳐서 총 480만 라르크입니다."

480만 라르크. 생각보다 큰 액수였다. 물론 넷이서 40일 동안 미친 듯 사냥해서 얻은 것이지만 다른 사냥터와 던전에 비해 적지 않았고, 빠르게 팔기 위해서 조금씩 싸게 내놓은 경향도 있었다.

"한 명당 120만 라르크가 되겠군요."

눈류의 말에 모두는 기쁜 얼굴로 고개를 끄덕인다. 그들로서는 너무나 괴롭고 힘든 시간이었지만 그로 인해 빠른 레벨업을 하였고, 공짜 스텟과 명성, 패시브 스킬이 상승했다. 거기에 120만 라르크란 보상도 얻는 것이다.

"그럼 모두 피곤하실 텐데 이제 그만 쉬세요."

정산까지 끝나자 긴장이 풀려서인지 셋의 눈에 졸음이 가득 차는 것을 보며 눈류가 실소와 함께 말했다.

'하긴, 한 달 동안 거의 쉬지를 못했으니.'

눈류의 말이 떨어지자마자 루크와 페르탄, 일리아는 고개를 빠르게 끄덕인다.

쉬고 싶었다. 일도 미루면서 한 달 내내 죽어라 사냥만 했다. 그들은 눈류처럼 목표가 있는 것도 아니고, 폐인의 기질을 타고나지도 않았으며, 단순히 게임을 즐기는 유저들이었다.

이렇게 힘든 나날을 처음 겪는 것이기에 더욱 피곤했다. 더군다나 한숨 푹 자고 나서 미루어뒀던 일을 해야 한다.

어찌 되었든 현실에서도 돈을 벌어야 하니 말이다.

"그럼 저희는 이만 가보겠습니다."

"눈류님, 수고하세요."

"다음에 또 봐요!"

루크를 시작으로 페르탄과 일리아가 인사를 건네며 사라졌다.

그러자 눈류는 상점들을 돌아다니며 부족한 소비 아이템들을 산 뒤에 성형을 하기 위해 마법진으로 향했고, 잠시 후 크샨이 있는 숲 속에 도착했다.

그런데 그때 음성 채팅 신청이 들어왔다.

"뭐지?"

처음 보는 아이디. 거절한다. 눈류란 닉네임이 밝혀지고 나서 음성 채팅이 자주 들어왔기 때문이다.

그런데 반복해서 들어오는 음성 채팅.

눈류는 재차 거절하지만, 음성 채팅은 다시 들어왔다. 그렇게 서로가 신청과 거절을 반복하였고, 결국 눈류가 짜증난 얼굴로 수락하였다.

"누구십니까?"

기분이 나쁘다는 것을 확실히 드러내는 목소리 톤과 말투였다. 그럼에도 상대는 밝은 목소리로 말한다.

"가면의 기사 눈류님이 맞으시죠? 꼭 한 번 인사를 나누고 싶어서 무례를 범했습니다. 저는 키스라고 합니다. 앞으로 만나게 될 것 같은데, 잘 부탁드립니다."

자신의 말을 마치자마자 키스는 음성 채팅을 끊었고, 눈류는 '별 미친놈이 다 있네!' 라고 생각하며 관심을 끈 채 걸음을 재촉했다.

눈류는 알 수 없었다.

키스가 바로 마르크 공작의 후예, 대마법사라는 사실을……

『가면의 기사』 3권에 계속…

유행이 아닌 자유추구 -
WWW.chungeoram.com
Book Publishing CHUNGEORAM

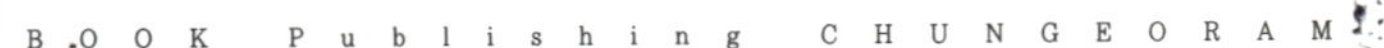